BANGUÊ

JOSÉ LINS DO REGO
BANGUÊ

Apresentação
Carlos Newton Júnior

São Paulo
2021

© **Herdeiros de José Lins do Rego**
23ª Edição, José Olympio, Rio de Janeiro 2011
24ª Edição, Global Editora, São Paulo 2021

Jefferson L. Alves – diretor editorial
Gustavo Henrique Tuna – gerente editorial
Flávio Samuel – gerente de produção
Juliana Campoi – coordenadora editorial
Sandra Brazil e Carina de Luca – revisão
Mauricio Negro – capa e ilustração
Ana Claudia Limoli – diagramação

Obra atualizada conforme o
NOVO ACORDO ORTOGRÁFICO DA LÍNGUA PORTUGUESA.

DADOS INTERNACIONAIS DE CATALOGAÇÃO NA PUBLICAÇÃO (CIP)
(CÂMARA BRASILEIRA DO LIVRO, SP, BRASIL)

Rego, José Lins do, 1901-1957
Banguê / José Lins do Rego ; Apresentação de Carlos Newton Júnior. –
24. ed. – São Paulo : Global Editora, 2021.

ISBN 978-65-5612-101-7

1. Ficção brasileira I. Newton Júnior, Carlos. II. Título.

21-57587 CDD-B869.3

Índices para catálogo sistemático:
1. Ficção : Literatura brasileira B869.3
Maria Alice Ferreira - Bibliotecária - CRB-8/7964

Direitos Reservados

global editora e distribuidora ltda.
Rua Pirapitingui, 111 — Liberdade
CEP 01508-020 — São Paulo — SP
Tel.: (11) 3277-7999
e-mail: global@globaleditora.com.br

 Colabore com a produção científica e cultural.
Proibida a reprodução total ou parcial desta
obra sem a autorização do editor.

Nº de Catálogo: **4412**

Sumário

Banguê e a trilogia da memória,
Carlos Newton Júnior 7

PRIMEIRA PARTE
O velho José Paulino 19

SEGUNDA PARTE
Maria Alice 73

TERCEIRA PARTE
Banguê 133

Cronologia 277

Banguê e a trilogia da memória

Carlos Newton Júnior

Terceiro romance de José Lins do Rego, lançado em 1934, *Banguê* recebeu, da crítica e do público, a mesma recepção calorosa dos livros anteriores do escritor, *Menino de engenho*, de 1932, e *Doidinho*, de 1933. Os três livros fazem parte da série de romances que ficou conhecida como "Ciclo da Cana-de-Açúcar", expressão que o próprio autor – influenciado pelos críticos literários da época, segundo sua amiga Rachel de Queiroz – viria a adotar por algum tempo. Em nota à primeira edição de *Usina*, de 1936, o autor chegou a anunciar o término da série. Precipitara-se, porém, o grande paraibano, sem imaginar que ainda irromperia, do massapê escuro e fecundo do seu gênio criador, o romance que de fato encerraria o ciclo com chave de ouro e passaria a ser considerado, pela maior parte da crítica, a sua obra-prima – *Fogo morto*, de 1943.

Se cada romance que compõe o Ciclo da Cana-de--Açúcar goza de considerável autonomia em relação aos demais, podendo-se ler os volumes de modo independente e até em ordem aleatória sem prejuízo à compreensão geral dos acontecimentos arrolados em cada um, é inegável que a leitura em sequência evitará, aqui e ali, o obscurecimento de certas passagens da narrativa dependentes da leitura de volumes anteriores. Por outro lado, não há dúvida de que *Banguê* constitui, junto com *Menino de engenho* e *Doidinho*, uma trilogia, pois os três livros encontram-se tão interligados e dependentes entre si que terminam funcionando como partes de um só romance no interior da série – um romance que talvez viesse a fazer parelha com o próprio *Fogo morto*, em termos de dimensão e inventividade. O leitor ideal de *Banguê*, portanto, seria aquele que chegasse ao romance já tendo feito uma travessia pelas páginas de *Menino de engenho* e de *Doidinho*.

Os três romances são narrados, em primeira pessoa, pelo mesmo personagem, Carlos de Melo, neto de um grande senhor de engenho, o coronel José Paulino. Tal fato reforça a ideia de que constituem uma narrativa única, um grande panorama memorialístico que abarcaria cerca de três décadas da vida do personagem-narrador. Note-se que nos demais romances do Ciclo da Cana-de-Açúcar somos conduzidos por um narrador onisciente, para quem Carlos de Melo já não tem, praticamente, nenhuma importância.

Em *Menino de engenho*, Carlos de Melo narra episódios da sua infância, entre os quatro e os doze anos de idade, passada no engenho Santa Rosa, localizado na vila do Pilar, na Paraíba, o engenho mais importante entre os nove que pertenciam a seu avô materno. Carlos, ou Carlinhos, como então é chamado, passa a morar no Santa Rosa após a morte de sua mãe, assassinada pelo marido, no Recife. Seu pai, preso e depois conduzido a um hospício, jamais voltara a ver o filho, vindo a falecer dez anos depois. De *Menino de engenho* a *Doidinho*, a narrativa segue em ato contínuo, sem que haja sequer elipse temporal digna de nota. No último capítulo de *Menino de engenho*, Carlinhos parte de trem, levado pelo seu tio Juca, do Pilar para Itabaiana, onde irá estudar em regime de internato; no primeiro capítulo de *Doidinho*, o menino e seu tio já estão sendo recebidos pelo dono do Instituto Nossa Senhora do Carmo, o terrível professor Maciel, célebre pelo seu rigorismo e pela devoção ao uso da palmatória no processo de ensino-aprendizagem. Em *Doidinho*, portanto, Carlos de Melo narra episódios de sua adolescência, entre os doze e os quatorze anos, a maior parte deles passada no colégio de Itabaiana, reduzindo-se sua permanência no Santa Rosa ao período das férias escolares.

Ao retomar o fio de suas memórias, em *Banguê*, Carlos de Melo já nos aparece como homem feito, aos vinte e quatro anos, bacharel em Direito e "sem saber fazer nada". Encontra-se de volta ao Santa Rosa, de onde se afastara por cerca de dez anos, período em que o engenho se transformara, para ele, naquilo que em certa medida já vinha sendo desde *Doidinho*, ou seja, num "campo de recreio nas férias de colégio e de academia". Seu avô, José Paulino, exemplo de autoridade e liderança, era agora um velho de oitenta e seis anos de idade. "De fora", como ele afirma, sua ambição era a de voltar para dar continuidade à obra do avô. "Fazia cálculos, sentia orgulho em empunhar o cacete de patriarca do velho José Paulino. Seria um continuador." Sempre que visitava o engenho, porém, decepcionava-se com a realidade nada aristocrática do cotidiano do Santa Rosa e com a vida austera do seu proprietário, cujas terras, no entanto, eram de se perder de vista.

O menino e o adolescente sensíveis cujo desenvolvimento acompanhamos nas páginas de *Menino de engenho* e *Doidinho* – o menino que se emocionava com as histórias da velha Totonha e o adolescente melancólico cuja sensibilidade era estremecida pela leitura de *Coração*, de Edmundo de Amicis – irão dar lugar, em *Banguê*, a um adulto de moral contraditória e de temperamento vacilante, um homem que tem plena consciência da exploração degradante a que estão submetidos os trabalhadores do engenho, muitos dos quais foram seus amigos de infância, mas que não consegue abdicar de suas prerrogativas de classe; um homem de personalidade fraca, atormentado pela convicção de suas próprias limitações, sem carisma para levar adiante o Santa Rosa, após a morte do avô, e sem visão para se aperceber de que o tempo de grandeza dos engenhos já fazia parte de um passado absolutamente irrecuperável.

O poeta e memorialista Augusto Frederico Schmidt costumava dividir os homens em dois grupos distintos e praticamente antagônicos, os "que matam as crianças que foram e os que as conservam sempre mal veladas"[1]. Não teríamos a menor dúvida em enquadrar José Lins do Rego no segundo grupo. Carlos de Melo não é um personagem autobiográfico, mas todas as suas memórias estão literariamente assentadas nas recordações mais íntimas e profundas do autor, sobretudo as que provêm de uma infância jamais escorraçada de dentro de si e que portanto ainda o alimenta, homem feito, daquelas imagens primordiais, elementares e grandes, às quais o seu coração se abriu pela primeira vez.

Assim como Carlos de Melo, José Lins do Rego passou a infância no engenho do seu avô materno (o engenho Corredor, onde nasceu), foi criado pelas tias, sem pai nem mãe, cursou

---

[1] SCHMIDT, Augusto Frederico. *O galo branco*: páginas de memórias. 2ª edição aumentada. Rio de Janeiro: José Olympio, 1957. pp. 98-99.

escola em Itabaiana e se formou pela Faculdade de Direito do Recife, tudo isso – talvez nem fosse preciso dizer – no mesmíssimo recorte temporal em que se desenvolve a história do seu personagem. Por outro lado, se Carlos de Melo, em criança, era "a cara da mãe", José Lins do Rego, o menino Dedé, era "a cara do pai" – como ficamos sabendo da leitura de *Meus verdes anos*, de 1956, livro de memórias em que o autor se refere à sua primeira infância.

A leitura de *Meus verdes anos* ainda é o melhor caminho para se compreender a origem da maioria dos personagens e de muitas das histórias e situações presentes nas memórias de Carlos de Melo e nos demais romances do Ciclo da Cana-de--Açúcar. O Santa Rosa é a transfiguração literária do engenho Corredor, também situado na vila do Pilar, em inícios do século XX, e é a partir da pessoa real do seu avô, José Lins Cavalcanti de Albuquerque, que o autor constrói a figura do poderoso e carismático José Paulino. Os personagens de ficção, às vezes, mantêm os nomes das pessoas reais que os inspiraram, a exemplo da tia Maria (a Maria Menina), do moleque Ricardo ou da terrível tia Sinhazinha, a velha que, mesmo após o fim da escravidão, "criava sempre uma negrinha, que dormia aos pés de sua cama, para judiar, para satisfazer os seus prazeres brutais", como lemos em *Menino de engenho*, e que não abdicará de sua prática criminosa e perversa com o passar dos anos, como descobriremos em *Banguê*, nas passagens em que o narrador nos dá conta das impiedosas surras que a velha aplicava na menina Josefa, à base de relho de sola. "A bichinha apanhava por tudo. Os cachorros da velha eram mais bem tratados" – afirma um consternado Carlos de Melo, a certa altura do seu relato.

Mesmo em situações vivenciadas pelo Carlos de Melo adulto, em *Banguê*, reverbera o eco das recordações que José Lins do Rego guardou da infância. Os cuidados de Maria Alice com o velho José Paulino, preparando-lhe cataplasmas de mostarda e sempre atenta aos horários para lhe administrar os xaropes e as papas, foram certamente inspirados no tratamento que sua tia Maria dispensava a seu avô, quando este era acometido de bronquite, e cujas lembranças foram devidamente registradas pelo autor em *Meus verdes anos*. Moça da cidade, Maria Alice era casada com um parente próximo de José Paulino, que sequer a conhecia. A pedido do marido, fora passar uma temporada no Santa Rosa para "tomar ares" e tratar-se "dos nervos", e terminou tendo um romance com Carlos de Melo. Assim, ao se referir ao zelo de Maria Alice para com o seu avô, afirma o narrador de *Banguê*, não por acaso, que "filha nenhuma poderia ter feito por ele o que ela fez".

Ao longo das páginas de *Banguê*, ficamos sabendo como Carlos de Melo é instigado a escrever um livro sobre a civilização dos engenhos. Em carta a ele dirigida, Mário Santos, seu colega de faculdade, aconselha-o a escrever "uma crônica de sua gente, dos velhos troncos até os nossos dias", falando, assim, dos seus "avós brancos, os homens que fizeram a grandeza da sua família a cavar a terra, a mandar em negros". Maria Alice, de modo diverso, sugere que ele escreva não sobre os proprietários rurais, mas sobre a gente pobre, sobre a vida miserável dos homens do eito e demais trabalhadores do engenho, a maioria formada por ex-escravos e seus descendentes.

Ora, as memórias do fracassado e contraditório Carlos de Melo podem, de certa forma, fazer as vezes desse livro tão planejado e nunca escrito. Através do seu relato, centrado na grandeza e na decadência do Santa Rosa, acompanhamos a ruína de toda uma civilização que se forjou na zona açucareira do Nordeste, no interregno entre a abolição da escravatura e o surgimento do trabalho assalariado nas usinas, tempo de uma vassalagem que ainda mantinha não apenas o cheiro da escravidão, mas muito das práticas infames a esta ligadas e então oficialmente extintas, como facilmente perceberá o leitor de *Banguê*. A história, assim, à medida que nos é contada, revelando as entranhas dos sacrificados, é também escovada a contrapelo, demonstrando que civilização e barbárie são, na verdade, faces de uma mesma moeda. Nesse sentido, a leitura das memórias de Carlos de Melo – bem como dos demais romances que compõem o Ciclo da Cana-de-Açúcar – é de grande importância para que se possa compreender melhor, por dentro, as mazelas da nossa desigualdade social e refletir com mais clareza sobre a pertinência da expressão "racismo estrutural", tão em voga no Brasil de hoje.

Considerado por muitos como o mais telúrico entre todos os escritores regionalistas do nosso Modernismo, o fascínio que a obra de José Lins do Rego vem exercendo ao longo de gerações se deve, em grande parte, a seu estilo inconfundível, direto, espontâneo, alheio a qualquer artificialismo, em que a fala do povo de sua região é naturalmente absorvida para compor a sua prosa de erudito. Se se pode falar, a respeito do estilo de Manuel Bandeira, de um "falso simples" na poesia, o estilo de José Lins do Rego exemplificaria, como nenhum outro, o "falso simples" na prosa, uma prosa que segue em fluxo contínuo e tão fluente que não se pode precisar com segurança onde termina a lembrança e onde começa a invenção, nem sequer imaginar, à visão da obra feita, qualquer coisa a respeito do trabalho árduo de planejamento e construção de andaimes que certamente exigiu, isto é, das dificuldades para se obter a aparente facilidade que a reveste e conforma.

BANGUÊ

A Yan de Almeida Prado,
Mário Marroquim e
Cícero Dias.

PRIMEIRA PARTE

O velho José Paulino

1

Afastara-me uns dez anos do Santa Rosa. O engenho vinha sendo para mim um campo de recreio nas férias de colégio e de academia. Tornara-me homem feito entre gente estranha, nos exames, nos estudos, em casas de pensão. O mundo cresceu tanto para mim que o Santa Rosa se reduzira a um quase nada. Vinte e quatro anos, homem, senhor do meu destino, formado em direito, sem saber fazer nada. Nada de grande tinha aprendido, nenhum entusiasmo trazia dos meus anos de aprendizagem. Agora tudo estava terminado. Um simples ato de fim de ano, e a vida devia tomar outro rumo.

— Vamos ver para que dá o senhor – me disse o meu avô no dia de minha chegada.

E o Santa Rosa estava ali. Seria o mesmo dos meus dias de menino? Sem dúvida que a vida passara também por ele. Onde estavam Generosa, Galdina, Ricardo? Do meu quarto, entre os livros que trouxera de fora, no meio daqueles despojos do estudante que se fora, começava a pensar, a tomar o pulso dos fatos. Precisava olhar o Santa Rosa, entrar na intimidade do meu velho mundo. Ouvia o velho José Paulino tossindo. Já andava mais curvo, o seu grito de mando não ia tão longe. E havia mais silêncio na casa-grande. Onde estavam os moleques e os meninos gritando? Onde estavam todo aquele ruído, as carreiras pelo corredor, as brigas da velha Sinhazinha? A casa era mais vazia, e tudo nela se amesquinhava para mim. Lembrava-me de uns versos de um poeta qualquer que voltava como eu à casa paterna: "Deserta a casa, entrei chorando". Não, não era chorando que eu voltava: era enfadado, cheio de melancolia. E nem as saudades dos tempos outros me davam coragem para me fixar ali onde fora o meu paraíso de antigamente. E não havia nada mais triste do que um retorno a esses paraísos desfeitos.

De fora, eu me voltava com o pensamento para o Santa Rosa. Sim, eu queria continuar a minha gente, ser também um senhor rural. Era bonito, era grande a sucessão de meu avô. Fazia cálculos, sentia orgulho em empunhar o cacete de patriarca do velho José Paulino. Seria um continuador.

Tudo era da literatura que se fazia naquele tempo. Um senhor de engenho era um motivo literário de primeira ordem. Viam-se esses homens toscos como verdadeiros aristocratas, comendo com facas de prata e andando de carruagem. A tradição dessa vida me enchia de orgulho de ter saído de tal gente. Ia longe nos meus sonhos, pensava em montar no humilde Santa Rosa o luxo dos meus antepassados. Daria festas, encheria a casa-grande de tudo que fosse conforto, faria um mundo do meu engenho. Escrevera até em jornais indagando pelos restos desta nobreza. E os meus artigos falavam da glória de uma civilização que se fora, dos Megaípes, virados de papo para o ar, de um Pernambuco que falava grosso pela voz dos seus morgados, dos seus barões de Goiana, do Cabo, de Escada. Tudo literatura. Não sei por que nascera assim com esse gosto pela fantasia. Quando ia ao engenho, pelas férias, a realidade do Santa Rosa, a mesa grande, os bancos duros, a telha-vã, os banhos de cuia, as precisões feitas no mato baixavam o meu fogo, abrandavam as minhas prerrogativas senhoriais. Tudo em mim era falso, todos os meus sonhos se fixavam em absurdos. Pensava em barões, em carruagens, quando o velho José Paulino era um simples, um homem sem luxo. Procurava ligações com uma existência que fora de parentes remotos e que talvez nem fossem parentes. Falava dos Cavalcantis, dos Vieiras de Melo, dos Albuquerques, com um orgulho meio maluco. Via, no entanto, parentes bem próximos na miséria. Nô do Itapuá bebendo cachaça, o velho Baltasar de engenho a engenho levando mexericos, outros caídos na mais torpe existência. Construíra planos de vida de grande. As minhas preocupações de estudante não mediam a extensão das minhas ambições. Por que não teria a minha família o prestígio que as suas terras lhe deviam dar? Não era dona de toda a várzea do Paraíba? Não conservava em suas mãos o domínio sobre milhares de homens? Faltava um chefe no meio deles, um que fosse o cabeça, o mais sabido de todos. Levavam o tempo votando em bacharéis, a servir de encosto a prestígios de fora. E eles, os brancos, eram mandados por mulatos mais hábeis. Nunca fizeram nada. Que valia então a terra, o latifúndio dominando mais de dois municípios? Um homem de inteligência saberia aproveitar tudo isto, sair de dentro dos seus como o chefe, o mandão, conquistando brilho para todos eles. Era isto o que eu pensava realizar, ter essa força nas mãos e mover com ela as posições de destaque. Via-me cercado dos meus, impondo a vontade de uma família numerosa, recebendo festas, e o Santa Rosa um centro de vida, e eu sempre procurado para decidir, para orientar. Era um principado o que eu queria. E os meus anos de estudante levei-os entre extravagâncias, mulheres insignificantes, e com este sonho de grandeza na cabeça. Quando chegava ao engenho, nas férias, a vida modesta dos meus, o ar humilde da minha gente continham os ímpetos da imaginação excitada. E o que me restava de tudo isto agora era a realidade de uma vida na iminência de um novo rumo. O velho José Paulino queria saber para que eu dava.

— Para que não vai para Minas? – dizia a velha Sinhazinha. Tínhamos nós uns parentes bacharéis em Minas que se tinham feito, criado núcleo de gente próspera. Era sangue nosso que provara bem por lá. Tia Sinhazinha me queria por aquelas bandas. Queria me ver pelas costas. Ela sabia de que natureza era feito o sobrinho aluado, cheio de cismas e venetas.

— Só Carlos mesmo para tomar conta de engenho... O que ele quer é rede e jornais.

E brincava comigo:

— Preguiça, queres mingau? Estou para ver outro como José Paulino.

Era como rematava as suas conversas.

Tio Juca se fora para o engenho da mulher. Casara-se com moça de engenho de porteira fechada. E o Santa Rosa ali à espera do coadjutor, de uma perna de governo que fizesse as vezes do meu avô. Para mim não se podiam voltar as esperanças. Eu não dava esperança a ninguém. Chegara dos estudos há mais de mês e parecia que fora ontem que desarrumara as minhas malas. Nem uma vez saíra para rever os meus campos. Só fazia esperar os jornais; e a rede ringia nas correntes. Pretendera construir com a minha família um poderio de alicerces firmes. A minha imaginação agira à toa. Só fazia balançar de rede e ler os telegramas dos jornais.

O meu avô passava pelo quarto sem olhar.

Na mesa não tinha mais aquela alegria de outrora. Falava da seca, do algodão em baixa, de tudo que não me interessava de perto.

E ele era tudo para mim. Amava-o imensamente, sem ele saber. Via a sua caminhada para a morte, sentindo que todo o Santa Rosa desaparecia com ele. Uma vez até pensara em escrever uma biografia, a história simples e heroica de sua vida. Mas o que valeria para ele uma história, o seu nome no papel de imprensa? Oitenta e seis anos, a vida inteira acordando às madrugadas, dormindo com safras na cabeça, com preços de açúcar, com futuros de filhos, com cheias de rios, com lagartas comendo roçados. E eu o via passando pelo meu quarto sem me olhar, tossindo pelo alpendre, a bater com o cacete na calçada, como nas noites em que ia olhar o relâmpago nas cabeceiras. Seria que ele esperasse ainda por mim? Que um dia eu deixasse a rede e os livros para empunhar o seu cacete de mando?

2

Começava a sentir a decadência do meu avô. O engenho em ponto de moer. Tudo pedindo o chefe pronto em todos os lugares. Os carros de boi passavam gemendo sob o peso da cana madura para os picadeiros. E cambiteiros estalando o chicote no silêncio da estrada.

No outro dia seria a botada. Safra grande para tirar. Os partidos estavam de cana acamando pela várzea, a flor-de-cuba rachava de grossa.

Nos outros tempos, o velho José Paulino não parava, a gritar para todos os cantos. Montava a cavalo para ver o corte, gritava para os carreiros, para o maquinista, mandava recados para o mestre de açúcar, para os caldeireiros. Nada lhe parecia feito, tudo ainda dependia de suas ordens. Chegava em casa para o almoço, e via-se que todo ele só pensava no serviço; comia depressa e saía para a sua torre de comando que estava em todos os lados do seu navio.

No outro dia, quando o engenho apitasse, às três horas da madrugada, ele estaria lá. Era o primeiro que chegava. E à noite só deixava o serviço quando batiam a última têmpera. Os recados da velha Sinhazinha chegavam, chamando-o para o chá. E o estômago do velho sabia esperar:

— Diga que já vou.

E a casa-grande esperava por ele, até que não se precisasse mais no engenho do seu olho de feitor e dos seus gritos de ordem. Tudo no engenho dependia dele. Sabia encontrar jeito para as dificuldades. Era o chefe no grande sentido. O mestre de açúcar queixava-se do carrapato e da cal, pedia-lhe matéria-prima melhor para a sua química.

E era ele que ia examinar as queixas, ver se era desculpa pelo açúcar ruim. Ficava na boca da fornalha para verificar se o bagaço entrava molhado e animar os homens na boca do fogo.

Ele sabia purgar açúcar. Muitas vezes metia o cacete pelas fôrmas para mostrar que o barro estava fraco. Conhecia as canas que davam bom melado, misturando nos picadeiros as mais novas com as mais velhas. E quando não acertava, e não havia maneira de fazer açúcar bom, chegava na mesa desanimado, falando do mestre.

— No tempo do Cândido nunca me sucedeu isto!

Era uma autoridade sempre citada, esta do seu negro escravo, que lhe enchera a casa de purgar de açúcar cor de ouro.

Mestre Cândido, ainda o peguei no engenho. Tinha uma perna torta que lhe quebrara um carro de boi. Pequenino, a cabeça branca, de carapinha, e com uma barba que não crescia nunca. Fora escravo, e não deixara o ofício com a liberdade. Continuava com o seu José, como chamava o meu avô, a fazer milagres com o mel, a pedir fogo para as suas tachas, a cozinhar assim até morrer.

O velho Zé Paulino nunca mais que encontrasse outro assim como ele. Não tinha filho, mestre Cândido. E não deixou um sucessor do seu talento; porque no Santa Rosa não pisara mestre como ele. Precisava que o velho Zé Paulino passasse o dia na casa das caldeiras. E assim em tudo o mais.

Onde houvesse serviço necessitando de quem soubesse mandar fazer as coisas, o meu avô lá estava. Não se entregava aos feitores, descansando neles, deitado na rede a esperar notícias. Ganhava mesmo o seu dinheiro com o suor de seu rosto. Na sua fábrica era ele a peça principal da engrenagem, a roda volante.

Desde menino que eu gostava de vê-lo nas manobras. Ia com ele aos partidos, às limpas com o eito grande, aos cortes com o panavueiro tinindo nas canas. Havia sempre uma coisa errada para reclamar, gritos a dar. Os seus roçados de algodão eram plantados na caatinga, bem longe da casa-grande. Saía-se de manhã para voltar à noitinha. Ninguém botava maiores roçados do que ele. Olhava até a vista não alcançar o barro vermelho da caatinga descoberta, para a enxada se fincar nas suas entranhas.

Cem sacos de lã arrancava dali, milhares de alqueires de milho, e carros e mais carros de jerimuns vinham para os porcos. Os roçados do coronel Zé Paulino criaram fama nas redondezas. E ele dava conta das várzeas de cana e das caatingas cobertas de algodão.

Sabia os nomes dos trabalhadores que davam dias de serviço lá em cima e embaixo. Sabia os que faltavam, os que não pagavam os atrasados, mandando recados terríveis para uns e para outros.

E os feitores de quando em vez estavam sendo pegados em erros, em esquecimentos. Gritava muito. Os seus gritos varavam o espaço, ouviam-se de longe como os de uma sirena. Não sei como nos fins de safra ainda lhe restavam garganta e pulmões. E quando a cana começava a faltar nos picadeiros, as tulhas de algodão alvejavam no sobradinho. O quebrar da moenda compassava com o gemido da máquina de descaroçar. De inverno a verão o trabalho era o mesmo.

— Só negro cativo – lhe advertia a velha Sinhazinha.
— Zé Paulino quer abarcar o mundo com as pernas.

A imagem dizia bem o que ele queria. E este mundo o meu avô conquistou-o de verdade. Nove engenhos, terras que ele para correr gastaria semanas.

O seu dinheiro só se movia atrás de terras. Luxo nenhum. A casa-grande só tinha tamanho. Tudo muito pobre: nem uma cadeira bonita; a cama onde dormia era de couro, dura como de frade. Houvesse comida com fartura – era o que lhe bastava. No tempo da escravidão o seu luxo consistia em comprar negro, enchendo a senzala de bom material humano. O que o açúcar e o algodão lhe davam, ele empregava em estender os seus domínios.

Comprou engenhos hipotecados aos judeus da Paraíba na grande crise da lavoura. A guerra civil nos Estados Unidos encheu-lhe a burra, com lã de 35 mil-réis. Nunca fez uma viagem, nunca passeou na sua vida. Só se botava à Paraíba para vender açúcar, comprar enxadas.

Homem fincado na terra como uma árvore, deitou raízes, espalhou seus galhos. E nunca se ouviu falar que árvores tivessem férias, descansassem um momento.

Não fora feliz com os parentes.

Quando passava pela porta do meu quarto, eu sentia que com ele se ia todo o velho Zé Paulino. Tio Juca falhara, e os netos não davam para nada. E a morte rondava-lhe a cama de couro. Oitenta e seis anos já eram um fim de vida. Mas via de longe, dormia a noite toda, acordava de madrugada, andava por toda a parte.

Não me iludia, entretanto, com essa resistência. Um dia ou outro, cairia.

O mais doloroso para mim era sentir que ele não me queria bem. Recebia os jornais do correio e mandava para o meu quarto. E na mesa nem me dava uma palavra, não me olhava, não me perguntava nada. Seria velhice, ou seria desencanto pelos meus anos inúteis de estudo, sempre a pedir-lhe dinheiro, sempre distante dos meus?

Interessante: para os meus efeitos literários eu me enchia de orgulho com os meus parentes rurais, entretanto, não sei por que, cada vez mais me sentia afastado deles. Teria compreendido o velho Zé Paulino essa canalhice do seu neto?

3

Encolhido na minha rede, deixava que o tempo corresse. Tomavam-me como um doente. Só podia ser mesmo doença aquele recolhimento de dias inteiros. Quando botava a cabeça de fora, notava que o povo baixo do engenho me olhava com surpresa. E as tardes tristonhas do Santa Rosa faziam-me doer a sensibilidade.

Aquele esquisito, o mundo se fechando em escuridão e nem um ente humano em quem encontrasse um pouco de simpatia e que tivesse para mim uma palavra ao menos, tudo aquilo me fazia mal.

Via as tardes até o fim. Os trabalhadores de enxada ao ombro, os últimos restinhos de luz por cima dos altos e com pouco, tudo se aniquilava e uma espécie de suspiro de moribundo começava a ferir os meus ouvidos: o choro dos sapos da lagoa, o aboio para uma rês perdida da boiada.

O velho Zé Paulino fechava as janelas da casa-grande com medo da friagem da noite. Acendia uma lâmpada de álcool. A velha Sinhazinha pela cozinha, na conversa com as negras, e o meu avô na rede da saleta, dormitando. Uma tristeza profunda pela casa toda. O cata-vento, no pátio, batia com uma regularidade de relógio e aquela melopeia de cano batendo no outro falava mais alto que tudo.

Ficava no meu quarto com um candeeiro de gás rodeado de mosquitos, até a hora do chá.

Há quase um ano que estava ali e as noites não mudavam. As de inverno, mais dolorosas. Roncava a chuva lá por fora e cada vez mais me encolhia e me sentia só. Ninguém falava comigo. A negra que me limpava o quarto fazia este serviço como se estivesse com medo de alguma coisa. Estavam sem dúvida me tomando por doido. Dei então para andar fazendo passeios a pé. Lembrava-me dos meus passeios de carneiro e procurava os mesmos campos das minhas escapulas de menino. Faltava qualquer coisa na minha vida. Um entusiasmo por qualquer coisa. Olhava sem querer ver. Tinha a impressão que os meus sentidos se atrofiavam. Os moleques que haviam sido os meus companheiros, Manuel Severino, João de Joana andavam iguais aos outros. Passavam por mim como estranhos.

Um dia chamei um deles para conversar. Tinha se casado, três filhos, morava na Areia e vinha para o eito. Falava comigo desconfiado, de cabeça baixa.

Como tinha se degradado, ele que fora meu chefe nas brincadeiras de Antônio Silvino!

Enquanto tudo isto, reparava no meu avô, que se acabava. Quase mouco. Gritava para todo o mundo; esquecia as ordens que dava. Os feitores reclamavam. Depois começava a perder a memória para os fatos mais recentes. Contava histórias dos velhos tempos com a mesma precisão, mas trocava os nomes das pessoas de casa. Gritava por um e quando chegava era por outro que dizia estar chamando.

À tarde ficava no alpendre, no costume antigo. Vinham os moradores atrás de justiça, de favores pequenos. E o juiz não era o mesmo. Devia escutar a metade do que eles diziam. Gritava para as partes, que fossem embora para as suas casas, que não viessem com besteiras daquelas para lhe aperrear o juízo.

Às vezes chegavam os amigos do Pilar para as conversas. O capitão Costa, de fala preguiçosa. Queria também me puxar para a palestra. O velho Zé Paulino pouco falava, deixando a visita sozinha batendo boca. Vivia num desinteresse visível por tudo. Eu então fazia sala ao amigo dele.

A política da terra era o tema preferido. O meu avô balançava a cabeça e o seu olho estendia-se para a estrada como um menino de castigo, doido para soltar-se dali. Até que enfim o capitão Costa se despedia.

— Bom homem, este Costa – dizia o meu avô –, trabalhador que só ele.

Era o seu grande elogio: trabalhador.

Um homem podia ter todos os defeitos, mas se se matasse de manhã à noite, no trabalho, seria para ele digno de algum respeito. Por isto perdoava as libertinagens do Sinhozinho do Santo Antônio, porque ninguém como este pai-d'éguas para botar um partido ou fazer um roçado. E quando ele falava de homens trabalhadores talvez que quisesse ferir o neto que passava o dia de rede, de jornais na mão, olhando o tempo, confiando não sei em quê.

Eu imaginava uma vida que pudesse encher de alegria os últimos dias de meu avô. O que gostaria ele que eu fizesse? E que sabia eu fazer?

Uma ocasião montei a cavalo e fui ver os cabras no eito. Seria um senhor de engenho. No caminho, enquanto o cavalo corria, formava os meus castelos de sempre. Cheguei no partido Paciência. O sol chegava a tirar raios das enxadas. Os homens sem camisa entregavam o lombo à canícula e o feitor aproximou-se, no hábito de receber ordens ou levar gritos. Não lhe perguntei nada. Senti uma espécie de vergonha de estar ali fingindo de senhor. Demorei-me um bocado, mas o meu olho de chefe não alcançava o que devia alcançar. Na volta disse ao meu avô que estivera no eito.

— Quantos homens tinham lá?

Não havia contado. Riu-se para mim. E como se me desse uma resposta fulminante:

— O moleque já trouxe os jornais do correio.

4

A velha Sinhazinha começava a me fazer oposição. A idade não tinha consumido a violência dos seus processos. Sabia ainda cercar o inimigo por todos os lados. Agora eram as pilhérias, as importunas perguntas na mesa de jantar:

— Quantas causas já tens, Carlos?

E depois fingindo uma graça:

— Se os presos fossem esperar por este, morreriam de podres na cadeia.

O meu avô pouco ouvia de tudo isto. Um dia, porém, tio Juca chegou em visita. Estava na banca do alpendre e não desconfiavam de que me achasse por perto deles.

— Falei com Trombone para escrever ao Valfredo sobre o Carlos. Isto como está é que não pode continuar. Um homem daquele, de braços cruzados, sem fazer coisa nenhuma.

O velho José Paulino não dizia nada. Tio Juca é que me queria botar para fora do engenho. Pleiteava um emprego para o sobrinho. Depois chegou a velha.

— Não faz nada, Juca. Só você vendo. Mete-se na rede de manhã à noite. Só faz comer. Isto é uma vergonha.

Não ouvi a voz do meu avô. Não disse nada. Os acontecimentos para ele talvez que já estivessem passando de lado. Que lhe importava uma pessoa a mais dentro de casa? Não porque me quisesse bem; não tinha mais esperança, mais ambição.

A verdade, porém, era que o tio Juca saíra dos seus cômodos para falar a meu respeito. No quarto comecei a refletir a minha situação: os parentes não estavam vendo com bons olhos um neto dentro da casa de um avô rico para morrer. Tio Juca cuidava mais dele do que de mim.

Doeu-me esta suposição. Calcular com a morte do meu avô, do velho pai. Bem triste condição esta a que me reduziam. Fazia medo aos outros. Talvez que suspeitassem de algum testamento, pois fora criado pelo velho e cresciam os olhos para o neto.

À noite, ouvi o meu avô roncando no quarto. Ainda estava bem vivo, bulindo e já cogitavam de sua morte, friamente.

Mas, eu não pretendia tomar nada de ninguém. Pelo contrário. Abandonava-me, não forçava situações denunciando ambição, vontade nenhuma. Vivia no meu quarto, espreguiçando-me como inútil. Mesmo assim, a gula de meus parentes se aguçava. Devia tomar um caminho qualquer. Uma promotoria distante seria um achado para aquele traste que eu era.

No outro dia, o tio Juca voltava para o seu engenho. Ficava, porém, um instrumento perigoso às suas ordens: tia Sinhazinha tomaria conta do sobrinho com o seu cuidado meticuloso. Ela era, assim, fácil de ser levada. Tão forte, tão indomável nas suas vontades; mas, que criatura dócil na mão dos outros. Para se conseguir que ela fosse contra alguém não precisava muito jeito. Dinheiro não a seduzia. A fortuna do marido dera aos filhos como se não desse nada. O mesmo que fazia com os sapotis dos meus tempos de menino, ela fizera com os seus engenhos herdados. Para aborrecer um filho, dava um engenho ao outro, e neste jogo ficou sem um pedaço de terra para enterrar a carcaça.

Um gênio esquisito, o da minha tia. Só o meu avô tivera fôlego de lhe suportar as impertinências.

Tio Juca preparara os seus venenos antes de sair. Vi-o com ela, em conversa, aos cochichos: tia Sinhazinha pra aqui, tia Sinhazinha pra acolá.

A literatura me cantava aos ouvidos a vida larga dos engenhos, o austero regime patriarcal, a grandeza moral das famílias, todo um mundo de dignidade e nobreza; e o que eu estava vendo não era nada disso.

O meu avô ainda não perdera nada para mim. Pelo contrário, embora pisasse no mesmo chão que ele, via-o como se estivesse longe, mais puro que todos nós.

Este seria grande em qualquer parte. Teria sido um funcionário público sem nem um dia de férias em sua vida, exemplar no trabalho, cuidando da família com o mesmo zelo, morrendo pelos seus da mesma maneira.

Não fora o engenho que fizera grande o meu avô. Ele é que fizera o engenho grande. Por que os outros não chegavam aos seus pés? Estava ali o seu filho, criado ao lado do seu exemplo, sangue seu, pensando na sua morte como um urubu faminto de carniça.

A velha Sinhazinha não me deixaria mais. Na minha infância, ela rondava os nossos passos de menino como um bicho carrapato. Vinha agora, a mando de uma ambição, me perseguir, botar mais cinza naqueles meus dias mortos do Santa Rosa. Suportava tudo. Procurava desviar-me dos golpes dos seus olhos com uma paciência de escravo.

Ela estava criando uma negrinha de uns dez anos, chamada Josefa. A bichinha gostava do meu quarto como de um retiro feliz. Corria para lá e ficava sentada pelo chão, vendo as figuras das revistas. Dava-lhe pedaços de biscoito e Josefa olhava para mim com os olhos compridos de quem estivesse vendo um príncipe perto dela. Enquanto lia, passava as mãos pela minha cabeça, me alisando, bem satisfeita de me agradar. Tinha o corpo com manchas da peia da dona.

— O que foi isto, Josefa?

— Foi dona Sinhazinha que me deu.

Mas não havia um sinal mínimo de revolta naquela sua resposta. Dizia-me isto com a mesma fala assustada com que tocava em outras coisas:

— Mãe me deu aqui, porque estava morrendo de fome.

A bichinha apanhava por tudo. Os cachorros da velha eram mais bem tratados.

A sua vida miserável começava a me tocar, sentindo por ela uma simpatia misturada de pena. Para que Deus fizera escapar das moléstias dos cueiros aquela infeliz? Haveria de vencer tudo e chegar viva até as mãos de minha tia.

Quando ouvia no meu quarto o grito estridente: "Ó Josefa", corria como um cachorro que atendesse a um assovio de caçador. Às vezes, ouvia os seus gritos na peia. A dona exemplava a menina, como se dizia. Tinha ímpetos de correr em seu auxílio, de arrancá-la das mãos cruéis, de topar de vez com a velha. Cadê coragem para isto? Ouvia os gritos:

— Cale-se, diabo, cale-se, diabo.

E o choro engolido rebentava em soluços estrangulados.

Depois, ela chegava ao meu quarto. Vinha com os olhos ainda orvalhados, a fala mais terna ainda, como um cachorrinho com o rabo entre as pernas, fugindo de um pontapé impiedoso. Procurava logo sarar aquelas feridas expostas:

— Toma um biscoito, Josefa.

E ela recebia e as lágrimas corriam outra vez. Parecia que a minha ternura ia ter a outro manancial, até as lágrimas que a bondade provocava.

Era preciso que tivesse um coração de pedra para não me comover com aquilo.

Deixava o meu jornal para olhar para ela, nos minutos de felicidade. Fazia boneca com minha roupa suja, com meus chinelos, falando sozinha a acariciar os seus brinquedos. E quando fazia de mãe, a voz se abrandava mais:

— Não chore, meu filhinho, não chore, mamãe tá qui.

Virava o rosto para o outro lado para esconder a minha emoção. Não sei se ela sentia esta dor, porque vinha logo com as mãos pela minha cabeça, perguntando-me as coisas:

— Doutô não vai mais imbora não?

Não, não ia embora. Melhor que fosse para longe, que me perdesse pelo mundo. Ali, onde pretendera fundar qualquer coisa de grande, me via pequeno demais. Nem àquela negrinha desgraçada podia dar a vida que merecia.

Que miseráveis 24 anos!

E o cerco contra mim se fechava. Por que não reagia contra aquele ódio injustificável da minha tia? Sem forças para enfrentar uma velha de quase oitenta anos!

E era este o homem que se enchia de orgulho em artigo de jornal, que falava de morgados e barões.

Certa vez os cochichos aumentaram e a peia estalando no couro da negra Josefa. Ouvia a voz da minha tia:

— Diga, negra safada! Diga, negra safada!

E a peia no lombo, que chega cantava de longe. Como era um fraco! Que sangue podre corria pelas minhas veias!

Levantei-me da rede. Cada lapada que ouvia era como se estivessem cortando a minha alma de chicote. Fechei os olhos, tapei os ouvidos. Era inútil. Uma dor terrível tomou-me de súbito. Corri sem saber para onde. Entrei no quarto da tia Sinhazinha, e a negra estendida no chão, com a bunda descoberta e a velha de relho de sola na mão. Não soube o que fiz. Gritei à toa. Tudo rodava na minha frente. Caí no chão.

Fora uma síncope ligeira. O meu avô soube e pela primeira vez entrou no meu quarto:

— É esta vida parada que lhe faz mal. Devia andar, fazer exercícios. Jerônimo sofria dessas vertigens. O doutor Sá Andrade mandou que andasse a cavalo. Que fizesse besteira aí por fora.

E foi direto à minha mágoa:

— Não ligue importância ao que faz Sinhazinha. Há mais de cinquenta anos que é isto em casa todos os dias.

Quando saiu, deixou-me mais abatido com o seu cuidado. Ainda havia, naquele resto de consciência que a velhice roía aos poucos, a coragem daquela confissão. Os outros tiravam trinta anos de cadeia. Ele me falava em cinquenta anos com a velha Sinhazinha.

A negra Josefa não me apareceu mais. Estava proibida de chegar perto de mim.

Depois soube de tudo. A surra fora para que a pobrezinha confessasse que eu lhe queria fazer mal. Tia Sinhazinha andava dizendo que eu vivia beijando a negrinha. Em breve, em todos os outros engenhos corria a notícia. Seria um monstro para todo o mundo. Com uma menina de onze anos!

Havia de engenho a engenho uma cadeia de intrigas. Família grande dava em imundície, dizia-se sempre. Baltasar andava almoçando no Santa Rosa, jantando no Oiteiro, ceando no Maravalha. Transmitia as novidades com uma regularidade de correio fiel. O que passava no Santa Rosa, sabia-se na Várzea toda.

E vivia a família falando uns dos outros. O meu avô, mal com o dr. Quincas do Engenho Novo. Tio Juca, brigado com o irmão Lourenço. A minha história com a negra, o meu ataque, estariam de boca em boca, nos cochichos, nos espantos das primas do Maravalha!

— Lembre-se disso. Que rapaz perdido!

Era assim que elas comentavam, censuravam. Todos eles fariam o pior juízo de mim. O tio Juca vencia terreno.

Formava os meus planos de evasão. Não podia ficar por ali. Teria sorte nos outros lugares, com gente estranha. Com o meu avô cada vez mais perto do fim, o Santa Rosa seria um inferno. As noites tinham milhares de horas para as minhas insônias. Apagava o candeeiro de gás e a luta deitava-se comigo na rede.

Não fumava, e nenhum livro com força de me prender. Que doença da vontade era aquela que me deixava ao léu, pano mole sujeito a todas as ventanias. Quando começava a dormir, era manhã. A vassoura da negra varrendo a casa chiava desde as cinco horas.

Ficava então sem coragem de me levantar. Ouvia o gado saindo para o pastoreador, os chocalhos batendo, os urros tristes de vacas que deixavam os bezerros no cercado. O ar frio da madrugada dava-me sono, mas o barulho de tudo acordado não teria consideração pelos meus nervos.

Preocupava-me com doenças. Há anos que não se repetiam aqueles ataques. Uma vez no colégio e aquele. A epilepsia fazia-me terror. Procurava mudar a atenção para outras coisas, e era a doença que me dominava. Nos meus tempos de menino, ainda sabia correr desses inimigos perniciosos. Um incidente qualquer me desviava deles. Já tinha procurado um médico de Recife.

Seria um histérico, como ele me dissera, que uma vida metódica corrigiria. E ali estava no Santa Rosa, sem extravagâncias, com a mais parada existência que poderia arranjar um homem na terra.

E chegou-me a crise, aquela insônia e aquela insatisfação, e o corpo amolecido de quem tivesse passado o dia no trabalho bruto. Corpo mole de manhã à noite. A carne de sol do almoço amargava-me na boca. As moscas me deixavam uma impressão horrível. A casa estava cheia delas que chegavam a zunir na cozinha, como enxame de abelhas. Trancava-me no quarto fugindo do aperreio, matando-as com jornais. Cobria-me na rede e com pouco mais já vinha uma, passando pelo meu nariz. E quando tocava, um calafrio percorria-me da cabeça aos pés.

Trancava os meus objetos de uso na cômoda, para que não tocassem neles. Dia da hora se iriam, sem ninguém mandar. A estrebaria porém estava ali perto para mandar outras e encher as fileiras daquele exército invencível.

Botava papéis com breu para aprisioná-las. Ficava atento às manobras que faziam para morrer. Era a única coisa que me seduzia ali: aquele espetáculo miserável, ver o suicídio das moscas. Andavam por cima do papel estendido com outras já pregadas no breu. Davam uma volta por fora e quando vinham era de uma vez para se desgraçar. Parecia que elas fugiam como se quisessem criar coragem. E avançavam para o precipício. As asas batiam por algum tempo e outras voltavam para repetir a façanha.

À tarde, saía da cela para ver o mundo. E era bom que não tivesse saído, porque o Santa Rosa era cada vez mais triste. Lá estava meu avô sentado, olhando não sei para onde, a bater com o cacete na calçada.

E o céu se enchia de nuvens bonitas, rosadas, de todas as cores, ou então escamava-se todo. Os moleques dos meus tempos diziam que eram os rebanhos de Nosso Senhor, os carneiros de São João pastando lá por cima.

Não era porém para o céu que eu olhava. Ouvia mais do que olhava. E o silêncio fazia conluio com a minha melancolia. Um silêncio de quem estivesse com doente em casa. Os bois no curral, de cabeças baixas e uma porteira que batia deitava eco por longe. Ficava cismando e quando abria os olhos era a noite que tinha chegado.

Tinha a impressão de que tudo se diminuía com a noite, no Santa Rosa. Na minha infância, corria para junto da tia Maria. A casa toda fechada e tudo lá por fora metido na escuridão. Dormia com o bicho carrapato na cabeça, com os bichos que saíam de noite para comer gente.

Não era que eu quisesse uma tia Maria para me encostar como um menino medroso. Os bichos lá de fora não amedrontavam mais. Havia, porém, uma coisa me fazendo falta, estava vazio ali o lugar de alguma coisa.

Nenhum ser humano tinha existência real para mim. O meu avô somente, mas eu já o via morto pela metade. Queria uma quentura humana para me aquecer, uma pessoa bem viva, bem jovem, me querendo bem, me procurando. Josefa, coitada, não tinha sido mais que um bichinho que me lambesse os pés e mesmo assim evitavam que me chegasse por perto.

À hora da ceia, o velho Zé Paulino comia os beijus molhando na xícara de chá. E falava, as mesmas histórias de sempre, aquilo que ele vinha repetindo há muitos anos. Agora, sem aquele riso do fim, a boa risada que dava, fechando os olhos azuis. Queixava-se muito das safras pequenas. Não fazia nada. Breve estaria como o Lula de Holanda, matando os bois do cercado para comer.

Uma coisa observava no meu avô: lastimava-se demais. Chorava muito, como se dizia de gente que sem precisão se queixava da sorte. Não tinha nada, não fazia nada, era o seu estribilho.

O mão-aberta de antigamente, aquele que mandava portadores para duas feiras, que comprava mantas e mantas de carne, quartos de bois no Pilar e na Itabaiana, estava perdendo esta franqueza de pródigo. Dera para meter-se na despensa contando as barricas de bacalhau, para gritar com as negras quando lhe pediam as coisas que faltavam.

A idade secava aquele rio de águas abundantes.

Saía da mesa para o meu quarto onde me esperavam as noites compridas.

5

Os livros que tinha não seriam os tais amigos generosos de que falavam. Lera *Os Maias* e as figuras deste romance me empolgaram, agitando-me de verdade aqueles homens de Eça. Livro de uma humanidade profunda, mas triste. Toda a alegria do Eça, todo o ridículo do pobre Alencar não me arrastariam daquele quadro pungentíssimo do velho Maia de candeeiro na mão, espiando a infelicidade do neto que corria atrás da carne cheirosa da irmã.

Lera este livro sem parar, procurando encontrar no avô daquelas páginas humanas o velho Zé Paulino do Santa Rosa. É uma coisa chocante quando a gente vai ler um romance com este propósito. Porque o modelo do livro excede de quando em vez a figura em que se pensa, reduz até a tamanho insignificante a pessoa que queríamos meter em comparações. Junto de Afonso da Maia o velho Zé Paulino perdeu muito. A velhice daquele mangava do tempo, o material humano, a natureza generosa e grande do velho de Eça atravessavam a idade com todas as dignidades intactas.

Não devera ter procurado trazer o meu avô para perto daquele tipo perfeito da criação. Ele era um campônio modesto, humilde, em frente àquela nobreza de raça. O que eles tinham de iguais, do mesmo tamanho, era o coração.

Tudo no outro era daquele mundo que eu sonhara construir no Santa Rosa: o gesto, o gosto, a coragem. E o velho Afonso chegara até os fins, de cabeça firme, de hábitos compostos. Morreu naquele banco de mármore, como um pássaro, sem emporcalhar-se com morte degradante. Morreu de dor, pelo coração, como vivera pelo coração, com a sensibilidade viva e ainda sofrendo pelos seus. A desventura dos netos prostrou-o como um raio. E o Ramalhete era bem o solar para aquele morgado.

E o meu avô? E a gente que o cercava?

Abandonara o romance para vê-lo mais intimamente, arrastando os chinelos, de cacete na mão, molhando o beiju no chá e escarrando no chão. Aquilo era uma indignidade da minha parte: querer procurar um herói de romance para diminuir o meu avô daquele modo, descobrir um homem criado pela fantasia, para medi-lo ali com aquele, feito de carne e osso.

O que me doía mais em tudo isto seria o pensamento de um avô caduco, meio criança, voltado a uma infância sem poesia e sem graça, aquela infância dolorosa que é a demência.

Tio Juca estava fazendo cálculos com a sua morte por causa dos nove engenhos. Talvez que, se já tivesse morrido, fosse melhor para ele. Que valia a vida assim, aquele resto de dias que se avizinhavam impiedosos?

Via-o então passando pela minha porta e todos esses meus pensamentos fugiam. A figura dele me mudava os pensamentos. Que vivesse até o fim, que atingisse os limites que Deus lhe marcara. Ele não era de romance. A sua existência não dependia da imaginação de ninguém.

E para que esse meu egoísmo de querer que morresse, somente para que o neto não suportasse a mágoa da sua decrepitude? Ele desejava viver. Que vivesse até onde o levasse o seu organismo privilegiado.

Um dos meus livros de escola contava a história de um país de costumes bárbaros. Quando, ali, os homens chegavam à velhice, os filhos os levavam para uma floresta, abandonando-os por lá, para que morressem de fome. Um dia, um filho abandonou o pai ao seu destino. E já vinha embora quando ouviu de longe o chamado do velho. Voltou entristecido para saber o que era.

— Não é nada não, meu filho. Leva este capote para ti. Não preciso não. Podes carecer dele no tempo em que te trouxerem para este mato.

Era o meu caso com o meu avô. Me faltava coragem de lhe suportar a velhice, as rabugens da idade. No entanto ouvia as negras falando da morte dele com pavor.

— Deus nos defenda.

E os netos e os filhos se mostravam cansados dos seus 86 anos. Os que sofreram o peso da sua autoridade amavam mais o senhor que eu e tio Juca que temíamos os poucos anos que restava a tirar. Um queria que ele fosse da altura de heróis de romance para satisfazer a sua vaidade besta. O outro se impacientava com a herança tardando.

Ouvia o meu avô tossindo ou gritando para alguém que passava na estrada. Descompunha os moradores. Eram todos uns ladrões. Não vinham para o eito, só queriam vadiar. Não havia um que prestasse, tudo a mesma cambada. Depois ouvia-se tinindo a campainha da gaveta dele. Dava dinheiro aos ladrões que eram os seus bons servos.

— Quem é você?

— João Rouco, seu coronel.

Lembrava-se logo. O velho, quase da sua idade, ainda no cabo da enxada.

— Também quer adiantado?

— Senhor sim.

— Só vejo dinheiro saindo e a cana no mato.

— Pois bote gente.

Ouvia este bate-boca do meu quarto, com pena do velho Zé Paulino. Estava ali João Rouco, talvez o pária mais velho do seu engenho. O escravo bom que não enjeitava dia de chuva e de sol, mais de setenta anos de trabalhos forçados e ele nem lhe reconhecia a cara murcha. Perguntava o nome dos parentes mais próximos.

— Quem é você?

— Rubens da Maravalha.

Então a memória voltava atrás como se se sentisse em falta:

— Como vai Joca? Fez alguma coisa este ano? Aqui não fiz nada. Setecentos pães. Nem engenho de besta. O meu pai, no tempo em que isto aqui não valia nada, nunca tirou safra deste tamanho. Estou me atrasando.

E no entanto a safra não fora tão pequena assim. Exagerava tudo para menos. Fazia questão que soubessem que estava pobre:

— Não valho mais de nada. No tempo da escravidão, moendo com animais, cheguei a fazer quatro mil pães. Hoje é isto que se vê. Não valho mais de nada.

— Nada, tio Cazuza – lhe respondia aos gritos o sobrinho, para que ouvisse. — Vossa Mercê ainda está forte. Está é chorando demais. Está virando senhor Marinho.

Ele ria-se com a referência ao parente do Maraú, um rico que criara fama pela sovinice.

Havia um vaqueiro chamado Divino que contava histórias para o povo se rir. Divino dizia sempre:

— Ah! seu coroné! Só encontrei na vida duas travancas: setenta e sete e senhor Marinho do Maraú.

O meu avô contava sempre esta história quando se falava do parente somítico. Era com este que por brincadeira o comparavam. A brincadeira não deixava de ter a sua razão. Desde aquele dia que me procurou para falar da velha Sinhazinha, que não se dirigia a mim. Cada semana que se passava, mais fugia do mundo, mais se distanciava do velho Zé Paulino de outrora. Podia sucumbir, acabar-se aos poucos, mas lhe ficasse o caráter, a sua excepcional grandeza de coração. O tempo, porém, parece que escolhera justamente este lado bom para deformar. Que coisa inverossímil o que estava se vendo.

Uma vez, encontrei-o aos gritos com a negra Avelina. Ela queria dinheiro para uma garrafa de vinagre e o velho na descompostura:

— Ladrões, estão me roubando. Aonde já se viu gastar-se tanto.

Quisera nunca ter ouvido aquilo. Tinha razão: o meu avô estava durando demais.

6

MEU CARO CARLOS:
Há mais de um ano que não tenho notícias suas. Recolheu-se você a um silêncio de monge. Ninguém sabe nada do grande boêmio das pensões alegres. As nossas amigas não se cansam de perguntar pelo companheiro fugitivo. A Laura me disse ontem que qualquer dia destes não conterá mais as saudades. Prepare uma boa cama aí no engenho. Outro dia, foi a história de uma negra deflorada por você. Que diabo! Para que daria o fino Carlos de Melo das leituras de Wilde? A vida, por aqui, naquilo mesmo. Tenho lido muito. Nada de mulheres. Bastam-me os dois meses de cama que me pegou a magra Clotilde. Fui ao canivete. Levantei-me da cama com mais vontade de levar a sério as coisas. Você leu o meu artigo sobre Nabuco? Estudei o assunto com cuidado. Li muito. Apareceu um livro de um sujeito do Sul sobre populações meridionais. Se você quiser, eu lhe mando. Você, Carlos, é que podia escrever sobre os nossos homens do Norte. Aqueles seus ensaios sobre os senhores de engenho bem que revelaram capacidade para isto. Corre por aqui também uma versão: a de que você está preparando um livro sobre o seu avô, nada menos do que toda a história da cana-de-açúcar na Paraíba. Estou doido para lê-lo. Será verdade? O assunto é o mais sugestivo. Aliás, você terá todas as facilidades. Pelo que se falava na

Academia, o seu avô é o grande tipo do senhor de engenho. A vida aí, no Santa Rosa, ainda deve ser a grande vida senhorial dos velhos tempos: homens dignos, mulheres recolhidas e santas e a vassalagem cheirando a escravidão. Muito me tenho lembrado das nossas conversas do Continental, com você a falar de literatura, largando as suas boutades. *Tudo por aqui está frio, sem ninguém. Estive uma noite destas nas pensões. Que mulheres, seu Carlos. Verdadeiros cacos. A Rosália, aquela mulata com quem você andava, casou-se com aquele sujeito que bancava bicho, o Carvalhinho. Vi a Laura e conversei com ela sobre nossos tempos como se já fôssemos dois velhinhos. Lembramo-nos das nossas farras, dos seus gritos quando estava um pouco tocada. E aqueles seus prantos, as suas crises de cachaça, dizendo a todo o mundo que era infeliz. Bons tempos. Vi quase que uma lágrima nos olhos de Laura. Continua boa, interesseira como sempre. Pediu-me até para lhe escrever para lhe lembrar uma coisa prometida. Não sei o que é. Voltei para casa, triste. O meu artigo sobre Nabuco agradou muito. O Mário Neves, do* Diário, *fez-lhe umas referências elogiosas. Que cretino! Nem nos elogiando a gente suporta. Mas eu estou lhe escrevendo para falar do seu livro. Qual será o seu plano? Você pegará o velho seu avô isolado ou é a crônica da sua família que vai traçar? Melhor seria uma crônica de sua gente, dos velhos troncos até os nossos dias. Sinto não ter em mãos este material de que você dispõe com tanta abundância. Se quiser alguma coisa aqui da biblioteca, me escreva, pois posso pedir ao diretor, com quem me dou. É hoje aquele sujeito que escrevia no* Pequeno *e que andou copiando umas páginas de Eça de Queirós. Você conhece também o Norberto, com aqueles olhos supurando. Você até me dizia que tinha vontade de vomitar, quando ele lhe olhava de perto. Posso lhe mandar também umas notas que tirei para fazer meu estudo sobre Nabuco. Mas, certamente, você não precisará de nada disto. Basta este contato direto com a sua gente, esta sua vida feliz, misturada com os seus. Você, Carlos, é um homem de sorte. Pode olhar para trás e ver avós brancos, os homens que fizeram a grandeza da sua família a cavar a terra, a mandar em negros. Quero ver o seu livro. Escreva e mande as suas notícias. Seja mais camarada, lembre-se dos velhos amigos. Qualquer dia destes saio daqui e vou passar uns dias com você. Quero ver de perto os remanescentes da velha nobreza rural, o seu avô mourejando e o neto de pena na mão para nos contar a sua vida heroica. Você é um homem que não pode se queixar. Vivia com esta ideia na cabeça, na faculdade, e quando termina o curso, enquanto outros se danam atrás das promotorias, encontra um seio de Abraão para descansar. Vida boa. Escreva-me, seu Carlos. Do seu*

MÁRIO SANTOS

P.S.: Mande-me contar a história da negra. Não acreditei. Logo você, que vivia falando em pureza de raça. Mande-me contar esta história com todos os "efes" e "erres".

7

PARECIA UM INIMIGO QUE me houvesse surpreendido na miséria e me quisesses machucar impiedosamente. A história da velha Sinhazinha chegara até longe, envergonhando-me, reduzindo-me a um infame desvirginador de negrinhas. Mário Santos soubera, todos os meus conhecidos teriam comentado com nojo. Aquela carta de um amigo de quem nem me lembrava mais me fez este mal: deu-me a entender que por fora do Santa Rosa, dos engenhos da Várzea, correra a notícia maliciosa ficava-se sabendo que o neto do velho Zé Paulino andava sobre os passos do seu avô, passando nos peitos as negrinhas púberes da senzala. Velha miserável. Que lucraria com isto, que bem lhe poderia vir daquela invenção?

O amigo falava-me de outras coisas. De Laura, um amor de dias que não me deixara traço nenhum na sensibilidade. Vivera com ela, com aquela esquisita indiferença pelas mulheres que me trouxera a adolescência. Não sabia o que era aquilo comigo: não me absorvia, não me entusiasmava com os amores que me apareciam. Laura tinha uns olhos verdes, um sorriso franco, bons dentes e carnes rijas. Tomou-se de paixão por mim, com a voracidade com que amam as mulheres da vida. Pegava-me para passar os dias inteiros no seu quarto. Não ganhava dinheiro. A dona da pensão entronchava a cara, gritava para as outras, com indiretas para ela. Um dia lhe falei francamente. Não iria mais lá. Estava perdendo tempo comigo. D. Júlia tinha toda a razão.

Então, vi os seus olhos cheios de lágrimas, chorando como uma menina contrariada, esperneando em cima da cama. Deixei-a assim. No outro dia, na faculdade, veio-me um colega com um jornal na mão:

— Já leu?

— O quê?

— O suicídio de Laura.

Não sei como não me estendi no chão, com o choque. Corri à pensão. D. Júlia disse-me o diabo. O que estragava as mulheres dela eram estes gigolôs safados:

— Pobre da Laura!

E os olhos da cafetina molharam-se de lágrimas de verdade.

— A pobre está no hospital. É para isto que vocês servem.

Encontrei-a estendida numa cama, coberta até o pescoço:

— Não foi por sua causa não, Carlos. A gente faz besteira sem querer. Não precisa chorar, meu bem.

Naquela sala comprida do hospital, com outras doentes gemendo, via Laura como uma mártir, uma sacrificada por mim. Os olhos verdes cercados de olheiras profundas, pálida, sem tinta no rosto, dava-me assim a impressão perfeita da maternidade. A dor enobrece deste jeito as criaturas. Fiquei com as mãos dela nas minhas. E a pobre me olhava. Chegou-se mais perto de mim, procurando o meu corpo. Sentei-me mais junto dela. E a mãe dolorosa de minutos antes se inflamava toda. Era o amor lúbrico das noites de pensão.

— Venha todo dia aqui me ver, meu bem. É tão pau ficar sozinha, com as outras me perguntando as coisas!

Prometi voltar e voltei dias seguidos, até que ficou boa. Foi uma festa na pensão. Ninguém diria que Laura tinha voltado da morte. Bebia-se e dançava-se como numa festa de aniversário. D. Júlia ria-se e quando me viu com Laura:

— Solte este chamego, menina.

Mário Santos injustamente falava em interesseira. Aquilo que ela me mandava pedir era o meu retrato de formatura. Nunca correspondi ao seu grande amor. Quisera mesmo ter gostado de Laura mais do que gostava. Também a minha adolescência não se arrebatara por nenhuma outra mulher. Aquela referência da carta de um amigo dera-me esta satisfação de me voltar para uma criatura daquela espécie. A carta, porém, me feriu profundamente com aquela história do livro. A literatura, a pose de me fazer de uma grande família, criara em meu derredor aquela fama de avós morgados. Esperava-se um livro, um grande livro, de quem vivia a brincar com moscas, trancado num quarto como um lunático.

E se Mário Santos viesse ao engenho para ver de perto o modelo, o grande tipo de senhor rural das minhas pinturas, dos meus orgulhos? Tinha o neto vergonha do avô? Não. Não era vergonha dele. Era de mim mesmo, das minhas mentiras descobertas. Mário Santos viria com o seu olho de diabo descobrir as minhas imposturas, conhecer no seu verdadeiro cenário o Santa Rosa que a imaginação do seu amigo inventara.

Onde estava o solar dos Melos, os marquesões, as baixelas de prata em que comiam os Melos, a vida larga e farta dos senhores de engenho? Fingira junto dos camaradas hábitos e riquezas de fantasia, um avô majestoso mandando com a dignidade de senhor. E o que encontraria? Um velho bom, gritando para as negras por causa de insignificâncias, de chambre de chitão, pelo meio da casa.

E essas preocupações, o medo de me ver pegado de surpresa com a mentira, mais me humilhava ali, mais me afastava de todos.

Ouvia o meu avô escarrando no chão. Aquilo me fazia mal. Se Mário Santos estivesse comigo? O que não diria ele, se visse o primo Nô caindo bêbedo pelas calçadas, e a pobreza dos nossos parentes da Una: Neco Costela, quase um anão, com filhos descalços e filhas abandonadas. E vinha me falar em material para um livro, uma crônica da minha família. Era um bom amigo, mas que infernal riso ele tinha para o ridículo dos outros. Fugia às vezes dele, com medo das navalhadas, das restrições ásperas, dos conselhos indiferentes às vaidades alheias.

— Que artigo horrível, seu Carlos, aquele seu da *Província*! Você não tem jeito para isso não.

Quando elogiava, porém, vinha sem inveja, franco, botando nas nuvens as coisas de que gostava. Deus me livrasse de Mário Santos ali pelo Santa Rosa. O mundo de que lhe falava cairia aos pedaços, aos golpes das suas indagações. Parece que o estava ouvindo:

— Esta velha é criada da casa, Carlos? Onde estão os banheiros de ducha de que você me falava? E os retratos dos antepassados?

Não. Não podia me envergonhar do meu avô. Mário Santos saberia vê-lo no seu tamanho natural. Se o conhecesse mais moço, mais viril, haveria de sentir orgulho daquela energia vigorosa para o trabalho, daquela vida que se fizera ao sol e à chuva. Não seria o fidalgo da megalomania do neto, não teria o trato dos velhos do sul de Pernambuco e nem tampouco a empáfia de uma nobreza dos dentes para fora. Já dera o que pudera dar. Podia escarrar pelo chão, andar de palito na boca, molhar o beiju no chá, dar os seus gritos. Nada disto degradaria a sua vida. A terra que cultivou, que falasse do dono infatigável que a possuiu. Nunca deixou que mata-pasto cobrisse as suas várzeas. Fez gemer muito carro de boi com o peso do seu açúcar e de suas sacas de lã. O neto é que era uma besta, um preguiça. Inútil, sem a coragem e vigor do sangue que lhe corria pelas veias.

Que miséria! Estava com vergonha dele, somente porque o amigo da cidade ameaçava uma visita de reconhecimento. Poderia vir. Eu mesmo lhe mostraria a rudeza dos seus atos, a louça de pó de pedra de sua mesa. Pratas, porcelanas, carruagens, tudo era falsidade, impostura de quem não tivera a dignidade de ser como os seus, fingindo, mentindo para os amigos.

Mas esse entusiasmo não demorava. Chocava-me outra vez e fugia como um caramujo para dentro de mim. E tudo se tornava mesquinho e a vida mais miserável.

A história de Josefa divulgara-se. A velha Sinhazinha soubera arranjar um conto verossímil. E era isso que a maledicência queria. A estas horas todos me teriam na conta de uma besta humana, correndo atrás das negrinhas do Santa Rosa como um pai-d'égua fogoso. Nas minhas doenças do mundo, de menino, os parentes achavam graça. Agora, não haveria negra que se aguentasse comigo. Precisava sair, tomar sol, senão os meus nervos não suportariam. Aquela vida de recluso, espichado numa rede, quando o corpo pedia movimento, esforço de músculos, faria mal na certa.

Dei para sair pelas manhãs, andar a pé até que me sentisse cansado. Eram caminhadas longas que eu fazia, pensando em tanta coisa que, às vezes, me surpreendia em lugares aonde não quisera ir. Ia à toa, a cabeça trabalhando nas minhas meditações sobre uma vida sem grandeza, sem estremecimento de paixão e de revolta. Passiva como a de um homem no fim de tudo. Era um vício meu, aquele de me abandonar aos planos da minha imaginação. Ela não tinha força de me arrancar do Santa Rosa, ou melhor, da casa-grande do Santa Rosa.

Saía da velha Sinhazinha para o meu avô, do tio Juca para os nove engenhos do coronel José Paulino. Encontrava pela estrada gente das feiras e quase que não os via. Davam-me os bons-dias e talvez que ficassem com medo daquele sujeito de olhar alheado e de braços para trás. Só doido, deviam comentar uns com os outros.

No outro dia, amanhecia sem coragem de sacudir as pernas. Os pássaros do gameleiro cantavam à solta, os canários e os galos-de-campina que dormiam no quente dos seus ninhos acordavam satisfeitos com a vida. Não havia mais menino de alçapão no engenho. E até a hora do café espreguiçava-me, sem coragem de meter a toalha no ombro e cair na água fria do rio. Depois vinham me chamar:

— Doutor Carlos, o café está na mesa.

E lá estavam a velha Sinhazinha, de cara murcha e de olhos vivos como de menina, o meu avô, os agregados, tudo triste, comendo calado. E o resto do dia era aquilo mesmo. Esperava os jornais do correio com impaciência. Lia tudo: notícias, telegramas, artigos. Sabia dos vapores que entravam e dos que saíam, os nomes dos cavalos de corrida, dos jogadores de futebol. Passava por cima dos convites de missa de defunto, não olhando para as cruzes pretas chamando gente para rezar pelas almas dos outros.

Era o meu velho medo da morte me perseguindo. E se Mário Santos viesse para ver tudo aquilo? O meu quarto com a cômoda e a rede, de tijolo, sem tapete, e a telha-vã por cima.

— Aonde estão as camas de jacarandá, seu Carlos?

Ou, então, fazendo pilhérias tão do seu jeito:

— Bem, seu Carlos, agora que já conhecemos este engenho, vamos para o Santa Rosa do seu avô.

E por que este medo do amigo? Ia-lhe escrever uma carta de alma aberta, contando toda a verdade, me expondo a todas as suas ironias.

Ouvia o velho José Paulino na sala de jantar gritando não sei com quem, nas descomposturas:

— Filho da puta, ainda me vem pedir dinheiro adiantado! Cambada de ladrões.

Depois passava pelo corredor, escarrando no chão. O que diria Mário Santos?

8

A NEGRINHA JOSEFA NÃO falava comigo na frente de gente. Passava de cabeça baixa, pelo meu quarto, mas quando me surpreendia sem ninguém por perto, me perguntava as coisas, com a fala assustada, olhando para os lados com medo das sombras. Vivia com o pavor do verdugo. O corpo moído das lapadas da sola dura. Uma vez entrou correndo no meu quarto e deixou uma goiaba madura na cômoda. E saiu correndo. Quando eu ficava pela banca, às tardes, ela passava me olhando, com rabos de olhos furtivos. Ficava inquieta por perto de mim.

— Que tem esta negra que não para – gritava-lhe a dona.

E a pobre sentava-se no chão, como um animal criado a chicote. Encontrei-me com ela na estrada, num dos meus passeios de manhã. Ia não sei para onde. E que sorriso admirável vi na sua boca, na carinha toda aberta em satisfação. Perguntei-lhe umas coisas e nem sabia responder de tão confundida com a liberdade. Fomos andando pelo caminho molhado pela chuva. E corria na minha frente, para colher cabrinhas que me dava.

— Dona Sinhazinha disse que o doutor vai-se embora. Ela me deu para dizer coisas do senhor.

E cada palavra que lhe vinha da boca chegava aos meus ouvidos macia, com uma ternura intraduzível. Ela queria me agradar, me ver contente. Era a única pessoa no Santa Rosa pensando nisto.

— Você quer ir comigo, Josefa?
— Quero sim senhô. Ela não dá eu ao senhô.

Ficou na casa do seu Lucino com um recado para as velhas. Fui-me até longe. Até longe pensando nela, no domínio cruel da velha sobre aquela bondade. Aquilo era uma espécie de servidão monstruosa. Por que o velho Zé Paulino não intervinha contra a cunhada? Por que aquela neutralidade criminosa onde não podia existir neutralidade alguma? Veria o meu avô os negros do seu engenho como bichos? Um saguim, um porco, um cachorro? Ou era medo da parenta, covardia diante do seu poder opressivo? O meu avô a temia de verdade, correndo das suas arengas. Muitas vezes chegavam moradores se queixando:

— Chico Marinho me botou pra fora, seu coroné. Me arrancou os meus pauzinhos da roça toda.

Mandava chamar o feitor.

— Foi ordem de dona Sinhazinha.

E estava tudo acabado. Pagava por trás dela os prejuízos, mas que fossem embora.

Impressionava-me a força daquela mulher no Santa Rosa. E curioso, enquanto o velho Zé Paulino perdia as suas autoridades de chefe, com a idade, ela ficava mais forte, mais ranzinza, mais implicante. Não tinha um cabelo branco na cabeça, não sofria de nada, não tinha coração para bater pelos outros. E a gente assim os anos respeitam.

Quando dei sinal de mim, estava no engenho do seu Lula. Quis voltar para que não me vissem, mas foi tarde. Lá estava ele me chamando para entrar, de gravata preta e colarinho duro. Fui para sua sala de visitas, de cadeiras de espaldar, de sofás bonitos. Nos tapetes velhos, os leões e os tigres estavam de cabeça roída, com fundas feridas pelo corpo. Lá estava o piano de dona Neném tocar para as visitas. Seu Lula pegou na conversa. Falou do seu primo Chacon assassinado em Recife, falou da guerra:

— Li o seu artigo no *Diário*. Muito bom, já ouviu? Muito bom. É isto mesmo. Foram-se embora os homens da lavoura, já ouviu?

E gritava este "já ouviu", bem perto dos meus ouvidos. Depois chegou a filha, vestida como se fosse para passeio, perguntando-me pela tia Maria e pelos meus. Parecia que moravam noutro país, de tão distante das coisas do Santa Rosa. Veio uma negra com um cálice de vinho do Porto. Seu Lula não saía dos seus hábitos. E aquela casa cheirava a rosa murcha, a coisa passada.

— Nunca mais estive com o coronel José Paulino. O meu carro quebrou-se. Neném, toca aquela valsa para o doutor Carlos ouvir.

E ouvi então a coisa mais triste deste mundo: uma valsa tocada no piano de seu Lula. Seu Lula me olhava para descobrir a minha impressão.

— Neném fez figura em Recife, já ouviu?

E a valsa acabou-se. Bati palmas e disse-lhes umas palavras de entusiasmo. Agradeceram-me. Há muito que não se ouviam naquela casa palavras de gente de fora. E saí com a impressão de ter deixado uma casa com um morto na sala e a família chorando.

Desde a minha infância que seu Lula era aquilo, aquele doloroso fim de uma raça. E o Santa Fé o mesmo, com a mesma tristeza, a mesma gente misteriosa. Dissera-me ele que o seu carro tinha quebrado. No entanto, os cavalos é que tinham morrido. Os pobres cavalos magros, de costelas de fora, que arrastavam seu Lula e a família pelas estradas, parando nos engenhos, afrontados, como se viessem de léguas. Morreram os cavalos de seu Lula e nunca mais que as campainhas do seu cabriolé enchessem de alegria aqueles ermos.

— Lá vem o carro de seu Lula.

E todo o mundo corria para ver o povo do Santa Fé trepado nos seus restos de grandeza.

Josefa ainda estava me esperando. Vi-a numa moita de cabreira. E correu ao meu encontro com a mão cheia de pitangas. Estava quase na hora do almoço e ela por ali. Couro na certa, quando chegasse.

O trem das dez já tinha passado. E quando cheguei na casa-grande, o povo já comia na mesa de almoço. A velha Sinhazinha procurando a moleca:

— Cadê Josefa, Avelina?

— Não chegou ainda não senhora.

— Negra levada. Deixe estar ela.

Josefa espantava as moscas, com uma espécie de bandeirola de papel, nas horas de comida. Dava um ritmo monótono às refeições aquele sacudir rumoroso de papel. Trepava-se num banquinho e por cima da cabeça da gente afugentava para longe as moscas nojentas. Não tinha chegado ainda e a dona, na cabeceira da mesa, remexia-se com raiva na cadeira:

— Negra safada. Deixe estar ela.

E aquilo ela dizia com mais ênfase para me ofender. Depois Josefa chegou. Já vinha com os olhos alagados e sacudindo o espanador com dois fios de lágrimas descendo pelas faces pretas. A comida amargava-me na boca. E o velho Zé Paulino nem dava por toda aquela miséria. Sim. Ele poderia ter dado aos impulsos de sua cunhada as medidas que o humano exigia. Então porque a velha quisesse consentia que judiasse daquele jeito com gente? Não brigava com os carreiros quando via os seus bois marcados pela vara de ferrão?

Abandonei o talher e recolhi-me ao meu quarto com um nó na garganta. Um ódio violento me revoltava contra todos. Contra a velha, o meu avô, a minha passividade. E Mário Santos me escrevendo para publicar livros. Que aristocracia rural, que coisa nenhuma! Eram todos uns selvagens de marca. Estava ali Josefa apanhando como se fosse de ferro, com onze anos, dada de presente como uma cutia, um tatu. Fosse para o inferno com esta história de livro.

Uma negra chegou-me com um recado:

— O coroné Zé Paulino está chamando o senhô para tomá café.

Encontrei-o sozinho na mesa. E me olhou com uma penetração estranha, como nunca lhe tinha visto até hoje. E pela primeira vez na minha vida vi os olhos do meu avô umedecidos. Não disse nada e levantou-se.

9

QUE QUERIAM DIZER AQUELES olhos umedecidos do velho Zé Paulino? A tarde inteira passei fazendo as minhas suposições. Seria que estivesse se adiantando na demência? Sofreria por alguma coisa? De qualquer maneira a situação do meu avô era de fazer pena. Vi-o absolvido de todas as suas fraquezas, de todos os abusos da sua autoridade. O seu coração não estava morto como eu pensava, ainda estremecia pelos outros.

Quando saí do meu quarto encontrei-o deitado na rede, com as pernas cruzadas, olhando para o chão. Donde provinha aquela tristeza profunda? Seria por minha causa? Haveria alguma dificuldade nas suas finanças? Tive vontade de ir até ele, mas faltou-me coragem. Era melhor deixá-lo sozinho como ele gostava de estar; e vim para fora.

Na destilação, como nas farmácias do interior, os moradores se encontravam em conversa. O estribeiro, alguém que viesse em visita ou a negócio, o destilador João Miguel, e a palestra pegava, devagar, no manso, sem uma palavra mais alta, mas com gargalhadas de estrondo. João Miguel era branco, sabia ler e tinha com ele sempre as histórias de Antônio Silvino, lendo para os outros. Quando eu passava por eles parava tudo. Em menino eu era dos seus, do seu número. Agora, porém, não queriam negócio com o doutor. Crescera e bastava a minha presença para que fugissem para dentro de suas subserviências, para que se escondessem de mim como se eu fosse um decurião e eles os medrosos alunos de seu Maciel. E se parasse, por certo sustavam a conversa.

— Pode continuar a ler o livro, seu João.

— Não é nada não, seu doutô. Uma besteira que estou lendo aqui. Não vale nada.

Sumiam-se todos, fechando a porta ao companheiro que se fora para outro nível. Talvez fosse cerimônia e que depois se tornassem às boas.

No curral, os moleques tratavam do gado. Os de agora, não os conhecia mais; porém, eram os mesmos na porcaria e na penúria. O que faltava ali era o olho do velho Zé Paulino. Estaria lá dentro, na rede, de pernas cruzadas, ele que fora a ação mais tenaz, a roda volante daquela engrenagem.

Às vezes, no engenho, a gente brincava de parar a máquina. Botávamos feixes e feixes de cana de uma só vez, na moenda. E cadê força para a moenda engolir? O volante começava a ir e vir empacado. Vinha mestre Fausto brigando e com o pé empurrava a roda até que chegasse energia para arrastar o engenho. Via o meu avô quase como o volante, quase que parado de vez.

À boca da noite me encontrei fora de casa, pensando nisto. Pensando nele, no meu avô Zé Paulino se arrastando como a roda preguiçosa. Ele que se movera na vida com tanta presteza em tudo, tão veloz nas suas vontades.

A tristeza dos poentes do Santa Rosa contagiaria o homem mais alegre do mundo, quanto mais aquele que vivia murcho até nos meios-dias, de alma picada por tudo que era desencanto.

Por que estaria de olhos umedecidos o meu avô? Ouvi Chico Marinho brigando com um morador:

— Cabra safado. Só não digo ao coronel para não aperrear ele.

Era com João de Joana, o meu amigo dos bons tempos.

— O que foi que ele fez, seu Chico?

— Encontraram ele roubando laranjas no sítio.

De cabeça baixa, nem lhe via a cara calçada de vergonha.

— Deixe ele, seu Chico.

— É preciso aguentar essa gente, seu doutô. Começa nas laranjas. Isto é um povo desgraçado.

E João de Joana saiu sem me olhar. Roubando laranjas. Era o que nós fazíamos, em pequenos, na despensa da tia Sinhazinha. Ele crescera, ali, por dentro de casa, na fartura, com o prato cheio de feijão. Ficara homem, tinha filhos em casa, e mulher. Vira as laranjeiras do sítio amarelas de carregadas e entrou, como no seu hábito de menino, na horta, para apanhar as laranjas que estavam pelo chão. E Chico Marinho pegou-o. Passava assim para a categoria dos ladrões do engenho.

Dentro de casa a lâmpada de álcool já embranquecia tudo com o seu clarão de lua. O meu avô, no seu canto na mesa, esperava a ceia jogando lasquiné sozinho. O baralho parecia enorme, de sujo. A velha Sinhazinha dormitando numa cadeira de balanço. E este silêncio só se quebrava com a chinela da negra que botava os pratos na mesa, para o chá.

Levei os jornais para o meu quarto. Havia uma carta com o meu endereço. De Laura. Junto ao candeeiro lia comovido. Queria saber o que eu estava fazendo naquele buraco. "Ainda não peguei chamego com ninguém depois que saíste daqui. O teu gostinho ninguém tem. Mário andou por aqui atrás de mim, falando besteira. Dormiu com uma francesa. Por que você não dá um saltinho por aqui? Venha, meu bem. Ouvi dizer que o teu avô emborca qualquer dia. Só se fala aqui no dinheiro que você vai pegar. Gosto de ti não é pensando nisto. Quando chove na pensão, me lembro das noites que dormia contigo. A gente dormia pegado um no outro, até de manhã. D. Júlia ficava danada. Por que você não volta? Quer é estar ouvindo choro de sapo. A tua negra Rosália casou-se. Está aí o amor dela e tu com a cabeça inchada por aquela quenga. Me escreva, me mande o retrato."

Tive então saudades de Laura e de toda a minha vida de Recife, dos cinco anos de colegas, mulheres e jornais. Por que não dava o fora do Santa Rosa e não pegava outra vez o fio daquela existência fácil, divertida?

Tomei chá nesta noite pensando em abandonar os meus, em romper definitivamente com tudo aquilo.

Tia Sinhazinha falou na mesa num chamado da filha, que estava doente. Ia marcar o dia da viagem: "Não sabia por que Maria não viera passar os dias que prometera. Assim Zé Paulino não ficaria sozinho".

Ela falava não sei para quem, porque o meu avô não lhe ouvia a conversa. E eu disfarçava.

— Avalie – continuava ela — como não vai ficar solta essa gente aqui.

Tinha mesmo a convicção de escravizar os outros, o orgulho ruim de carcereiro, se descobrindo nas suas referências magoadas à liberdade dos outros. "Avalie como não vai ficar solta essa gente aqui."

Da cozinha à sala de visitas comemorariam a sua viagem. Negras e brancos da sala iriam ter os seus dias de grande.

A velha arrumava as malas para dominar outros povos. As negras do Engenho Novo preparassem o pescoço para a canga. Fui dormir com esta primeira alegria no Santa Rosa. As caminhadas por fora davam-me sonos profundos, sem sonhos, sem gritos de pesadelos.

De manhã, fui ver o dia nascendo. Névoas cobriam as distâncias e o engenho parecia menor, cercado pelo cinzento da madrugada. Tomei leite no pé da vaca, como há anos não fazia, encontrando por lá Cristóvão e os moleques. Àquela hora, atolados na lama fedorenta do curral. E os meninos que tinham mães paridas, com as garrafas para a ração de leite que lhes dava o senhor de engenho. Tinham andado um pedaço para estirar as mãos aos úberes generosos das turinas. Chegavam portadores do Pilar com vasilhas de flandres.

O velho Zé Paulino nunca vendeu uma gota de leite de seu cercado. Tudo de graça. Criara assim filhos de juízes, de promotores, de todos que lá lhe mandassem pedir.

— Só quero ver como vai passar este povo do Pilar quando o velho morrer – diziam as negras.

A manhã fria encheu-me de uma coragem esquisita, de uma grande vontade de viver. Sentado na banca, estava o meu avô a olhar de longe o que nos outros tempos via de perto, dando ordens, gritando, reparando em malfeitos. O seu gado, agora, saía para o pasto sem o seu cuidado, a sua vigilância. Antigamente olhava um por um, para descobrir bicheiras, úberes intumescidos. Hoje, de longe, como se tivesse perdido tudo e não fosse mais o dono de nada. Saí pela estrada, com os primeiros raios de sol espelhando no canavial. As cajazeiras acordavam com os canários estalando. Os pássaros festejavam o dia, dos seus galhos pingando da chuva da noite. Por debaixo delas a madrugada não tinha ido embora. Fazia ainda frio e escuro sob as suas copas arredondadas. Os meninos, de garrafas de leite penduradas, marchavam na frente, de pés no chão, magros e amarelos como todos os meninos do Santa Rosa. Sem dúvida que o irmão pequeno já estava aos berros, com fome. Dos peitos da mãe não gotejava mais nada, de murchos. A garrafa de leite do engenho faria o milagre da multiplicação, daria para o dia inteiro, para calar todos os choros de fome. Quis falar com um deles, mas andavam tão depressa que me arrependi. Para que empatar aquela dedicação comovente?

Os trabalhadores passavam para os partidos, conversando alto. Quando me viram sem chapéu, de pijama, por aqueles lugares, deram-me bons-dias desconfiados. Talvez pensassem que estivesse doido. Como poderia andar um homem àquela hora, sem fazer nada, de cabeça no tempo, um branco de pés no chão como eles? Só sendo doido mesmo.

Na casa-grande o sol entrava pelas janelas abertas. O alpendre todo inundado de luz que reluzia nos vidros das venezianas. Só podia haver uma grande alegria lá por dentro, um povo feliz recebendo favores de um sol que se oferecia daquele jeito, com aquela vontade franca de dar-se aos outros. E na mesa do café comia-se em silêncio. Josefa sacudindo as moscas, a velha Sinhazinha com a boca de cu de galinha mastigando e o meu avô ainda de capote, com a sua grande xícara de café com leite. Tudo triste como se não houvesse aquela alegria de uma manhã magnífica lá por fora.

Dentro da casa-grande do Santa Rosa o crepúsculo era de todas as horas.

10

Mas por que estariam úmidos naquele dia os olhos do meu avô? Com a saída da velha, a casa ficou mais silenciosa sem os seus gritos, os aperreios, as ordens ríspidas. Josefa fora com a dona. Passou não sei quantas vezes pela porta do meu quarto nas vésperas da partida, sacudindo os seus rabos de olhos. Sentia naquela alma qualquer coisa por mim. E enquanto a tia Sinhazinha saíra não sei para onde, ela esteve no meu quarto falando baixinho, sem saber o que dizer, enfiada, com uma cara dolorosa, fazendo bico para chorar. E chorou convulsamente, abafando o pranto, quando lhe perguntei se ia embora:

— Ela me leva.

Com que voz consternada me falou, deixando-me a impressão de que ia partir para uma masmorra, para suplícios medonhos. Sentou-se no chão, brincando de boneca como dantes. Comeu os biscoitos que lhe dei, com uma alegria inocente, como um pássaro que estivesse no mato gozando uns restinhos de liberdade.

Agora, devia estar noutro engenho, lembrando-se de mim, de corpo moído, até que um dia Deus se lembrasse dela e matasse a pobrezinha. Até aqui vinha sofrendo somente para satisfazer a não sei que desígnios. A providência adotava instrumentos cruéis e processos assim para tratar os seus anjos.

Não acreditava mais em Deus. Tomava tudo no mundo como uma obra do acaso, de surpresa, porque se houvesse o grande Deus dos meus dias de fé, Josefa não teria aquele destino, ou uma mão pesada cairia sobre a cabeça da velha Sinhazinha, advertindo-a dos seus erros e das suas misérias.

Mudava a cabeça no travesseiro quando me chegavam esses pensamentos. Eram inúteis para mim, embora a morte me causasse o mesmo pavor da infância. Quando em menino, não atinava com esta última e poderosa razão de morrer e de ir para debaixo da terra, apodrecendo.

Pensar naquilo era duro. Procurava sair destas preocupações, senão mais aborrecidos se tornariam os meus dias. Fugia de casa desde que um pensamento deste me conduzia para a morte, para este espetáculo de que seria protagonista na certa. Deus era uma consolação que não me embalava. A sua realidade não era deste mundo. E eu trazia um corpo que era todo preso à terra, como um pé de mato. Subir dali como um balão, ascender dos meus alicerces de barro, era tarefa difícil para quem pesava demais, para uma carne como aquela minha, que era só carne.

Lera livros que falavam de homens iluminados pelo amor, arrastados pelo amor a grandezas que nunca atingiriam sozinhos. Ou de outros a quem o amor conduzia à morte como a um porto seguro. Homens que morriam e matavam por mulheres. Vira Laura bebendo lisol por um nada, somente porque um amante dos muitos que tivera ameaçava abandono.

O amor que eu conhecia nunca me deu força para coisa nenhuma, nunca me elevou nem me rebaixou, aluindo-me das minhas bases. Que secura era aquela minha? No íntimo me via pequeno demais, menor do que todo mundo. Pedia que aparecesse uma mulher que me arrastasse aonde não quisesse ir. Uma em que eu pensasse noite e dia, uma mulher cuja carne cheirasse até longe. E me desse noites em claro e coragem viril de sacrifícios e loucuras. Mulheres como aquelas de romances, que fossem capazes de torcer o destino, de inflamar, de estontear.

Mas estas eram de livros, criaturas feitas com tinta e papel. Não poderiam existir mulheres assim, de carne e osso. Por que quando eu saía da cama de Laura era sempre prometendo a mim mesmo não mais retornar até lá? Por que aquelas espécies de náuseas que os beijos dela me provocavam pela manhã? E, no entanto, lia em jornais suicídios de homens e mulheres, por amor. Lia as cartas dos infelizes, os "não podendo mais suportar a vida sem ti", desconfiado de que todos tivessem agido mais por doença.

E Maria Luísa, e os meus ciúmes do colégio de seu Maciel? Nem me lembrava mais dela, se não fosse uma notícia de seu casamento. Ficara pensando nos aperreios que me dera, com saudade. Àquela hora estaria dormindo com o marido, bem apegados um ao outro. Ele, passando as mãos pela sua cabeleira espessa, por aqueles cabelos anelados. E, pela primeira vez no Santa Rosa, me chegou uma vontade danada de andar com mulher. Mas onde encontraria? Onde descobrir uma carne que me apetecesse, por aquelas bandas? Pensei em Maria Chica, lavadeira. Morava no outro lado do rio, uma mulata de peitos duros e de braços bem rijos. Vinha ao meu quarto buscar roupas sujas. E num dia peguei-lhe nas pernas. Riu-se:

— Deixe de besteira, seu doutô.

Não sairia de casa àquela hora. Atravessar o rio e ainda com a incerteza, com a possibilidade de não encontrar com Maria Chica.

Ouvia o meu avô tossindo. Por que estariam úmidos os seus olhos? Pensava nele.

Não tiraria mais dois anos de vida, tão próximo da morte e ali a dois passos de mim. Ele contava os seus dias. Saberia na certa que em breve o seu leito não seria mais aquela cama dura de couro. Que dor profunda não o machucaria! Tossia cada vez mais e a bronquite crônica perturbava as suas noites de sono solto. Comendo pouco, não ia mais aos banhos de madrugada. Como a roda volante do engenho, empacava.

Mas, por que chorava naquele dia em que me chamou para o café? Teria sido veneta de doente? Ou ainda existiam naquela sua sensibilidade, comida pelo tempo, restos de afeição por um neto que lhe não fizera as vontades?

Queria que fosse bacharel. Fui bacharel. Não era da espécie que ele admirava, daqueles que soubessem fazer uso da carta, que botassem as coisas para a frente. Era um neto mole, sem saber falar no júri, sem coragem para a vida. Aquilo que mais lhe repugnava vivia comigo deitado na rede: a preguiça.

Já que não dera o desempenho da carta, por que não me montava a cavalo pelos partidos, vendo o serviço, brigando com o feitor, descompondo os trabalhadores?

No outro dia acordei com vontade de andar léguas. Maria Chica veio tirar a roupa do meu quarto e outra vez me fiz para ela. Peguei-a de jeito. E vi vibrar como uma pluma aquelas formas duras, os quilos de carne escura da mulata gostosa:

— O senhô é doido! Olhe o povo da casa!

A casa-grande do Santa Rosa não ouvia nada. Perdera a fala, os ouvidos, com aquele silêncio de mosteiro abandonado. Quando cheguei na mesa para o café o meu avô já estava. Nós dois somente, naquela mesa imensa que vira cheia, de ponta a ponta, nos grandes dias do Santa Rosa, nas semanas santas de feijão de coco, nos São Pedros com os parentes e a alegria do patriarca contaminando todo mundo. Hoje era aquilo. Ele e eu, e aquele silêncio e aquela tristeza de casa infeliz.

Naquela vez o meu avô tinha alguma coisa para me dizer:

— Recebi uma carta de Juca mandando este telegrama.

E deu-me a carta e o telegrama. Tio Juca arranjara as coisas ao seu jeito mandando para o velho Zé Paulino os resultados do seu trabalho: uma promotoria para mim, no Paraná. Olhei o velho e o velho não me disse nada.

— O senhor responda que eu aceito.

Vi então que o meu avô chorava. Os seus olhos azuis marejados. E num ímpeto, como se já tivesse feito aquilo muitas vezes, tomei-lhe as mãos e chorei sobre elas como menino.

— Vá, se quiser. Vá, se quiser. Estou para morrer. Queria ao menos que ficasse um aqui até o fim.

E levantou-se da mesa com o cacete batendo no chão. Chegou na janela, gritando para um sujeito que passava na estrada.

SEGUNDA PARTE

Maria Alice

1

Chegara ao engenho para passar uns tempos. O meu avô recebeu o pedido de cavalo para a estação, aborrecido. Ficaria sem liberdade com uma estranha dentro de casa. Noutros tempos estas visitas davam satisfação, enchiam a casa-grande de alegria. Agora, porém, viriam se aborrecer e aborrecer aos outros. Não teria quem lhe fizesse sala. Se ao menos a tia Maria houvesse chegado... O velho ficou aperreado. Na mesa falou comigo:

— Era o que me faltava. Vir tomar ares por aqui. Quem vai tomar conta desta moça?

Depois alheou-se de tudo. Fugia dele mesmo, com aquele seu ar pungente de quem tivesse perdido a condição humana.

No outro dia, a moça chegou. Vinha doente. O marido esteve conosco uns dias e foi-se. Parente próximo da casa, casara-se com moça fina da cidade. Vivendo de um emprego pequeno e com a mulher doente dos nervos, lembrara-se do velho José Paulino do Santa Rosa. Gostei dele. Andamos juntos pelo campo, sabendo de tudo o que se passava com a sua vida. De seu casamento, de suas dificuldades. E agora aquela moléstia, espécie de histerismo, em sua esposa. Dava ela para ficar triste, num canto. E depois, sem motivo visível, mudava para uma alegria esfuziante. Os médicos da Paraíba acharam a coisa um caso simples. Com a temporada do campo ficaria sã. Lembrara-se do coronel José Paulino, seu primo, a quem já devera tantos favores.

Voltaria no outro dia, pois o emprego não deixava uma folga mais longa. Saíra sem licença e não queria abusar. Mas, a muita insistência minha, ficou um dia mais no Santa Rosa.

Aproveitamos para um passeio no Maravalha. As primas de lá nos receberam com aqueles agrados do costume.

— Lembre-se disso, Naninha. Só agora este menino veio aqui.

E a outra arregalava os olhos e puxava nos "esses".

— É verdade. O doutor está cheio de importâncias.

E cercaram as visitas de perguntas, falando todas ao mesmo tempo. E voltavam-se para mim:

— É a cara da mãe. A boca de Clarisse. E o olhar, Naninha.

A prima da Paraíba me olhava como se quisesse conferir a semelhança, mas tinha que atender aos inquéritos, porque as moças do Maravalha não paravam, em perguntas, por modas, festas das Neves, vida dos outros, se a moça demoraria no Santa Rosa.

Ofereciam-se, que viessem passar uns dias também ali. Aquilo lá devia estar muito insípido. Gostava muito dessa palavra:

— O Santa Rosa, depois que a Maria casou-se, está de uma insipidez horrível.

E a tia Neném e o tio Joca procuravam saber notícias do José Paulino, se tinha ficado bom da tosse, se dormia de noite.

— Precisa-se tomar cuidado com a bronquite do José Paulino. Desde moço que sofre daquilo.

Depois se viravam para os primos da Paraíba. Indagavam pelo pai. E tio Joca contava a história dele. Foi o único parente de seu tempo que dera para emprego.

— E fique certo que é a melhor vida. A agricultura só dá preocupações. A gente vive sujeita a chuva e a sol. O seu pai fez bem.

O primo contestava, vinha com ordenados pequenos, demissões, família grande.

— É mesmo, Joca – dizia tia Neném. — Emprego, nada vale. Veja Chico Biu. Que fez Chico Biu até hoje? Por pior que seja, prefiro estar aqui.

E a conversa chegou assim até a ceia. Maria Alice, como se chamava a moça da Paraíba, já andava pelos quartos, velha amiga de toda aquela gente.

Ao chá, falou-se da cheia do Paraíba, da grande cheia, que botou água nos batentes da cozinha do Maravalha. Tio Joca, com aquelas barbas brancas que lhe escondiam a cara, contava todos os incidentes. Só se viam bem dele os olhos azuis, miúdos e vivos. Tia Neném, sentando-se na cadeira com as pernas cruzadas e as filhas a falarem com correção exagerada, de romances, de notícias dos parentes ricos de Minas:

— Henrique, de Minas, mandou dizer isso e fez aquilo.

Maria Alice escutava tudo com interesse. Ria-se com ela, dando opiniões ao gosto da casa. Falava com facilidade, numa voz doce. Mais doce ainda no meio das exclamações e das palavras explicadas demais das primas. Tinha uns olhos maravilhosos. Fechava-os quase quando se ria. E que dentes e que boca mostrava nas suas risadas!

Reparava nela, naquela beleza que não precisava de tática para vencer os outros. O marido trouxera-a ao engenho à procura de bons ares. E no entanto tudo que uma boa saúde podia exibir ela tinha: cor, alegria, carne. Era dos nervos a sua doença.

Voltamos alta noite do Maravalha.

Foi-se acostumando no Santa Rosa, que até parecia ter chegado ali há muito tempo. Desde que pusera os pés no engenho que tudo na casa-grande se modificou. O primeiro a dominar foi o meu avô. Gritava para ele, abrindo as janelas, à noite, para entrar ar. E, quando o via estendido na rede, nos seus momentos de prostração, mangava, mandando-o sair, andar. O velho ficou todo dela. Menina dada! Era assim que as negras tratavam a sua franqueza, o seu jeito delicado de pedir as coisas. Não tinha bondade. Mesmo como Maria Menina.

As nossas conversas, depois da saída do marido, se limitavam aos momentos das refeições. Palestras sem importância. O meu avô me disse uma vez:

— Esta menina enche uma casa.

E quando vinha do sítio, trazia laranjas-da-baía para ela. Nos meus tempos de menino, ninguém lhe tocasse nas laranjeiras. Via-se a satisfação com que vinha trazendo na mão a laranja bonita, dando-a a tia Maria. Há tempos que perdera este amor e este orgulho das suas frutas. Depois da chegada da hóspede, sempre voltava do sítio com as mãos ocupadas. Maria Alice ria, com brincadeiras, que ninguém ainda tivera coragem de fazer:

— Estou gostando de ver o namoro.

O meu avô ria-se e o Santa Rosa criava novas cores, soprando pelas suas janelas adentro uma ventania mais fresca. Eu mesmo, sem querer, me sentia preso àquela alegria contagiosa. Saía mais do quarto. Lia mais.

Não sabia ler agoniado, com peso na alma. Achava admiráveis aqueles que, no mais doloroso da existência, sabiam procurar um livro na estante e confundir as suas emoções com as dos outros, fugindo das suas próprias mágoas, através de páginas que outras mágoas provocaram. Triste, não podia ler. Fugia do livro como de um importuno, de uma companhia aborrecida. Lera *Os Maias*. E só, em todo aquele tempo em que estivera ali, sem nada fazer.

Maria Alice, sem querer, me havia provocado essa necessidade, essa fome que considerava extinta. E, no entanto, ela não me notava. Só se dirigia a mim em ocasiões banais. Nunca tínhamos tido a menor conversa fora das coisas comuns. E só porque abrira as portas da casa-grande, mandando que a vida não tivesse medo daqueles cantos tristes, me contaminara também da sua vontade. Há mais de ano ali, sem que aquele engenho me tivesse dado um dia grande, um desses dias que nos enchem a alma de uma felicidade que pode ser de um minuto, de um segundo até, mas com força bastante para nos conduzir para longe da monotonia que nos escraviza os impulsos mais criadores.

Dormia pensando em encontrar na manhã seguinte a moça tomando o leite ao pé da vaca, no seu casaco escuro e com os cabelos castanhos, despenteados, seguros à toa.

Ria-se e conversava com os moleques. E quando me avistava, não preparava uma frase, tranquila e indiferente, como se eu fosse velho na sua convivência. Esperava o correio com ansiedade, para receber cartas do marido. O seu quarto ficava defronte do meu, no corredor. Lia até tarde. Notava a sua luz acesa e naquele silêncio completo da noite ouvia até quando passava as páginas do livro, da revista, quando dobrava os jornais.

Dormíamos perto um do outro. E como eram distantes os nossos quartos, os nossos desejos! Ela, pensando no marido, saudosa dos seus beijos, das suas satisfações de esposa moça. E eu ali, vida de cão, sem ninguém em quem pensar, sem uma mulher para esquentar os meus frios, sem uma ambição para me acalentar.

Uma noite, o velho José Paulino tossia. Levantou-se e foi como uma filha dedicada dar uma dose de calmante ao velho. Conversou com ele uma porção de tempo, repetindo duas, três vezes, para que ele ouvisse a mesma coisa. De manhã, me procurou para falar da saúde dele:

— Escrevi para Antônio me mandar um ótimo remédio que ele tem em casa. O coronel não dormiu nada a noite de ontem.

Agradeci o interesse. Viera ali para descansar e estava fazendo de enfermeira.

— Que nada. Não tenho mais coisa nenhuma. Os médicos me faziam doente e o pior é que o meu marido acredita.

E mostrou-me os moleques:

— Faz pena. Aquele só falta engatinhar na lama.

Era o menor de todos os meninos do pastoreador. Um que não tinha mais de seis anos. Saía com os irmãos para o serviço e fazia tudo que os outros faziam.

Depois, Maria Alice voltou para a casa-grande. E eu fiquei pensando se aquela piedade não fora uma censura a nós, que éramos os donos da feitoria. Mas, na mesa, estava tão alegre e tão carinhosa com o meu avô, que não me deixou dúvida nenhuma que apenas se apiedara do molequinho.

2

A DOENÇA DO MEU AVÔ me aproximou de Maria Alice. Estivera o velho bem doente. E filha nenhuma poderia ter feito por ele o que ela fez. Via-a sem dormir, preparando sinapismos, ralando mostarda, para dentro e para fora, numa atividade de dona de casa vigilante.

O velho tivera uma das suas agudas crises de bronquite, com febre alta. Ficara prostrado. O medo da morte, aquele pavor de morrer, da família, reduzia-o a uma criança nas mãos dos outros. Uma vez que entrei no seu quarto, mal me viu, começou a chorar, a lastimar-se em voz alta. Saí aos soluços de sua camarinha. Maria Alice, porém, dera-lhe jeito. Dizia as coisas brincando com ele, sabia animar com coragem, com ordens, com brigas fingidas, quando ele não queria um remédio ou prato de papa.

No dia em que se levantou da cama foi pelo braço dela. E pelo braço dela andava. Maria Alice fazia-lhe a comida, brigando quando ele não queria comer. E o meu avô comia tudo que ela lhe dava, como um menino acostumado com a sua ama e que só quisesse o que lhe vinha de suas mãos.

Ficávamos juntos, conversando sobre ele. Ouvira falar muito da bondade do velho Zé Paulino, das grandezas do seu coração. Eu contava-lhe fatos com o velho feito herói, generoso com os seus inferiores, mão-aberta. E nos aproximávamos assim.

Um dia, pediu-me um livro para ler. Dos poucos que trouxera, não tinha um só que fosse leitura de moça, história fácil de amor. Pedi-lhe que fosse ao meu quarto, escolher. E escolheu o *Jean Christophe*. Não a sabia com aquele gosto. À tarde me chegou falando do livro com entusiasmo. Da vida dos homens de Romain Rolland, encantada com aquela superioridade de uma existência que só tinha vibração pelo espírito. Não a podia acompanhar nos comentários, porque não lera nenhum volume do romance.

E todo dia ela dava conta de um. Ora era a luta do gênio com os outros homens, ora falava-me da amizade de um Olivier. De uma criatura para quem o seu semelhante não seria nunca o lobo bravio a estrangular.

— Um homem deste é raro no mundo – me dizia ela.

Então, queria fazer frases para impressionar a moça. Mas não podia. Ela era tão simples, tão a descoberto de imposturas, que não sentia coragem de me mostrar, assim, de compor atitudes.

Às vezes, voltava do banho com os cabelos soltos e ficava sentada na banca até que enxugassem. Tinha vergonha de me chegar a ela, temendo que não se sentisse bem na frente de um estranho, assim à fresca, na intimidade.

A amizade, porém, estava feita. E o meu presídio de antigamente que era o Santa Rosa, aquele quarto onde me espreguiçava passando noites desesperadas, ia aos poucos ficando com outra cara. A velha Sinhazinha de longe, o velho Zé Paulino tratado admiravelmente e uma mulher de gosto superior ao meu, mais culta do que o homem que tinha um livro para escrever – o que poderia desejar de mais agradável quem vivia a rastejar como uma lesma, a olhar as moscas caindo no breu como o seu grande espetáculo?!

O velho Zé Paulino até já gritava para os moleques.

Maria Alice não permitia que ele andasse de madrugada, que ficasse além das cinco horas da tarde fora de casa. Tomava conta como de um filho fraquinho.

E o prestígio dela crescendo para as negras. Crescendo para mim a mulher bonita, com aqueles olhos que se fechavam quando ria, com aquele seu macio encanto de falar, de perguntar as coisas, de se referir aos fatos. Sonhei com ela uma noite, uma noite inteira. E que sonho despudorado!

Maria Chica voltou outra vez no meu quarto e deitou-se

comigo na rede. Tive medo da hóspede. Se me visse assim, com aquela cabocla do engenho, me emporcalhando? Com a porta fechada ninguém nos veria e a moça estava por fora, no banho. Saíra com as negras para o poço da Ramada. E tremeram os punhos da minha rede. Se visse aquilo, que nojo não teria Maria Alice de mim?

A cabocla exigia também: queria que fosse à casa dela:
— A gente lá faz a coisa melhor.

Se Maria Alice viesse a saber que o dr. Carlos, como ela me chamava, mantinha uma amante de pés no chão, com a boca fedendo a cachimbo...

Falávamos de coisas tão altas, de temperamentos arrebatados pela arte, de homens que dariam a vida por uma sonata. Ela conhecia a vida inteira de Beethoven e se exaltava na conversa quando se referia a estas elevações da natureza humana. Procurava acompanhá-la nos seus entusiasmos, porém ela sabia tudo melhor do que eu.

Falar de música era o seu tema. Estivera no Rio e sabia tocar piano. E vinha com histórias de concerto, de vaias em artistas ordinários. Ia para a torrinha do Municipal, com umas amigas, e voltavam alta noite para casa, comentando. A sua mãe se aborrecia com aquilo, mas tolerava, tolerava tudo. A filha mandava nela para o que quisesse.

Depois, o pai, oficial do Exército, morreu. E foi a volta para a Paraíba, para aquela monotonia, sem uma noite sequer de boa música para ouvir-se. Lembrava-se que quase chorara a ouvir, após anos de jejum, Oscar da Silva tocando Chopin. Horrível, a Paraíba. D. Marta era quem tocava piano na terra, ensinando meninas, de porta em porta.

Em casa Maria Alice tocava sempre. Mas que alegria lhe podia dar a sua própria execução? Tinha isto de esquisito com ela: só pelas mãos dos outros sentia com satisfação a música. Tinha até desgosto daquilo, porque que bom seria se pudesse ficar com Beethoven horas seguidas, na intimidade de um homem que fora maior que toda a humanidade! Eram estes os seus assuntos. Ficava calado, escutando-lhe a voz, com as narrativas deliciosas que dava das coisas. Não afetava como certas mulheres que tiram efeito do exagero.

E se ela tivesse visto Maria Chica espichada na rede, no cio?

Aquela vida de concertos e torrinhas de teatro me fazia lembrar uns colegas meus, Antenor e Mário. Eles também me falavam com o mesmo *élan*, de intérpretes, de sonatas.

Eram homens que reservavam os seus ódios para os músicos medíocres, que só se interessavam pelos altos gênios. Estas preocupações aristocratizavam-nos, davam-lhes uma superioridade sobre nós todos que éramos uns rudimentares. E o interessante era que eu gostava de ouvir falar destas coisas e fazia-me íntimo daquele entusiasmo.

Uma vez me senti humilhado. Levaram-me eles a um concerto de violino. E vi-os emocionados de verdade com o artista que era um grande. Arrebatavam-se com o homem. E eu, como se tudo aquilo fosse um nada, me sentia longe. Não havia dúvida que os meus amigos estavam acima de mim. Mostrava-me rude, um bronco, de ouvidos tapados às vibrações superiores.

Ouvia Maria Alice falando das suas peripécias do Rio, me lembrando de Antenor e Mário. Na Paraíba, se lastimava ela, perdera tudo, estava que não conhecia mais um pedaço de música. Até aí chegavam as suas confissões. Do mais não me dizia nada. Queria que fosse além, que me contasse a história do seu casamento, que me abrisse a alma sem reservas. Desejava isto e com que direito?

O meu avô tomava-lhe um bocado de tempo. Quando não ficava ela no seu quarto, saía nas horas de remédio e da papa, fazendo o mesmo barulho todas às vezes, porque o velho se recusava sempre a fazer as coisas. Ouvia-lhe a voz macia se elevando:

— Tome o xarope, coronel. Só dando à força.

E no fim, a risada e o agrado ao velho que se acostumara com aquilo.

Devia ser bom para ele aquela solicitude de quem não pretendia ficar com um seu engenho. Aquela dedicação de graça, tão diferente das ordens da velha Sinhazinha:

— Zé Paulino, está na hora da ceia. Zé Paulino, tome o seu chá de laranja.

À tardinha botava a cadeira de balanço no alpendre e lia os seus livros enquanto o Santa Rosa ficava triste.

Aproximava-me dela, nestas ocasiões. Levantava a cabeça do livro e conversava tranquila, sem uma palavra demais, com aquele jeito picante de quase fechar os olhos quando sorria.

O engenho, na outra semana, faria a botada e ela era agora toda para o trabalho que se aproximava, procurando saber de tudo com interesse.

Sempre lhe falavam desta vida dos engenhos, das moagens. Nunca estivera em fazenda. Conhecia pelos romances, mas os romances sempre iam além da realidade.

E me perguntava se eu estava fazendo um livro. Lera num jornal de Recife a notícia. De fato, Mário Santos fizera esta pilhéria anunciando o meu livro. Que nada, não tinha livro nenhum para publicar, brincadeira de um amigo. Mas por que não faria este livro? Achava que esta vida de engenho merecia mesmo um livro.

Conhecia inglês, falando de escritores de que eu nunca ouvira falar. Mandaria buscar para mim na Paraíba uns romances que guardara. Os melhores que lera.

Eu mal sabia o alfabeto e os números em inglês. Podia me dar umas lições. Em pouco tempo estaria lendo com facilidade.

E nestas conversas levávamos as tardes. Nem dávamos pela noite que estava ali, as carrancudas noites de escuro do Santa Rosa. Entrávamos e até a hora da ceia lia o seu livro, enquanto o velho Zé Paulino, sozinho, passava as cartas do baralho imundo. E eu fingia ler qualquer coisa, um jornal qualquer. Não sabia o que era, mas começava a sentir por aquela mulher uma coisa diferente. Sentia também que a sua beleza era grande demais para mim e que a sua inteligência era mais forte e que ela tinha mais gosto do que eu.

3

QUANDO ABRI OS OLHOS estava apaixonado por Maria Alice. Porque só podia ser mesmo paixão aquela inquietude toda que me invadia, se por acaso deixasse de vê-la, se a não encontrasse à tarde na cadeira de balanço, lendo. E com uma mulher casada que não mostrava nenhum interesse por mim. Dava-me atenção como a qualquer outro que estivesse ali. Amava o seu marido, esperando as suas cartas com ansiedade.

Cometera um erro deplorável, mas não seria culpado. Era tão atraente com a sua simplicidade, havia mesmo nela aquilo que ainda não tinha conhecido em mulher nenhuma:

uma força poderosa de sedução. Antigamente, saía da cama de Laura com nojo dela.

E se Maria Alice me quisesse... Não podia nunca me querer. Encontrava-a a caminho do banho do rio, com uma negra ao seu lado. Parava para conversar. Ela tão indiferente e eu já sem serenidade, agitando-me não sei por que, quando a via.

— Quando começa o inglês? – me perguntava.

Não tinha um método ali, só se mandasse buscar na Paraíba. Indagava por outras coisas. Se começara o livro. E cada dia que se passava mais bonita ficava.

Agora era o cangote que eu reparava, para aquela penugem cobrindo-lhe a pele que devia ser macia como a sua voz.

Todas as noites sonhava com ela. E que sonhos, que noites de amor os sonhos me davam!

Pela manhã, depois do leite, saímos uma vez a passear pela estrada. O caminho feito para um casal de namorados, de tanto cheirar o muçambê e tanto enfeite de trepadeiras pelas estacas do cercado.

Gostava de chamar a atenção para as coisas bonitas que via. Os paus-d'arco lá em cima, na mata, mostravam-se nas suas flores arroxeadas. No meio do verde intenso pareciam aparentados para uma missa pontifical. O sol novo caía pelo canavial, com ternura. Quem diria que ao meio-dia abrasasse tanto, impiedoso para as caninhas novas. Minha companheira mostrava-me um pé de cardeiros todo sangrando nos seus frutos encarnados. As baionetas caladas dos seus espinhos não se defendiam dos sanhaços que acordavam famintos.

E íamos assim até longe. Passavam cargueiros com sacos brancos de farinha, para as feiras. A casa de Maria Pitu, a oleira do engenho, bem ao lado da estrada. Àquela hora já amassava o barro para as tigelas. O forno aceso e um filho na boca do fogo. Paramos para ver de perto aquela fábrica miserável em ação. Dois filhos no eito e o mais moço com ela, ajudando-a na arte. Dentro de casa se atulhava a louça pronta para vender. Botava a marca da fábrica nas suas obras, com vaidade dos seus produtos bem-feitos. Veio nos falar quando nos viu. E por força quis que Maria Alice levasse um alguidar, obra-prima de suas mãos. A casa fazia dó. Era a mesma dos meus passeios de carneiro. Faltava ali somente o Cabeção, aquele de olhos grandes, que roía um brote, como um bicho.

Maria Alice quis saber se não tinham doenças. Só tinham espinhela caída. Mais nada, com os poderes de Deus. Os meninos eram pau para toda obra. Estavam no eito pegando os mil e duzentos para as doze horas de enxada. Pertinho da casa um porco roncava na lama. Criavam de meia aquele bacorinho. Depois chegou o filho mais moço para tomar café com batata-doce, na xícara de barro vermelho. Talvez que fosse ele mesmo o meu companheiro de outrora, um daqueles que me pediam o carneiro emprestado, para as montadas. Não olhava para nós. De cabeça baixa, entrou e saiu, desconfiado. Nem coragem tinha de olhar para os seus senhores.

Parou na porta um homem para levar a louça para a feira, os bules, as tigelas, os alguidares. E foi uma delonga de compra. Cinco mil-réis por aquele trabalho de semana. Não daria mais.

— O tempo está ruim, sinhá Pitu.

— Que ruim que nada. Vocês querem enricar nas minhas costas. Chega na feira e vende um alguidar deste por tantos e quanto. Se tivesse um cavalo, mandava um menino meu vender os meus cacos.

Já estávamos quase na hora do café. Fizemos o retorno, conversando sobre a vida de Maria Pitu. Não pensava Maria Alice que a vida da gente pobre do engenho fosse assim. Eles não tinham nada. Não comiam nada. Perguntava-me o preço dos salários.

— Que coisa horrível. Um homem na cidade para carregar uma mala ganha muito mais do que esses em doze horas.

Não se conformava. Por isso havia revolução no mundo. Exagerei-me com ela na sua piedade pelos cabras. Concordava, vendo em tudo uma espoliação, como se não fosse a minha gente que viesse há anos vivendo daquele regime monstruoso, como se eu não tivesse sido criado com o suor daqueles pobres--diabos, e os nove engenhos do meu avô, a sua riqueza, não proviessem daqueles braços e da fome de todos eles. Achava Maria Alice que os senhores de engenho podiam pagar mais alguma coisa. Não ganhavam tanto, não comiam tão bem!

Falei-lhe de vida pior ainda do que a de Maria Pitu, em meninos de barriga inchada, em mulheres arruinadas pelos partos contínuos.

— Por que o doutor não escreve um livro sobre essa gente? Em vez de exaltar a vida dos donos, o doutor podia se interessar pelos pequenos.

Achei uma boa ideia. Concordava com tudo o que ela dizia e prometi-lhe então que daria começo a um inquérito sobre a vida e a miséria dos homens do eito. Seria um gesto grandioso, porque viria de um que herdaria mais tarde estas terras e estes homens.

Ficava assim, ao meu lado, falando nestas coisas no seu tom doce de voz, sem uma palavra ríspida, sem um "esse" estridente. Ia ouvindo, concordando com tudo que dissesse. Era um submisso àquela mulher que só me queria para conversas.

Eu porém a queria para outras coisas. Junto do seu corpo sempre a cheirar, me esquecia de todas as outras fraquezas, de todos os meus desastres. Era homem de verdade para ela. Ficava com medo que não descobrisse a fome dos meus olhos, o interesse material que todos os meus sentidos não podiam mais esconder. Aquilo estouraria um dia. Já não podia me conter. Os meus impulsos amorosos não se conformavam com aquela temperança forçada. Não teria ela nem um segundo de desejo por aquele homem de 24 anos que ficava a seus pés embevecido? Era mulher. Sem dúvida que compreenderia mais alguma coisa, teria sondado, com a sua intuição feminina, o que podia existir naquele rapaz que lhe escutava as conversas, quase que a comendo com os olhos.

Chamava-me dr. Carlos. Pedi-lhe que não me desse aquele doutor ostensivo:

— E como hei de chamá-lo? O senhor não é doutor?

Humilhou-me a resposta sibilina. Escutava pela primeira vez daquela boca uma frase que exprimia uma intenção malévola.

— Não sou doutor para a senhora, dona Alice.

— E então, para que este dona?

E desde aquele dia se foram as cerimônias das nossas conversas.

Procurava o meu quarto e era ela que me ficava na cabeça. Lia pensando em Maria Alice. Os romances falavam dela. Via heroínas com a sua cara, em todos os que lia. Nas horas em que não a encontrava, passava contando o tempo, até que aparecia. Vinha encantadora para o alpendre, falando com o meu avô aos gritos, para que ele pudesse ouvir a graça que tinha sempre para ele. Muitas vezes, o velho nem lhe ouvia mas sorria, tocado nos seus restos de homem, por aquele poder de mulher que escravizara o seu neto.

E que coisa gostosa era esta escravidão. Inventava passeios. Nós dois andávamos pelo Santa Rosa vendo tudo com os seus olhos. Tudo o que ela achava bonito eu achava ainda mais. Nuvens de periquitos passavam por perto de nós, colorindo o chão onde pousavam. Anuns reluzentes, de pretos, andavam de bando também. Enchiam o cercado, atrás de carrapatos dos bois, que se deixavam catar tranquilos, satisfeitos de seus, como as mulheres brancas do engenho com a cabeça no colo das negras para catar os piolhos.

Passávamos por cima do balde do açude. Gritavam maracanãs pelas baronesas. De vez em quando uma curimatã espanava a água com uma rabanada. O silêncio era grande por aqueles ermos. Maria Alice prestava atenção a tudo. Eu não lhe sabia dizer o nome das flores silvestres que encontrávamos no caminho. Nem parecia criado ali. Gabava-me a vida do campo. Não sabia por que existia gente falando mal daquela delícia de um viver tranquilo, sem ruídos impertinentes, sem agitação e preocupações aborrecidas. Peguei-lhe nas mãos para pular um riacho. E fora a primeira vez que encontrara a sua carne. Eram quentes as suas mãos. Devia ser quente todo o seu corpo, as suas pernas, as suas coxas, aqueles seios de mulher sem filho, intumescidos de vida. Como não seria delicioso um beijo na sua boca, na sua boca sem tinta, naqueles seus lábios meio grossos, com arrebique de provocação!

Ela me chamou para ver qualquer coisa e eu lhe falei do marido, se tivera cartas. E ela mostrou-me o flamboaiã da estrada, que a gente via de longe, todo coberto de vermelho, como uma flama de guerra. O vento agitava os seus galhos e todo ele a distância era rubro:

— Como está lindo!

E me olhou profundamente. Era a primeira vez que aqueles olhos penetravam até dentro de mim. Tive vontade de trazê-la para meus braços. O trem da manhã apitava bem perto. Corremos para a beira da linha para vê-lo passar. O cheiro bom do carvão de pedra ficava na estrada, com a fumaça. Estava na hora do almoço. E ela aproximou-se mais para perto de mim que cheguei a sentir o seu corpo no meu.

Seria que estivesse sentindo qualquer coisa por mim? Chegara-se naturalmente. Via-me tão amigo que não tivera receio. Mas que não me tocasse mais, pois a noite inteira passei com a sua carne roçando na minha.

4

Depois, foram os passeios a cavalo. Ensinei-lhe a montar. Caía nos meus braços e ria-se gostosamente. Até que fizemos o primeiro passeio distante. Fomos à Mata do Rolo, aquela onde os lobisomens se encantavam. Para lá iam umas lavadeiras bater roupa na água doce do rio que corria nos confins do engenho.

Os nossos cavalos marchavam juntos. De quando em vez Maria Alice gritava porque não sabia desviar-se dos galhos de mato que lhe batiam no rosto. Precisava que eu fosse na frente, abrindo as porteiras. Entramos na mata com o sol brando das oito horas. E lá por dentro fazia frio. Cantavam pássaros pelos jequitibás e ela olhava embevecida para os paus linheiros que iam com a sua copa nas alturas. E um cheiro de natureza recendia por toda a parte. Era um pé de açafroa que não sei quem plantara ali, coberto de flores completamente. Perfumava tudo. As orquídeas mostravam-se esquisitas, trepadas pelos troncos das árvores, requintando aqueles pedaços de selva. Não cheiravam, mas que cores maravilhosas tinham para exibir. A minha companheira se extasiava com as variedades que descobríamos:

— Por que vocês não trazem para a casa-grande essas flores tão bonitas?

Tinha-se medo do azar, da tradição de infortúnio que provocavam.

Levaria para a Paraíba uma porção delas. E fomos seguindo a passo lento pela mata adentro. Agora a baunilha recendia no bosque, como em José de Alencar. E que cheiro doce, que mel de perfume tinha ela.

Paramos para ver outra orquídea em botão, no início da puberdade, de mulher exótica. Maria Alice admirava-se de tanto capricho da natureza. Esta era maravilhosa. Ainda menina, já com aquela fascinação, com aquelas cores, aqueles vermelhos macios, aqueles roxos de carne mordida. Queria-a também para levar. Só faltavam por ali os bichos da mitologia, soprando os seus instrumentos acalentadores da luxúria, porque tudo o que o amor podia desejar para si, eu mostrava a Maria Alice.

Lá estavam orquídeas com bocas rubras de prostituta e aquele cheiro de mata, de fecundação, para assanhar o apetite da gente.

Descemos dos cavalos para ver de mais perto as coisas que nos rodeavam. Era preciso tocar na terra com os nossos próprios pés, ficarmos mais humanos, ali onde tudo nos convidava para a vida. E fomos andando. Maria Alice mais perto de mim.

Estava calado, ouvindo tudo o que ela dizia sem uma palavra. Quem estava falando quase que aos berros era o meu sexo, era todo o meu vigor animal com a mulher que ele desejava pertinho de si, sentindo-a agarrada aos seus desejos como aquelas parasitas das árvores.

Desconfiou do meu silêncio fechado.

Por que não dava uma palavra?

E quis fazer pilhérias com o meu silêncio, mas não pôde. Calou-se também. Ficou entregue a ela mesma, aos seus desejos íntimos. Quem sabe se naquela hora não estaria pensando no marido? E a mata cheirava. Os cantos dos pássaros vinham de todos os galhos. E ecoava agora na mata inteira a pancada da roupa das lavadeiras, na tábua lá embaixo, no rio. Estariam quase nuas as lavadeiras, como gostavam de ficar naqueles ermos. Com os peitos de fora, de cócoras, batendo roupa. Junto de Maria Alice eu pensava nelas.

Tomei-lhe as mãos nas minhas. Deixou-as ficar. Estavam frias, bem frias. Fiquei com elas esquentando. Batiam longe as roupas das lavadeiras, as minhas calças e as calças de Maria Alice se misturando dentro d'água. E beijei-lhe as mãos. Ficou espantada:

— O que é isto?

Nem uma palavra eu tive para dizer. A vontade era de botar tudo para fora, aliviar de dentro de mim aquele fogo, aquela incubação venenosa. As roupas das lavadeiras batiam na tábua. Maria Chica, de pernas abertas, com os peitos grandes balançando. Beijei outra vez as mãos de Maria Alice.

Já estavam quentes. E ela puxou-as violentamente, como se eu as tivesse querido devorar.

— Vamos embora.

Fora um desastrado. Magoara profundamente a minha amiga com o meu arrebatamento.

Ela ia na frente sem me dar uma palavra. Sem uma palavra, andamos muito. Nunca mais que botasse os pés por fora de casa. Confiara. A sua educação superior exigia respeito. E vinha aquele rapaz, com quem conversava na melhor das intenções, com atrevimento. Não viria mais, sem dúvida, para o alpendre trocar ideias, espichar-se na cadeira de balanço. Botara tudo a perder.

O bueiro do Santa Rosa avistava-se de longe. Abri a porteira para ela e nem quis olhar o seu rosto, pensando em pedir-lhe mil desculpas. No partido da Paciência os cabras estavam no corte. Os panavueiros tiniam, a palha seca estalava e os homens, menores do que as canas, devastavam o partido.

Paramos os dois, instintivamente, para olhar o trabalho penoso. O pelo da cana estaria ardendo como lagartas-de-fogo no couro deles e as touceiras cortadas ficavam com pontas escaladas para cima. Pisavam por ali como se estivessem andando sobre tapetes, de tão indiferentes ao que lhes acontecesse aos pés descalços. Atrás deles ficavam os montes de cana. Outros cortavam olhos, fazendo feixes. Chico Marinho me vendo parado chegou-se para falar.

— O corte está sem gente. O povo do Crumataú não veio. O serviço atrasado.

Os trabalhadores olhavam espantados para Maria Alice de calça de homem, escanchada no cavalo. E diziam coisas uns para os outros. Um, mais dentro do canavial, tirava um coco. E quase que não se ouvia nada com o barulho da derrubada.

Disse uma coisa para Maria Alice e ela respondeu alheada. Para que diabo me metera com ela? Não estava tão boa aquela vida de livros, de conversas, aquele meu namoro de caboclo, só conhecido de mim mesmo?

Em casa, ajudei-a a saltar do cavalo e ela me agradeceu. Um muito obrigado esquivo. Fui para o quarto, danado da vida. Era uma mulher fria. Não a conhecera pelas conversas, pelas opiniões? E para que aquela besteira de beijos, para que fazer romance à força com quem me tratava como um passatempo ligeiro? À tarde pediria desculpas. Saberia perdoar o meu estouvamento e talvez até continuasse como dantes. Ouvia-a conversando com o meu avô contando a viagem:

— Gostei muito. Que floresta bonita que o senhor tem!

E pediu as orquídeas. O meu avô sabia lá o que eram orquídeas?

Se estivesse zangada teria ficado no quarto, escrevendo ao marido para vir buscá-la. Na hora do almoço, cheguei atrasado, pisando devagar, com medo. E quando olhei para ela, estava olhando para mim.

E num segundo aquela mulher me inundou de alegria. A maior alegria que me havia dado a vida até ali. E ri-me para ela e ela riu-se também. Gostara do meu beijo. Quis levantar-me da mesa, ir para fora, respirar livre, dar evasão a todo o contentamento que me invadia.

Andei depois do almoço pelo engenho. Leve, rindo-me com o tempo como um homem que tivesse encontrado passarinho verde.

O engenho estava moendo. E todo aquele trabalho servil me deslumbrou como se eu nunca tivesse visto aquilo. As tachas ferviam, as talhadeiras cortavam a espuma dourada do mel. E a fumaça gostosa, cheirando. À menor coisa que via, pensava em Maria Alice. Ela devia ver também. Vi os homens tombando cana, cantando uma loa qualquer, o volante correndo e caldo a descer bem escuro para o cocho fundo. E a gritaria do mestre de açúcar pedindo fogo. Quando saí da casa de purgar, vi Maria Alice no sobradinho. Procurei-a logo. Queria mostrar-lhe tudo. E saímos. Francelino enchia as formas de barro, para com aquela lama alvejar o açúcar. Tinha as duas mãos mexendo a porcaria e o cheiro de açúcar nas formas tomava a casa de purgar inteira. Explicava tudo, com todos os detalhes, com uma sofreguidão de embriagado. E quando me vi só com ela, apertei-lhe a mão.

— Não faça isto.

A bagaceira era toda branca de bagaço enxugando. Enxames de abelhas aproveitavam os restos de caldo que as moendas deixavam.

Procurei falar com Maria Alice, mas não me deu tempo. Indagava as coisas, os nomes dos trabalhadores. Viu Miguel Targino entrando com o carro de boi carregado de cana. Admirou-se daquele gigante. Os carreiros faziam as suas manobras, agitando a macaca, de vara de ferrão em punho. Aquele que batesse com a roda dum carro num moirão de porteira estava desgraçado para os outros.

Por que Maria Alice fugia das minhas conversas? Por que não permitia que lhe falasse de alguma coisa que não fosse do engenho moendo? "Não faça isto." Não se rira para mim? E fui murchando outra vez, e foi descendo o meu ardor. Rira-se para mim de pena, e o seu olhar fora de quem perdoasse o malfeito de outro. E fomos andando até a casa-grande.

A tarde caía aos poucos, devagarinho, como naqueles dias de verão. Deixei-a sozinha na sua cadeira de balanço e vim para o outro lado do alpendre, ficar na intimidade das minhas dúvidas. Os homens do corte amolavam os panavueiros na pedra de mó. Os facões chiavam como porcos e eu pensava. Em que dera toda aquela alegria de ainda agora?

Aquele "não faça isto" doía-me nos ouvidos.

5

Maria Alice seria daquelas que gostassem de maltratar os outros com processos equívocos? Por que então me repelira como fez e vivia agora a me olhar, tomando um interesse curioso por mim? Fui uma tarde dar um passeio por fora do engenho, andando à toa a cavalo e bati no Maravalha, onde me prenderam até o chá. Cheguei tarde em casa. Todos dormiam. Menos no quarto dela, onde a luz estava acesa. Lia, como sempre. Ouviu sem dúvida quando cheguei. No outro dia de manhã, depois do leite, saímos os dois a passeio. Ela pretextou ver outra vez a olaria de Maria Pitu. Fomos andando, sem falar. Eu e ela calados.

Estava linda, naquele ar matinal, com o sol na sua cabeça castanha e o cangote de penugem chamando os meus olhos para ele. Andávamos calados. O engenho, àquela hora, já estaria na sua segunda têmpera e os carros de boi passavam por nós chiando.

Cambiteiros com os burros na frente corriam com os animais selados do peso da carga. Ouvia-se o barulho da moenda quebrando a cana e o ruído metálico dos dentes da roda gigante. O cheiro da bagaceira ia longe.

Enfim, Maria Alice falou primeiro. Recebera carta do marido a respeito da volta. Estava se dando tão bem ali, que se via sem coragem de aguentar outra vez a Paraíba. A não ser que estivesse aborrecendo os donos da casa.

Qual, não aborrecia. Pelo contrário. Sem ela, o velho Zé Paulino sofreria a saída de uma filha, de sua companhia. Todos no Santa Rosa se acostumaram com os seus modos. Dona de casa como ela nunca andara por ali.

Achava que eu exagerava. Bondade excessiva da minha parte. E à queima-roupa me perguntou aonde estivera em passeio, na noite anterior. Sem dúvida atrás de alguma pequena, de alguma prima, para namoro. E ria-se.

Era preciso fazer isto. A sua palavra disfarçava a curiosidade. Eu disse que não. Estivera no Maravalha do tio Joca. Perguntou por eles. Queria ir comigo uma tarde por lá. Senti-me orgulhoso daquele interesse, radiante com a manhã que alegrava tudo.

Um pé de mulungu pontilhado de vermelho recebia o sol festivamente. Moitas de cabreiras amareleciam, com os seus frutos sem gosto. E isolados do mundo, naquela estrada deserta, meti o meu braço no de Maria Alice. Andamos os dois calados, como marido e mulher. Felizes, contentes do amor que enchia nossos corações. A sua mão esquerda estava quente, na minha. E seus lábios umedecidos. Não tive coragem de dar-lhe um beijo na boca. De vez em quando tocava no meu ombro com a sua cabeça cheirosa. E aquela penugem do cangote e Maria Alice toda, da cabeça aos pés, pedindo um macho que lhe caísse em cima, furiosamente.

Quis falar e não pude. Quase que não podia andar. O sexo prendia-me as pernas. Via os olhos dela reclamando qualquer coisa. E no escuro das cajazeiras apertei-a para junto de mim com um beijo na boca, mordendo-a como faminto. Ficou inerme, com um ligeiro tremor nos lábios, o seu corpo junto ao meu corpo. E naquele frio, apertei-a ainda mais, mordi-lhe o cangote até que gritou.

O tinido de um chicote de cargueiro nos acordou. Saímos separados um do outro, até o homem passar. Ela, porém, seguiu sozinha, triste, com o sujeito mais feliz do mundo ao seu lado. Se eu pudesse correr como menino, correria desembestado por aquela estrada que tanto conhecia.

Bem junto da casa de Maria Pitu balançava-se ao vento outro pé de mulungu com manchas de sangue pelo corpo.

A oleira deixou o serviço quando nos viu. Vinha se queixar de Chico Marinho. Não queria mais que ela tirasse lenha para o seu forno. Morreria de fome. Eu falaria com o feitor. E lhe teria dado o mundo, se tivesse o mundo nas mãos. Maria Pitu ficava feliz com os paus de lenha que tirava na capoeira. E foi ver um cravo do seu craveiro, do caco da janela, para dar a Maria Alice. Falava satisfeita:

— O doutô Carlos sim, que é bom. Chico Marinho é um peste para a pobreza. Quer mandar mais do que o senhor do engenho. O coronel nunca se importou com aquela besteira.

A pobre não sabia onde estava, de contente. A minha companheira perguntou-lhe umas coisas, por perguntar.

E saímos os dois até mais longe, pelo corredor que ia dar à vazante do rio. Era uma alameda de cajazeiras e mulungus. Uniam-se em cima, com as copas. Por baixo era como se fosse feito para romance. O gado descia da caatinga por ali, para o bebedouro do rio. Àquela hora estava vazio. Só se ouviam rumores de pássaros e cigarras, fazendo tudo triste com o seu canto de crepúsculo. Não deviam nunca cantar de manhã, as cigarras. Vi no cangote de Maria Alice a marca dos meus dentes. Botei o meu braço pelo seu pescoço, acariciando-a. Fui com a mão, devagar, até os seus seios. Quis fugir:

— Não faça isto.

Mas com olhos tão meigos, tão ternos que me deram mais coragem.

— Aqui não. Não faça isto.

O chão estava sujo de bosta de boi, de cajás maduros apodrecendo. Sementes vermelhas de mulungu salpicavam a terra orvalhada. Ficamos ali, pegados um no outro, aos beijos prolongados. Mordia-lhe os braços.

— Não faça isto. Olhe que vem gente.

E me beijava sofregamente e vinha de seus beijos um gosto morno de amor, de coito se aproximando. Quando ouvimos, foram passos compassados de quem viesse espreitando as coisas. Nós contivemos e ela se ajeitou do desleixo que lhe deixaram os meus afagos. E os passos se chegando para perto. Uma vaca descia descansadamente para o bebedouro, trazida pela sede da caatinga. Maria Alice me disse com a voz macia:

— Nós estamos fazendo loucura. Você não tem juízo. Se nos surpreendessem por aqui?

Falei-lhe então com a fala dos apaixonados. Ela nem abria a boca. Fazia somente olhar para mim. E no meio da estrada, como se não existissem olhos para ver, beijava-a. Os seus braços já tinham manchas das minhas dentadas e a marca da nuca deixava ver o tamanho dos meus dentes.

Foi me contando a sua vida. Talvez eu pensasse que ela fosse fingida, uma hipócrita, cheia de recatos artificiais. Nunca havia amado a ninguém. Casara não soubera como. A mãe queria e o rapaz era bom, apaixonado. E viviam assim há dois anos. Não era feliz e não era infeliz. A vida que melhor passara fora a do Rio, com as amigas do conservatório, com as noites de concertos e a satisfação que lhe davam as músicas. Ficara nervosa, enfastiada da Paraíba. Os médicos aconselharam ao marido a vida de campo. E me conhecera e estava me querendo bem. Era melhor parar com aquilo. Iria embora. E que eu ficasse e fizesse tudo para esquecê-la. Chegavam lágrimas aos seus olhos. Apertava-a cada vez mais para junto de mim. Não. Ela seria feliz comigo. Não éramos moços, não nos queríamos tanto, os dois? E que olhos maravilhosos tinha ela, assim molhados.

A casa-grande já estava perto. Já ouvíamos o rumor do engenho moendo. A vida dos outros bem junto da gente. O pé de jasmim do portão cheirava, ao meio-dia em ponto. Sentado no alpendre, o velho Zé Paulino batendo com o cacete na calçada. Olhou-nos. Maria Alice disse qualquer coisa e ele sorriu. A mesa já estava pronta para o almoço.

Era minha aquela mulher que sabia mais coisas do que eu, que era mais culta, que era tudo mais que todas as outras mulheres do mundo.

6

Parecia um sonho. Aquela mulher chegara ao engenho há pouco mais de um mês. Encontrara-me nas vésperas de um embarque para longe, a mim, um homem que botava papéis para pegar moscas, que andava com Maria Chica dentro da rede, contentando-se com tudo isto. Cercado de tédio, com nojo de seus parentes, reparando nos escarros do seu avô. E agora dormia todas as noites com ela e era feliz às manhãs e aos crepúsculos do Santa Rosa.

Onde estava a melancolia que punha cinza naqueles verdes, naqueles vermelhos do flamboaiã? Andava cantando com o tempo. O marido de Maria Alice não viria tão cedo. Fora mandado para uma comissão no Brejo de Areia. De lá mandava cartas que ela me dava para ler.

Ficava triste quando elas chegavam. O meu avô, para um canto, passava mais tempo dentro da rede, a dormitar. E eu já ia até tomando gosto pelo serviço. Fazia o apontamento semanal dos trabalhadores, contando os dias que davam de serviço e os quilos de ceará que comiam no barracão do engenho. Dava a lista ao velho Zé Paulino. E lá vinham as descomposturas dos sábados pela manhã. Maria Alice achava graça nas arengas do meu avô com os servos. Era de ladrão para baixo, sacudindo no chão o dinheiro que eles pediam adiantado. E corriam atrás das moedas de cruzado e de tostão, sem se importarem com coisa nenhuma.

— Estes ladrões não fazem nada. A cana no mato, e me vêm para aqui pedir dinheiro adiantado.

Mas dava. E gostava deles. Fazia aquele barulho desde que se entendia de gente e do seu engenho não saía um trabalhador para fora. Trabalhavam por um nada, limpando cana a mil e duzentos por dia, comendo mel de furo com farinha.

As usinas, bem perto, pagavam três mil-réis. E não queriam saber. O velho gritava, mas havia terra no Santa Rosa para eles criarem a sua cabeça de boi, o seu bacorinho, tirar a lenha de que precisassem para o gasto e botar roçado de fava e de algodão.

Alguns tinham até subido de condição. José Marreira vivia ali com muitas cabeças de gado, com carros de boi, com cavalo de sela e dinheiro na caixa. Eram poucos, mas havia servos que chegavam a ter servos também.

Maria Alice me auxiliava nas contas. Somava as dívidas do barracão, as importâncias que correspondiam aos quilos de bacalhau e aos litros de farinha. Não acreditava que aquilo desse para uma família comer, querendo saber quantas pessoas sustentava João Rouco, Chico Baixinho, José Passarinho. Havia os que compravam uma quarta de ceará. Aquilo era somente para dar gosto na panela de fava.

Davam três dias de serviço, ao menos. Era a obrigação. O resto da semana, que trabalhassem para eles. Poucos trabalhavam. Mandavam as mulheres para o roçado, de pano na cabeça, e ficavam em casa se refazendo do eito pesado. Muitos iam dar conversas pelas bodegas da estrada, beber a sua cachaça, gozando a vida a seu jeito.

Vestiam-se com as arrobas de algodão que o roçado lhes dava. Se não chegasse, os trapos de brim e de chita passavam de um ano para outro. As filhas se casavam. Matavam galinha no dia da festa. Era uma de menos nas costas. E se não quisessem casar podiam se amigar, que era a mesma coisa. Trocavam de mulher. Metiam raparigas dentro de casa com as próprias esposas, com quem se casavam de graça, nas missões. Às vezes brigavam por causa de amor, e também iam às vias de fato pelas coisas mais insignificantes. Bastava um não querer beber no mesmo copo do outro, para se fazerem na faca.

Tinham filhos que perdiam com a mesma indiferença com que viam morrer um pinto de sua ninhada. Se o ano fosse bom de algodão faziam mais roupas e bebiam mais nas festas, inventando novenas para se estragarem no caipira. Não sabiam nunca o que era um mealheiro, um tostão guardado de reserva.

O meu avô, agora, mandava todos para mim. Resolvia as questões, desfazendo brigas. E sempre por um nada. Vinham com mentiras. Todos tinham razão, como em história de preso na cadeia. Desunidos como cachorros. Denunciavam-se uns aos outros. Cresciam os olhos para os que prosperavam um bocado. E quando chegavam a um ponto a mais em categoria de vida, oprimiam pior que o senhor de engenho.

Ninguém queria trabalhar para Zé Marreira. O bicho ficava olhando os trabalhadores no serviço. Não deixava nem levantar a cabeça para ver o tempo.

Dizia todas essas coisas a Maria Alice. Ela, porém, não se arredava da sua opinião: a de que nós explorávamos estes homens. E me perguntava que moral eu queria de uma gente que não comia, que não tinha remédio, que viera da escravidão dos negros para aquela outra, que se iludia com três dias de folga para fazer o que quisesse. E me animava a fazer um estudo sobre o trabalhador do eito. Seria uma campanha admirável, levantada por um neto de senhor de engenho. Seria bonito: levantar-me a favor dos meus servos. Insistia para que escrevesse o primeiro artigo. Os dados estavam nas minhas mãos.

Uma vez perguntei-lhe se era comunista. Deu uma risada das suas e me respondeu que era somente humana. Então por que achava que os parentes do dr. Carlos de Melo pagavam uma miséria aos seus homens, queria subverter o mundo?

Mas as nossas conversas viravam sempre em amor. Estávamos vivendo ali como dois casados em lua de mel. De manhã, passeio pelos recantos agradáveis do engenho; à tarde passeio, conversas, e à noite, amor.

Dormíamos juntos todas as noites. Não sabia mais o que era minha rede, de madrugada, com o frio das três horas.

De manhãzinha passava-me para o meu quarto. Levava uma vida de grande.

Que poderiam ver os olhos cansados ou os ouvidos entupidos do meu avô? As negras da casa cuidavam dos serviços delas. Bastava a velha Sinhazinha por fora para levarem vida feliz.

E se a velha chegasse agora no Santa Rosa? Corria deste pensamento como de um perigo de morte. Ficava frio. Se a tia Sinhazinha voltasse estaria acabado o romance. Maria Alice não aguentaria uma semana aquela impertinência, a espionagem diabólica, as picuinhas miseráveis.

Estava gostando de trabalhar, correndo os serviços a cavalo, fazendo o que o meu avô fazia. Tudo, porém, pensando na mulher. Começara o artigo, enchendo umas duas tiras de sentimentalismo sobre a vida rural dos engenhos e me senti ridículo. Tomariam lá por fora como uma atitude, aquele meu interesse pelos escravos de minha gente.

E pensava em João Rouco, em Manuel Moisinho, calçados de sapatos, saindo às oito horas para o trabalho, voltando às cinco, comendo de garfo, falando como igual ao velho Zé Paulino. E dizia comigo mesmo que era um egoísta de marca. Só em imaginar um nível de vida mais elevado para os meus semelhantes, ridicularizava-os daquele jeito.

O hábito do trabalho dava-me gosto pela chefia, o amor ao cabo do relho. Vivia de cama e mesa com Maria Alice há quase dois meses, tirando a safra do Santa Rosa, a dar gritos para os tombadores de cana, para o mestre de açúcar. E até uma vez briguei com um moleque que chupava uma caiana no picadeiro. Entrava pela casa de purgar, pela casa de bagaço, de olhos arregalados para tudo.

O que pensaria do neto o velho Zé Paulino? Nem tinha mais compreensão para aquela mudança. Já se acostumara com Maria Alice. Escarrava no chão perto dela e descompunha os moleques com os nomes mais sujos possíveis. Falava em filho da puta, em cu da mãe, baixa da égua, sem se importar com os ouvidos da hóspede. Se pudesse me ver mandando, como não gostaria... Se não dera para discursos do júri, pelo menos saberia manobrar um engenho.

Um dia tio Juca chegou ao Santa Rosa. Viu-me tomando conta das coisas, perguntou-me pela promotoria, andou comigo pela casa de purgar contando os pães de açúcar, vendo o mel dos tanques, a destilação de fogo aceso. Bateu nas pipas cheias de cachaça, abriu os caixões de açúcar branco, falando de preços. Esteve com o pai, mas a conversa dele não venceu a apatia do velho. Quis saber da doença. Se tivera muita febre, se não tinham chamado o dr. Maciel. E foi-se embora de tarde.

Ainda não era tempo de tomar conta da chave da gaveta.

Maria Alice achou-o um bom tipo de senhor de engenho. Depois que lhe falei dos intuitos da visita dele, mudou de ideia. Tio Juca viera saber somente se o enterro do meu avô estava para breve e inventariar o que havia em espécie. Era um urubu que queria saber, um por um, dos pedaços de sua carniça.

Vira ele Maria Alice falando comigo com intimidade, por mais que tivesse procurado disfarçar. Estava ela me perguntando se eu tinha ido atender a um chamado de Chico Marinho. Parecia um cuidado de senhora de engenho.

Fiquei certo que em pouco tempo a história correria pela Várzea.

O primo Baltasar estivera conosco na terça-feira. Dormiu perto do meu quarto e nessa noite não fui ter com Maria Alice. De manhã, porém, ela, falando baixinho, me chamou para saber por que a deixara sozinha. Baltasar nos percebeu de longe. E a língua bateria do Outeiro ao Maravalha, em Itambé, por toda a parte. Fiquei com medo que tudo fosse acabar, alarmando-me com o desastre iminente. Era tão bom dormir com Maria Alice, andar com ela de braço dado e saber que uma mulher daquela natureza era toda minha!

E se fosse embora? Se se acabasse aquilo tudo de repente?

7

Maria Chica um dia chegou para dizer que aparecera grávida. Estava de barriga e só andara comigo. Tonteou-me a notícia. Era só o que faltava: um filho com uma cabocla. Queria dinheiro e dei-lhe tudo o que me pediu, mas que não abrisse o bico senão mandava quebrá-la de pau. Não me disse nada e saiu de cabeça baixa, com a trouxa de roupa suja.

Como seria aquele filho, aquele fruto dos meus amores de rede? Ficou bulindo por dentro de mim essa história de ser pai assim, sem esperar.

E se Maria Alice soubesse? Terminava sabendo. Ali no engenho descobriam logo os autores destas obras. Não faziam segredo dessas coisas. Mal viam uma mulher de barriga empinada e dava-se logo o pai. Palpitava-se: aquilo é obra de fulano, de sicrano. E se Maria Alice soubesse, eu estaria perdido. Ficaria com nojo do amante que se metia com negras e caboclas do engenho como seus avós, usando os seus escravos até para isto.

Fui a Chico Marinho para que ele mandasse Maria Chica para outro engenho, aliviar-se por longe. O feitor se riu dos meus sustos:

— O doutô está fazendo questão de pouco. A cabrocha fica por aqui mesmo. Ninguém diz que é do senhô. Ela está pegada com o Manuel Luís. Todo o mundo vai dizer que é dele.

E era mesmo. Maria Alice não teria conhecimento daquilo. Fui ao seu encontro no alpendre. Estava pelo meio do romance de um de seus autores ingleses. Precisava ler aqueles livros, me aconselhava, só me podiam fazer bem. Não saía dos meus franceses, de uns romances rasos. Eu lhe dizia brincando que aquilo era pedantismo dela, somente porque sabia inglês. Ela queria ir além na conversa, falar da profundidade daquele Hardy que estava lendo, procurando me trazer para a história do livro. Ficava humilhado com o seu gosto e torcia o assunto mais para perto da gente.

Chamei-a para ver as jabuticabeiras na safra. Puro pretexto para me ver livre da sua sabedoria. E enquanto andávamos para a horta, ela voltava para o romance. Querendo à força me contar a história triste do amor de uma mulher superior por um cortador de lenha da Escócia. O homem tinha uma paixão desesperada pela mulher. Uma vez acolheu-a numa tempestade e deu o seu quarto no meio da floresta para que ela pudesse dormir no quente. E enquanto ele, ardendo numa febre de tifo, aguentava a chuva da noite nos ossos, ela ouvia o gemido dele morrendo e pensava que fosse o vento no pinhal.

Chegamos à horta que cheirava com os pés de açafroa cobertos de flores. E era um perfume que ia longe. Craveiros velhos no jirau davam um ou outro cravo. Os leirões ciscados de galinha.

Quando a velha Sinhazinha estava em casa, aquilo parecia um brinco, de bem-tratado. Sem ela, as negras deixavam à toa. Para que cuidar? Estavam em férias. E o mundo que corresse a locé, até que ela chegasse de volta.

A tia Sinhazinha tinha gosto pela horta. Plantava tudo que era verdura, que ficavam velhas no chão. Não dava uma folha de couve a ninguém. Os seus coentros cresciam como capim. E ninguém via na mesa uma amostra dos seus leirões. Quando chegasse, as negras comeriam fogo na sua unha.

As jabuticabeiras, porém, estavam uma beleza de carregadas. Não havia um lugar pelo seu caule que não tivesse fruta madura, pretinha, úmida ainda do orvalho. Tiravam cargas para mandar de presente aos outros engenhos.

Saímos andando por debaixo dos jambeiros, das frutas-pão enormes. O chão coalhado de frutas apodrecendo. E fomos acolhidos num pé de imbu que era mesmo que um aposento reservado. Os seus galhos caíam até a terra. E a gente ficava lá, como em casa. Um dia uma negra qualquer nos pegaria aos beijos, em conversas.

Mas aquele recanto da natureza nos alcovitava, agasalhando-nos daquele jeito. Ficava com a cabeça no colo de Maria Alice. Lembrava-me dos afagos macios de Josefa, a negrinha da tia velha. E a lembrança da pobre me trouxe o pavor da inimiga rancorosa. Se chegasse de uma hora para outra? Tudo mudaria, botaria a negra para me espiar. Maria Alice aguentaria o diabo nas suas mãos, liquidando-se de uma vez aquele amor tão cheio de vida. E enquanto Maria Alice me dava as suas coxas redondas para repousar, pensava nos dias desgraçados que seriam os meus, sem ela.

Um boi urrava na beira do rio. E depois ouviam-se mais urros. Enchiam o areal branco de berros agoniados. Levantamo-nos para ver. Havia uma rês morta, estendida. Mordida de cobra, na certa. Precisava enterrar, senão o povo viria cortar-lhe as carnes para comer. Só se aproveitava o couro. Por um pedaço de carne verde aquela gente arriscava a vida. Era preciso tomar cuidado, enterrando o animal mordido, como se fazia com os bois do carbúnculo.

Quando morria gado bêbado com manipueira, era que o povo gostava. Estraçalhavam o boi num instante, como urubus, levando até as tripas e os pés. Só ficava o couro espichado. No outro dia, quando o gado passava pelo lugar do sacrifício, era um berreiro igual àquele que estávamos ouvindo na beira do rio.

Enervava a gente aquele choro. E saí para dar as ordens necessárias.

Notava a minha amiga mais triste, mais calada. Lembrei-lhe uma visita a Maravalha. E de tarde fomos ver as primas. Os nossos cavalos esquipavam pela estrada. Ela só gostava de andar assim. Nuvens de poeira ficavam por trás e não tínhamos tempo de trocar uma palavra. Havia, porém, alguma coisa nela. À noite, na cama quente, me contaria tudo, quando estivesse pertinho de mim, no gostoso.

As primas nos receberam com os "esses" na ponta da língua, chiando, alegres, como sempre. Havia gente de fora na Maravalha: o padre Severino e o professor José Vicente. João de Noca, no violão, encheu a noite de modas quebradas, da "Pequenina cruz do teu rosário"; da "Pálida madona dos meus sonhos" e quando chegou em "Sílvia, deixa rolar os teus cabelos", os olhos dele se embaciaram de volúpia e a voz era mais macia, mais terna. Era como se João de Noca estivesse com a mulher, na hora do amor feliz.

Maria Alice tivera a sua noite de arte. Voltava triste, mas voltava feliz. Aquela doce voz de João de Noca e as modas que Castro Alves fazia para suas eleitas, falando em cabelos, em seios, as Marias, as Consuelos, as Virgens Hebreias, todo esse mundo de luxúria de que a música popular tirava tanto efeito, deviam ter tocado profundamente a minha triste amiga. E depois, toda aquela sensualidade misturada de uma melancolia, de uma tristeza, como se tudo estivesse no fim, como se aquela fosse a última Consuelo que se tivesse para amar. Aquilo era gostoso e era triste.

Voltei de noite, sozinho, com Maria Alice. Na saída, as primas tiraram brincadeira. Não fosse a gente se perder por aí afora.

Ela agora vinha devagar, o cavalo a passo lento, a me perguntar não sei o quê. A noite era de escuridão fechada. Só os caga-fogos se mostravam, mas eram como se fossem fósforos que o vento apagasse de repente. Não iluminavam coisa nenhuma. Barulho, havia muito, de sapos berrando na lagoa: os caldeireiros repetindo a mesma toada, como cretinos, e cururus gemendo sem parar.

Passávamos casas fechadas de moradores. Mal se viam as fisionomias das taperas. Por dentro o amor devia estar propagando a espécie em camas de vara.

Com pouco mais, a lâmpada de álcool deixava-se ver através dos vidros das venezianas da casa-grande. Nove horas e ninguém estava acordado nos esperando. O moleque José Guedes nem nos viu, espichado na banca. Roncava a sono solto. E, por dentro da casa, o mesmo silêncio de sempre. O velho José Paulino no seu quarto. Ninguém nos via nem nos reparava. Pela janela do meu quarto entrava o cheiro do engenho pejado, cheiro de mel, de bagaço verde.

Nem dei tempo a Maria Alice de se preparar. Deitado em sua cama esperava que ela soltasse os cabelos. Mandou que eu olhasse para a parede. E veio de camisa fina, para os meus braços.

Naquela noite falou-me de tudo. Notava que o meu avô não a tratava como dantes. Desconfiava de alguma coisa. Tirei-lhe a impressão. O velho se esquecia dela, como de tudo. Não era desconfiança nenhuma, caduquice somente.

Ouvimos passos no corredor, de gente que andasse devagar. Ouvimos que entravam no meu quarto. Fui ao buraco da fechadura olhar. E vi o velho José Paulino, de chambre comprido, saindo de lá. Não quis dizer quem era, mas terminei contando. Ela se arrepiou de vergonha. Com que cara acordaria de manhã, como olharia para ele na mesa?

Depois o velho começou a tossir, a tossir muito. Pediu para que eu fosse embora. E levantou-se para levar o remédio do meu avô.

Fiquei pensando. O que teria ido o velho fazer no meu quarto? Veio-me à cabeça o velho Afonso da Maia, de castiçal na mão. Encontrei a janela fechada. Tinha-a deixado aberta. Era hábito do meu avô acordar de noite para examinar as portas da casa. Não fora mais do que isso. E dormi satisfeito da vida.

As carnes de Maria Alice me alimentavam bem. Saíra daquele desespero de dois meses atrás, pelos seus braços carnudos. Podia me considerar salvo pelo amor, pois acordava dos meus sonos pesados de corpo ágil, disposto para tudo. A felicidade era aquilo que eu tinha.

E se ela fosse embora? E se o marido viesse para levá-la? Correria atrás dela. Então, para que me servia aquela mocidade, aquele ímpeto de ir longe, o meu desejo de viver muito? Que viesse este amanhã que eu saberia arriscar o meu destino. Fossem para o inferno todas as ameaças, porque o amor faria de mim o que eu quisesse ser. E eu queria tão pouco... Uma mulher somente.

8

Quando Maria Chica passava por mim, de barriga grande, uma coisa me dizia por dentro que eu tinha cometido uma indignidade. Com aquela trouxa de roupa na cabeça, um dia paria pelas estradas, como um animal qualquer. E o dono de tudo aquilo, de seu, na rede, se balançando. O filho era meu. Ficava imaginando como seria ele, de que cor sairia. Via como se criavam os outros pelo engenho. Obravam verde dias e dias. E choravam até morrer. Eram anjos. E pouco ligavam à vida dos pobres. Enterravam mesmo por perto de casa, quando eram pagãos. Preferiam junto aos moirões das porteiras, não sei por quê. Quando Deus era servido, escapavam. Ficavam, para que os vermes não morressem de fome. E por um milagre, com jaracatiá, chegavam a homens. E aqueles bracinhos finos e aquelas barrigas duras como pedras davam os cabras de eito, os homens pau para toda obra. Iam até para o Amazonas e venciam por lá. Lembrava-me de um filho de João Rouco que voltara do Norte, de cinturão largo, de gramofone e com dinheiro no bolso.

Os que moravam na caatinga, os filhos tomavam banho no barreiro atrás da casa. Mas os porcos também se serviam daquela água onde lavavam roupa, lavavam cavalo, até que uma chuvada viesse trazendo água nova para a serventia. Os da beira do rio eram mais felizes. O Paraíba dava-lhes tudo: banho para os meninos, piaba para as moquecas e vazantes para a batata-doce crescer e o jerimum enramar.

O filho de Maria Chica nasceria com mais sorte que os da caatinga. Estava ali o rio para o seu banheiro, os seus cangapés, as suas pescarias de loca.

A molecagem se criava mais no rio que em casa. Tinham o pixaim duro de lama das enchentes, quando a água era pesada de barro vermelho. Bebiam aquilo e se as febres ruins chegavam, botavam para o tempo. E com o tempo passariam.

Onde estariam os moleques com que me criei? Vi Mané Severino de cabeça baixa, João de Joana roubando laranja, todos degradados no eito, na enxada alugada, limpando mato pelos mil e duzentos e a casa cheia de filhos. E Ricardo, o moleque Ricardo, da minha idade, aquele que acabava de rasgar as minhas roupas velhas? Fugira. Era assim que diziam daqueles que deixavam um dia a bagaceira. Fugiam como escravos. Apenas o capitão do mato se tinha acabado. Ricardo saíra pelo mundo. Ninguém sabia para onde. Tivera mais coragem que os outros. Lembrava-me que o ideal de João de Joana era ser carreiro, pegar boi para canga, botar correia em ponta de garrote, ser mestre carreiro como Miguel Targino. E não chegara a isto. Falhara na vida o pobre companheiro da minha infância, caindo no eito. Chico Marinho até o pegara roubando laranja na horta.

Mané Pirão fora mais feliz. Andava empunhando a sua vara de ferrão com orgulho do ofício.

E no entanto Ricardo aprendera a ver as horas no relógio primeiro do que eu, mais vivo, mais inteligente do que o senhor. Queria ser maquinista de estrada de ferro. Era o ponto mais alto da sua ambição.

E o filho de Maria Chica, para que daria ele? Se me fosse embora do engenho havia de ser como os outros. E imaginava-o no eito, com o sol tinindo no lombo, de pés estrepados de tocos. E o pai, de longe, gozando a vida, a botar os filhos legítimos nos colégios.

Podia ser também que o filho de Maria Chica não fosse meu, e ela quisesse somente arranjar um responsável importante para ele. Iria ver em breve se se pareceria comigo, trazendo sinais da família, aquela testa larga dos filhos naturais do tio Joca. Podia, quem sabe, nascer morto, ter sepultura num moirão de porteira.

Via-me assim um infame, a pensar nestas misérias. Deixasse o menino, criasse-o, desse-lhe o que um homem de bem daria a um filho, do jeito que fosse. Sim. Faria tudo por ele. Maria Alice não saberia de nada.

Andava ela agora desconfiada com meu avô. O velho não lhe sorria mais. Fazia-lhe agrados e nem como coisa. Calado estava e calado ficava. Deitado na rede, na rede o dia inteiro, só se levantava para gritar:

— Ó Zé Guedes!

Estrondava lá fora o chamado do meu avô. O estribeiro chegava. Não era para nada. Não sabia mais para que chamara.

Fiz ver a ela que o velho não prestava mais atenção a ninguém, reduzindo-se dia a dia ao fim.

Não era, porém, a mesma. Aquela alegria com todos de casa se fora. Ficava triste na cadeira de balanço, cismando. Falava-lhe e estremecia com susto. A marca do livro na página do dia anterior. As nossas tardes eram mais tristes. Não se tinha coragem de romper o silêncio. Lembrei-me que o marido me falava de crise de nervos, estados de melancolia. Chamava-a para os nossos passeios. Ia, mas sem o seu entusiasmo para ver e discutir as coisas.

Estranhei aqueles seus modos. E Maria Alice se abriu, se confessou. Tinha cometido uma indignidade. Casara-se sem amor, é verdade. O seu marido fazia o possível por ela, dava tudo o que possuísse para vê-la feliz. Um homem bom, carinhoso, só era dela e do trabalho. E agora sucedia aquilo. Sacrificara tudo para satisfazer a desejos inferiores. E os olhos se enchiam de lágrimas. E o pior é que pegara a minha amizade. Não sabia como pudesse viver sem mim.

Comovi-me, pensando em coisas absurdas. E ela abanava a cabeça. Não. Tinha que ir. Era bom acabar logo com aquela história. E abraçou-se comigo debaixo do umbuzeiro, molhando-me o rosto com as suas lágrimas. Eu não acreditava que aquilo se acabasse nunca. Parecia-me de muito longe a separação.

Depois, passava a crise e ficávamos conversando como se tudo estivesse resolvido. Uma noite de amor lavava todas as lágrimas. Voltariam no entanto as aperreações. As cartas do marido só falavam da volta. Concluíra o serviço e logo viria buscar a sua querida para nunca mais se separarem.

Estava mais magra, mais bonita, a cintura mais fina. A aliança andava frouxa no dedo. Pedi-lhe para tirar. E tirou.

Uma vez, tive que passar um dia fora, no júri do Pilar. Cheguei em casa alta noite. Estava chorando no quarto, toda vestida na cama, com a cabeça enterrada no travesseiro. Lastimou-se. Fora o diabo quem a mandara para ali. E caiu nos meus braços como uma pobre mulher sem forças. Nem parecia aquela Maria Alice dos romances ingleses, tão culta, tão superior a mim, tão cheia de intuições e clarividências. Crescia o meu amor por ela assim fraca, humilhada, amolecida pelos óleos da luxúria.

No outro dia de manhã era outra. Corríamos juntos o Santa Rosa. As chuvas de dezembro criavam babugens pelo chão. Apontava mato por toda a parte como se alguém tivesse deitado sementes para brotar. O Santa Rosa ficava verde, a caatinga tomava cores de vida, mas os paus-d'arco se desfaziam das suas cores de celebração. O engenho parava a moagem, com a bagaceira ensopada. Estas chuvas, porém, eram de pouco tempo. Vinham somente para ajudar os cajueiros a florir. Recendiam eles pelas estradas, cheirando mais do que as cajazeiras. Maria Alice me dizia que estávamos nos despedindo, nos últimos dias do seu sonho. E de noite o jasmim-laranja do portão entrava de janelas adentro, nos procurando com o seu perfume de felicidade, de amor casto. Parecia que estava plantado dentro do quarto.

Aquilo só podia ser mesmo para se acabar, aquele viver de conto árabe. Dera-me gosto pela vida, dera-me vigor de homem, uma vontade firme de procriar, de me sentir além de mim mesmo. Desejava que ela criasse barriga, tivesse um filho meu bulindo nas suas entranhas.

O meu amor era assim, casto como o de um pai-d'égua. Andara com outras mulheres despreocupado, deixando a cama de Laura com nojo. Agora não. O meu amor era grave, o grande amor que Deus deixara entre os homens e que era também o de todos os animais. Se aquela mulher fosse embora, seria o mesmo que me castrarem de tudo, me arrebatarem o sexo impiedosamente como eu via se fazendo no curral com os garrotes. Batiam com crueldade. E o boi berrava, e as macetas esfarinhavam aquilo que lhes haviam dado para as novilhas. Se me levassem Maria Alice dali, como podia ser a minha vida sem ela? Ela sabia que tudo ia se acabar, percebendo mais agudamente do que eu a realidade que se aproximava sem dó.

E numa tarde, esta realidade chegou num telegrama: o marido pedia cavalo para a estação.

9

Chegou para levar a mulher. Fui vê-lo à estação. Vinha cheio de alegria, transbordando pelo caminho em perguntas, rindo-se com o tempo. Mal sabia ele que começava a desgraçar um homem para o resto da vida. Maria Alice recebeu-o no alpendre, fingindo satisfação. Estava alegre e abraçou o marido efusivamente. Só podia ser para disfarçar. A vontade dela devia ser outra. Não chorara tanto nos meus braços, na noite passada? Não pedira a morte? Era melhor morrer que separar-se de mim.

O marido ficaria no engenho uns dois dias ainda. Deixei-os sozinhos e fui andar por fora, com uma coisa me faltando. Saía da casa de purgar, entrava na de destilação. Fiquei a olhar a máquina do engenho, a moenda. Corri a bagaceira toda. Na boca da fornalha perguntei qualquer coisa, e não sei o que responderam. Desci para o rio, andei até o cemitério dos bois, subindo para a estrada pelo Corredor. Ainda estavam vermelhos os mulungus. Também só via isto, aquele encarnado doendo na vista, com o sol em cima. Andara com Maria Alice por ali; ali, naquele canto, pegara nos seus peitos, dera-lhe o primeiro beijo. Desviei-me do gado que descia para beber. Vinham sedentos, de ventas acesas.

Na estrada fui andando com a cabeça a trabalhar. Era um trabalho de destruição, uma análise minudente de um inimigo sobre outro. Quis fugir da dissecação cruel, mas o bisturi estava em mão de mestre. Cortava mesmo no podre.

Fui andando até o engenho do seu Lula, tão embebido, tão fora de tudo, quando dei conta de mim o sol andava alto. Andei mais. De um alto avistei o flamboaiã em chamas, tremendo ao vento. Maria Alice gostava de me mostrar esta árvore com deslumbramento.

E o bisturi cortando com dor. Desci outra vez para a estrada. Por todos aqueles cantos andara com ela de braço dado, o corpo dela no meu. Virava o rosto, baixava a cabeça para a terra. Se me vissem diriam que era um andar de doido, aquele.

Maria Alice estaria com o marido, no quarto. Estava alegre quando ele chegou, abraçou-o na minha frente. Era fingimento, não queria magoá-lo.

O bueiro do Santa Rosa mostrava a boca suja fumaçando. Aquela mulher era minha. Só minha.

No engenho, uma negra andava me chamando para o almoço. Estavam todos na mesa. O marido queria falar com meu avô do Brejo de Areia, do frio horrível de lá, dos engenhos de rapadura. O velho só fazia balançar a cabeça. Olhava eu para Maria Alice, cruzando olhos com ela. Tinha a impressão que começava de novo o meu namoro. O marido me contava tudo: dos trabalhos da comissão, barulho com o prefeito.

Era a história de uma avaliação de herança. Vencera tudo. O governador dera-lhe parabéns.

Ouvia-o com atenção, mas estava pensando na mulher dele.

Depois, andávamos nós dois pelo engenho. Ele muito satisfeito. A mulher escrevera, encantada com todos de casa, mandara falar das minhas gentilezas. Ela não gostava da Paraíba, ficava nervosa com aquela vida monótona. Era por isto que ele estava se pegando com um amigo forte para lhe conseguir um emprego no Rio. Tinha concurso para a Fazenda.

Voltamos para a casa-grande. Maria Alice tinha preparado refrescos.

— Tome também, Carlos.

Não quis. E voltei para o engenho, deixando-os no alpendre. E uma raiva de cachorro doente se apossou de mim. Andar, andar era o que eu queria. Gritei para um moleque para me trazer um cavalo selado. Demorava-se. Chamei nomes feios. E quando ele chegou, com o *Coringa*, tive ímpetos de meter-lhe os pés:

— Cachorro do bute.

Não tinha trazido as esporas. Saiu correndo para buscar. O sol queimava pela estrada. Carros de boi levantavam poeira e a gente sentia o cheiro do pau-d'arco dos eixos. Encontrei Mané Pirão com um boi caído, metendo a macaca:

— Cabra safado. Quem devia estar apanhando aí era você.

E o boi estendido.

— Afrouxe os arreios.

Quando o animal se viu solto, saiu aos pinotes, pelo cercado.

Manuel Pirão não disse nada; com a cara que estava, ficou. Era gago. Quando menino não dava uma palavra, aperreado. A gente brincava com o defeito dele.

Maria Alice juntinha do marido.

O cavalo pisava em cima de sementes vermelhas de mulungu. O povo dizia que um chá daquilo fazia endoidar. Aonde ia assim? Botei-me para a caatinga para ver o roçado, no Riachão. Caroço de mulungu endoidava.

O cavalo corria. Quase que um galho de cabreira me rasgava o rosto. Vi a casa de Maria Chica com panos encarnados secando ao sol. Maria Alice era uma miserável. Tudo aquilo hipocrisia, fogo de fêmea safada.

Com aquele pensamento cheguei ao leito da estrada de ferro. Tive vontade de dar uma carreira. Piquei o *Coringa* nas esporas e o bicho desembestou. Tropeçava nas sulipas. Via os trilhos correndo para trás. Se viesse um trem me pegaria no corte grande. E tive medo da máquina, apitando junto de mim, em cima do cavalo. Não era máquina, não era nada. Se me pegasse o trem, ficaria em pedaços.

Fora ali mesmo ver uma vaca que o horário das dez matara. O sangue corria no chão, e manchas de sangue pela barreira do corte.

O *Coringa* arquejava descendo suor pelo lombo. Parei debaixo de um pé de juá, afrouxando-lhe a cilha.

Maria Alice estaria com o marido. E as minhas noites com ela? E os beijos? Estendi-me no chão, tapando o rosto com o chapéu porque o sol vinha direto em cima dos meus olhos. Estaria com o marido fazendo tudo o que fazia comigo. Eram dele aquelas coxas redondas, aqueles peitos duros.

Não podia ser. Não podia ser. Levantei-me de um golpe. Não chorava tanto, não gozava tanto comigo?

Passei a perna no cavalo e comecei a voltar para casa, devagar, o *Coringa* afrontado, de pernas bambas. Tinha demorado bem duas horas no juazeiro. A tarde consumava-se e eu estava com medo de chegar em casa, manso, sem vontade de descompor a ninguém.

Encontrei Mané Pirão com um carro de olhos de cana para o gado. Perguntei-lhe uma besteira qualquer, para agradar. A resposta engasgava. E nem ouvi o que disse.

Lá em casa, estaria Maria Alice com o marido.

Cortei voltas para não chegar tão cedo. Esfriava-me todo.

Se a visse ali, cairia a seus pés, chorando para que não me abandonasse. E uma tristeza profunda me deixou sem coragem de vê-la.

A lâmpada de álcool tinha um enxame de mosquitos fazendo ciranda. O meu avô sentado no seu lasquiné. Esperei que chegassem para a ceia.

Repetia-se o meu nervoso dos exames. Olhava a sala de aula com pavor. Tremia para tirar os pontos, sonhava noites antes com provas escritas que não podia terminar, que não chegavam ao fim.

Era aquilo mesmo, aquela mesma agonia me tomava inteiramente, ali, na sala de jantar, com meu avô mecanicamente passando as cartas e a noite lá por fora gemendo com sapos.

Chegaram. Tive que inventar gentilezas mantendo conversa com ele. Maria Alice procurava fingir tratando-me bem, rindo-se. Tinha que sair dali porque o meu sangue começava outra vez a insurgir-se, o acesso queria voltar. E se um olhar pudesse dizer tudo que eu tinha vontade de dizer, o meu teria dito com veemência. A dor arrastou-me para fora. Nunca tinha visto lua mais clara e nem céu mais limpo.

Iriam sem dúvida para a banca do alpendre, gozar tudo aquilo. Ele estaria seco por ela.

Voltei ao meu quarto pulando a janela para que não me vissem entrar. E fui sofrer na minha rede, como há três meses passados. Muito pior agora, porque uma mulher tinha me feito homem, uma força viva. E de repente cortava todas as ligações, me deixando às escuras, perdido para sempre.

Mais tarde ouvi que se recolhiam. Escutava a voz dela macia e ele dando uma risada gostosa. Bem defronte de mim uma mulher ia entregar-se a um homem que era o seu dono.

E 24 horas antes era minha, chorava por mim, gemia como uma infeliz no amor.

Ficaram com a luz acesa no quarto. Conversavam baixinho. Na noite anterior era comigo tudo aquilo. Que mulher ordinária! Para que chorava, para que me dizia tanta coisa? Comecei a balançar-me na rede para que ouvisse o ringir das correntes e soubesse que estava ali.

A luz do quarto deles acesa. Gostava de fazer o negócio no claro. Levantei-me. Por debaixo da porta do quarto a luz espremia-se para sair. A casa, num escuro medonho. Já estariam fazendo? Por que diabo não ia embora?

De vez em quando o velho Zé Paulino tossia. Os galos cantavam confundidos com a lua que era mesmo que dia. Mas o silêncio me dava medo. O quarto dos santos, de porta aberta. Pela telha-vã entrava a lua; dava para ver os santos, as caras macilentas das Nossas Senhoras.

Estava em pé no corredor, parado, sem coragem de dar um passo. Roncava a negra que dormia, tomando conta do velho Zé Paulino. Percebi barulho de cama no quarto de Maria Alice. Estavam na safadeza. O quarto dela no claro.

Saí nas pontas dos pés. Queria ver o que estavam fazendo. E fui devagarinho. Botei o olho na fechadura e vi os dois deitados na cama. Ela, de cabelos soltos. Não faziam nada. Mas estava em desalinho, de pernas abertas. E ele acariciava, pegava nas coxas. Tive medo de cair no chão com uma tontura. Os meus olhos ardiam não sei de quê. Voltei para o meu quarto, mas a cama fazia barulho. E uma vontade de chorar como menino foi me tomando. Mordi o travesseiro para evitar o soluço alto. Não podia ficar naquele quarto, aos prantos, como uma besta.

Fui para fora com vontade de andar muito. Ouvia chocalhos tinindo no curral. O gado também se iludia com a lua. Fui andando pela bagaceira. No paredão do picadeiro dormia um sujeito de papo para o ar. Feliz, aquele sujeito que podia dormir. Estava na estrada. Um rumor de cavalos e gritos de cargueiro se aproximavam. Escondi-me atrás de uma moita de cabreira.

Eram contrabandistas de cachaça que ganhavam o sertão.

Maria Alice, àquela hora, estaria chorando na mão do outro. Na mão do outro, gemendo.

Saí andando ao contrário dos homens. Estava bem perto das cajazeiras mal-assombradas. Diziam que elas mudavam de lugar à meia-noite. Fiz carreira para atravessar o escuro. E fiquei correndo até chegar o Poço das Pedras. Correndo por quê? Só mesmo de doido.

Acharia outra. Mulheres não faltavam. Era mesmo, estava fazendo papel de besta. Lembrava-me então que fora ali mesmo que passara as mãos pelos peitos de Maria Alice. Ali mesmo. Ali mesmo dera-lhe o primeiro beijo. Ela gostara, tremera toda. E agora, acabou-se tudo. Tudo acabado.

Um cachorro de morador começou a latir quando me viu. Sacudi-lhe uma pedra e o bicho correu para casa. Mas latia de lá, uivava, como se alguém estivesse com a faca no seu pescoço. Não era para mim, era para a lua. Lá dentro os donos deviam estar dormindo, pegados um no outro. E Maria Alice também. Ela gostava de dormir assim. E o corpo dela era quente.

Vi uma luz vermelha de candeeiro lá embaixo, no rio. Quem estaria por ali àquela hora? Na certa pescaria, gente atrás das traíras. Capaz de ser mulher. Fui descendo. E era. Cheguei-me para perto. Estava meio nua. Quando me viu junto, procurou correr, mas ficou dentro d'água, escondendo-se de mim. Reconheci a mulher do Zé Guedes. Tive vontade nela. Chamei-a. E se escondia dentro d'água. Não pude me conter e fui a ela, com desespero.

Quando voltei de lá era mais infeliz. Devia ser mais de uma hora. Ouvi de longe a mulher do Zé Guedes com o jereré batendo nas pedras. Sentia frio, metera-me na água. O pijama colava no meu corpo. Fedia a lodo.

E a coisa voltava outra vez na cabeça. A mulher estava dormindo grudada ao marido. Tinha andado mais de uma légua com aquele aperreio. Na bagaceira do engenho encontrei gente falando. Eram os carreiros que aproveitavam a lua para ir buscar madeira na mata. Bem uma hora da manhã. Não ouvia nem respiração no quarto de Maria Alice. O meu avô tossia. E uma réstia de lua estava bem em cima do anjo Gabriel. O diabo do jasmineiro cheirava como uma prostituta.

10

Seguiram no trem das dez. Ainda tive coragem de ir à estação. Ela olhou para mim com aqueles mesmos olhos grandes e profundos. Devia ter notado a minha mão fria e eu devia estar pálido. Não fora brincadeira uma noite daquela.

E aquela mulher? Quem seria ela de verdade? Foi nisto que voltei pensando. Uma simuladora ou um temperamento alimentado de romance, feito de pedaços de páginas? Gostaria mesmo de mim? Se tivesse me querido aquele bem, não teria mudado da maneira que mudou. As negras não gostavam tanto dela? Vi-as chorando quando saiu. Se fosse uma pérfida não enganaria assim as negras. O cavalo vinha devagar, de passo ronceiro, como se viesse tomando interesse pelas minhas cogitações. Naquele cavalo branco ela andara, esquipara nele, fora comigo à Mata do Rolo descobrir orquídeas.

E se fosse uma safada de marca, uma daquelas que se pegavam com todos os homens que vissem? Encontrara um somente no engenho. Lia romances para fazer pose, aquelas frases eram estudadas, chorava quando queria.

Debaixo daquelas cajazeiras estivera ao meu lado. E me chegou outra vez a saudade do corpo dela, do cangote de penugem, dos braços morenos onde mordia, daquela coisa gostosa que ela tinha.

Tomei as rédeas do cavalo com raiva. Mordi-o com as esporas. Vinha um enterro de rede pela estrada. Homens atrás e o corpo balançando. De que teria morrido aquele sujeito? E já ia longe e ainda se ouvia a gritaria do acompanhamento. Teriam passado a noite na cachaça. Mais adiante, encontrei Zé Passarinho num pé e noutro, falando só, de bêbado. Tirou-me o chapéu com humildade. Nem a aguardente dava coragem àquele infeliz.

O eito raspava o mato bem perto dali. Parei para ver, mas não via nada. Chico Marinho me dizia qualquer coisa. Sei lá o que me dizia Chico Marinho! Talvez pensasse que estivesse embriagado. Que diabo! Mulher não faltava.

Zé Guedes pegou no estribo para eu descer. Tinha comido a mulher dele de noite. Havia gente esperando por mim para falar. Um morador pedindo. E dei o que me pedia. Outro vinha se queixar de uma filha que tinha sido roubada por Francelino purgador.

— Tirou a menina sem precisão, seu doutô. Francelino é casado, seu doutô.

Não tinha jeito a dar. E o homem se queixando. Fora com ele porque quisera. O tabaco era dela.

— A menina dava ajuda no roçado, seu doutô.

Entrei para o quarto sem dar mais ouvido. O tabaco era dela. Desse a quem gostasse. Tive vontade de gritar isto na porta, de berrar. Era uma vontade de doido. E dizia baixo: o tabaco era dela, uma, duas, três vezes.

Estava falando só. Peguei um livro de cima da cômoda. O diabo cheirava a Maria Alice. Botava extrato nos romances quando me emprestava. Fui para a rede com ele. Queria ler, mas só fazia cheirar. Francelino tinha passado nos peitos a menina de Zé Gonçalo. Ela dera o tabaco. Teria gozado, gemendo como Maria Alice? Não podia ficar no quarto, não podia parar. Andei o engenho todo. Vi na cocheira as vacas amojando. E a lembrança infernal voltava. Mulher desgraçada!

O tempo estava escuro, com preparações de chuvas que não vinham. Um calor danado. Na beira do rio uma besta rinchava. Tinha vindo do Oiteiro, para o jumento do Santa Rosa. Mandei Zé Guedes soltar o pai-d'égua. Fui ver. Como eram felizes aqueles dois! Eu também pensava que era. O que valia aquela felicidade de cama? Não valia nada. Ia tudo tão bem e de repente estava naquele estado, andando sem parar. Sem um minuto de atenção para coisa nenhuma. Pensava que era o homem mais feliz do mundo porque Maria Alice me arreganhara as pernas e era agora o mais desgraçado. O que valia o amor, a carne! Não valia nada.

O jumento caiu em cima da égua com vontade. Não podia mais ver aquilo.

E Zé Guedes estava limpando as estrebarias. A mulher em casa, no roçado. Pensei nela e não quis mais conversa. Danei-me atrás. Mas quando fui passando pelo bamburral, Maria Chica, de barriga empinada, tomava fresca. Perguntei-lhe uma coisa e me chamou mais para perto para responder. Deitou-se comigo ali mesmo. O meu filho, lá dentro, mexia de um lado para outro. Botava a mão e sentia bulindo.

Para que tinha feito aquilo? Estaria por dias.

O vento agitava os bambus à vontade, que caíam para um lado como se fossem quebrar. As cobras faziam ninho por aquelas palhas secas.

A barriga de Maria Chica era enorme. E eu não tivera pena, machucara-lhe o ventre como selvagem.

Por que Maria Alice não ficava assim, andando de pernas abertas com o peso? Tomara que criasse barriga e morresse de parto.

Quando dei fé, estava na linha de ferro. Por ali passara ela. Devia ter olhado da janela do vagão o bueiro do Santa Rosa e o gameleiro alto de junto da casa-grande. E o flamboaiã teria se mostrado mais rubro ainda, na despedida. Passara ela bons tempos no engenho. Tivera leite de manhã cedo, passeios a cavalo e homem para dormir. Mulher desgraçada!

Estava com as pernas bambas de andar. A cabeça oca. Ouvi um apito de trem na curva do Caboclo. Trem de algodão. Por que não me deitava na linha de ferro para o trem me despedaçar? Fazia a curva. Apitava mais perto. Disparei para fora da linha como se a máquina estivesse junto de mim, no meu encalço, como cachorro. Passei-me para o cercado de solta. O baque da porteira no mourão foi longe, com o eco.

Era tarde. Para que ficar por ali? De vez em quando ouvia um estrondo dentro dos marmeleiros. Caçavam de espingarda. Era capaz de um tiro me pegar.

Com o escuro cheguei em casa. Ninguém me encontrara para o almoço. Viram-me sem chapéu e espantaram-se. O velho Zé Paulino já estava no seu lasquiné. A luz acesa e a casa toda fechada. O pai da menina de Francelino ficara pela destilação, bebendo. Estendido agora no alpendre, chorava alto como uma criança. Mandei que o sacudissem para fora.

Queria dormir. O que eu queria era dormir, cair como uma pedra, ficar morto, sem nenhum sentido funcional. E à meia-noite, ainda me balançava na rede. O velho tossia insistentemente. Lembrei-me que Maria Alice se levantava para levar-lhe o xarope. Fui ao quarto dela. E os lençóis ainda se achavam na cama. Deitei-me, cheirei os panos, o travesseiro com o seu perfume. Vi no criado-mudo o vaso de que se servia. O que era aquilo que eu estava sentindo? O que era aquilo? Queria fazer coisa abjeta com aquele vaso. Fugi de lá. No meu quarto olhei-me no espelho. A barba crescida e a luz do candeeiro faziam-me mais feio do que eu era.

A minha navalha fora da caixa, bem na minha vista, junto da minha mão. Tive medo dela. Não tinha coragem. E a agonia crescendo. Havia uma vela acesa no santuário. Noite de que santo era aquela? E a agonia crescendo. E se fosse rezar? Rezar o quê?

O anjo Gabriel de espada na mão, o outro com o carneiro nos braços. São Severino num caixão de defunto, e o Senhor Morto de sangue correndo das feridas. Por que não rezava? Sentia o cheiro do jasmineiro.

Maria Alice botava no seio aquela flor. Aquele pensamento danado não me deixava. Por que não rezava? Podia passar tudo aquilo com oração. E fui andando para o oratório. Caí de joelhos. Vinham-me à cabeça os peitos, as coxas, o corpo de Maria Alice. E nem um padre-nosso me saiu da boca. Não sabia nada. Fechei os olhos. Abri-os bem. A cara do Menino Deus, tão pura. E só soube dizer, aos soluços, como qualquer pobre-diabo de engenho: Nossa Senhora da Conceição, protegei-me.

TERCEIRA PARTE

Banguê

1

O QUE POSSO DIZER de mais certo sobre a vida que levei depois da saída de Maria Alice do engenho, foi que andei como leso de um lado para outro. Adoeci. Vinha com febre todas as tardes. Fui à Paraíba e os médicos me deram quinino para mais ainda me deprimir. Notava que me tomavam com uma deferência especial. O povo de casa me olhando não sei como. Andava como sempre. Andava muito pelo engenho para não ver nada. Quando dava por mim estava falando só, recitando versos sem querer, pedaços de frases sem propósito. Ia pela estrada, despreocupado, alheio, e começava a ideia fixa, a mulher.

Então, imaginava as coisas mais absurdas. Escreveria o meu livro. Ela ficaria besta quando visse o meu nome nos jornais, o meu retrato nas revistas. Tiraria uma fotografia como aquelas que via dos literatos do Rio, com os olhos enternecidos e a cabeça bonita enchendo uma página. E andava quilômetros pensando nestas tolices, com estas preocupações de cretino.

Um dia chegou no Santa Rosa o primo Jorge de Gameleira. Viera para me levar. Queriam que eu fosse passar uns dias no engenho do pai dele para espairecer um pouco. A família estava com pena de mim. Sem dúvida que a história da minha leseira correra de boca em boca. E talvez que soubessem até do motivo. Não era o primeiro caso na família. Um parente nosso, do Água Fria, se apaixonara por uma viúva e terminou na corda, batendo, nas grades de um asilo. O primo Jorge fora mandado para isto. Era preciso salvar-me, provocar a minha cura.

E estaria de fato doido? Não podia estar. Eu sabia tudo o que fazia e quando falava sozinho sabia que estava falando.

Tinha a memória viva para tudo. É verdade que não parava em parte nenhuma. Via o povo desconfiado de mim. Os trabalhadores tiravam-me o chapéu meio assombrados. Ninguém vinha me perguntar as coisas. Chico Marinho agia sozinho. Eu faria coisas que escapassem a mim mesmo?

Há meses que Maria Alice se fora. E desde aquela noite terrível do santuário que o tempo se passava à toa para mim. Não guardava nada, de uma indiferença para tudo.

Maria Chica parira. Sei lá se era meu filho? Andavam dizendo que se parecia comigo. E um dia que estava no quarto, a velha Sinhazinha mandou o menino no braço de uma negra para tomar a bênção ao pai. Nem prestei atenção. Entrou e saiu como se fosse um estranho. O golpe me deixara descompassado com a vida. Tinham medo de mim. A negrinha Josefa passava às carreiras, não querendo negócio com o seu amigo. Estaria mesmo fazendo medo aos outros? E fazia esforço para me recordar de algum fato, de algum desatino. Não. Não encontrava um que justificasse aquilo. Ficara com pavor do santuário. Quando via a porta aberta, assustava-me, fechando os olhos para não ver os santos.

Numa manhã, quando acordei, a velha Sinhazinha tinha voltado do engenho da filha. Gritava dentro de casa. Ouvia o ringido da saia dela pelo corredor. Tinha medo da velha. Mas seria mesmo medo? Quem sabe se não queria ela me envenenar? E não bebia água da quartinha e trancava-me de noite no quarto, com receio de que viessem me matar. Acordava com gente forçando a minha porta. Gritava e o povo de casa corria para ver o que eu tinha. Não tinha nada. Dormia outra vez. E não houve uma noite em que Maria Alice não aparecesse em sonho. Aquilo era sempre.

Ia para a mesa com vergonha de olhar para os outros. Um olhar que me botassem, atribuía logo a um intuito absurdo. Ficara-me uma indomável vontade de andar. Ia ao Riachão a pé. Mais de légua. E voltava em cima dos pés.

À tarde, botava uma cadeira no alpendre e ficava contando os cargueiros que passavam na estrada. Às terças-feiras e aos sábados vinham eles das feiras. Às vezes chegava gente do Pilar e não me movia da cadeira onde estava.

Possuía vontades danadas, desejos inexplicáveis, caprichos mesmo de doido. Gostava de andar de calças arregaçadas, como em tempo de chuva. Sabia que reparavam naquilo, vi mesmo numa ocasião um sujeito se rindo de mim. Mas não me importava. Faltava-me força para reagir. Estaria doido? Vinha-me a certeza de que não estava. Ao mesmo tempo a lembrança de meu pai me atormentava. Doido o pai, doido o filho. Qual nada. Não estava doido não. Todos em casa pensavam que estivesse. Até a velha Sinhazinha me deixava de mão. Era um traste. João Miguel, destilador, tinha um irmão assim. Não bulia com ninguém. Davam até a barba para ele fazer. Confiavam no Zé Doido.

Eu sabia o que estava fazendo, via os outros naturalmente, pensava no futuro e sofria com coisas passadas. Onde estaria a minha loucura?

Levei meses assim. O primo viera agora para me levar com ele. Não recusei o convite. Mesmo que quisesse não teria forças para reagir. Sairíamos de madrugada. Gostei de ir, mudar de lugar. A princípio desconfiei que me quisessem sacudir no asilo. Falou-me, porém, com tanta seriedade, que terminei acreditando nele. E fomos.

Há tempos que não via uma madrugada. Não tinha olhos mais para ver como antigamente. Mas naquele dia a madrugada no Santa Rosa se despedia de mim. Vi nuvens vermelhas para o nascente e o areal branco do Paraíba, sem uma gota d'água para remédio.

Quando o sol clareou, passávamos pela bagaceira do Angico Torto. Era do parente Feliciano. Não se via ninguém na casa-grande; senão, teríamos conversa até o almoço. O velho, porém, nos surpreendeu na porteira. Estava vendo, como o meu avô, o gado saindo para o pastoreador. Perguntou ao primo quem eu era. E veio com admiração:

— Ah! Era o que estava doente! Não tem mais nada. Está muito bem-parecido.

Convidou para descer. Iríamos depois do almoço, com a fresca da tarde. Não nos pegou para conversa apesar de todos os agrados. Tínhamos seis léguas para tirar.

Enquanto puxávamos pelo tabuleiro, a minha cabeça trabalhava. O velho Feliciano soubera da minha doença. Por todos os engenhos que passasse, iriam falar nisso. Estava até com vontade de voltar. O primo Jorge mostrou-me um boi com o ferro do velho Zé Paulino, pastando por aquelas alturas.

— Faz pena – dizia-me o primo –, as coisas de tio Cazuza estão se acabando. Não tem quem tome conta. O Juca só quer andar no mexerico, contando grandeza.

E terminava:

— Gado bateu aqui no cercado do velho Feliciano, leva ferro outra vez.

O tabuleiro não terminava mais. Andávamos léguas e era a mesma coisa que víamos. Parecia que não se saía do lugar. Paramos para o primo conversar com os cargueiros que vinham do Itambé. Queria saber o preço do açúcar em Goiana, perguntar quanto dera a cuia de milho e de feijão na feira.

Depois foram uns aguardenteiros que desciam, carregados de ancoretas pejadas de cachaça sem selo. E quando deixamos o tabuleiro foi para entrar na várzea do Preguiça.

Aquilo era lá engenho! Uma gangorra com casa de purgar de palha e o senhor de engenho de pés no chão, no copiá da casa-grande, que era uma tapera. O primo Jorge me contou a história dele. Roubou aquilo de uma cunhada viúva. Não pagava a ninguém. Só fazia cachaça para vender de contrabando e vivia brigando com o velho Feliciano até por causa de olho de cana.

Tudo isto ia-me tirando a atenção das minhas cismas. Via terras novas. Podia até ficar bom de vez.

O sol já estava queimando. E seriam bem onze horas quando atravessamos a estrada de Itambé na igreja do Oratório. Uma capela pequenina, no meio de jaqueiras enormes.

Era ali a matriz dos ladrões de cavalo. Ouviam missa de festa e faziam as suas novenas, naquela igrejinha de estrada. Só podia ser brincadeira do primo Jorge.

As terras dali já eram outras que as da Várzea. Não eram mais os canaviais que se perdiam de vista. Descia-se e subia-se ladeira a cada instante. E os riachos corriam de inverno a verão. Terras de água perene, de safras seguras. Lá estavam o Gui, de umas moças, o Cana-Brava, do coronel Quinca, o Moreno, de João Gualberto.

— Este sujeito daqui – me dizia o primo – foi cambiteiro, andou em cima de carga de aguardente. Hoje está rico. Crioulo trabalhador!

Os cavalos atolavam nos córregos, em pleno verão. E as casas dos moradores eram piores do que as do Santa Rosa. O povo ali não tinha algodão para plantar, vivia do eito somente. Passavam mais fome porque os rios não davam peixes.

A fartura d'água trazia também a fartura de doenças. As sezões atocaiavam os pobres nos atoleiros, nos pauis. O povo era mais amarelo que o da Várzea, onde o sol matava também as maleitas.

Aquela viagem fazia-me bem. Em poucas horas parecia outro, com interesse pelas coisas. Saíra do Santa Rosa como das quatro paredes de uma cadeia. Para onde me virava, virava-se para mim uma recordação ruim. Queria fugir dela e cada vez mais aquela perversa se enfiava por dentro do meu coração. Nunca mais que voltasse para ali. Quando ficasse completamente bom, tomaria direção para longe.

E o meu avô? De tanto preocupar-me comigo, nem dava notícias do velho. Tossia mais e nem saberia talvez de que abismo estivera perto o seu neto. Perguntou-me para onde ia quando fui lhe beijar a mão, na saída. E não me disse mais nada.

Tudo o que era dele estava se acabando. O gado caindo no cercado dos outros, os partidos minguando, o roçado se reduzindo. Passavam-me pela cabeça esses pensamentos, enquanto furávamos o caminho. O engenho Comissário, em ruínas, com os restos do maquinismo exposto ao tempo. O melão-de-são-caetano gosta de enfeitar sempre estas desgraças. Onde houver uma casa caindo lá se encontra ele enramando com viço, com aquele gosto de hiena pelos cadáveres.

Não era mais engenho, o Comissário. O tio Lourenço o comprara. O Gameleira engolira-o com a sua fome de latifúndios. O Santa Rosa fizera o mesmo com outras engenhocas que confinavam com ele.

E com pouco mais, a casa-grande de tio Lourenço mostrava-se senhorial, de largos alpendres, por entre palmeiras e eucaliptos.

2

Ou a minha doença era um nada ou o meio valia muito para a vida humana. Fiquei bem por completo, em poucos dias. O tio Lourenço, de óculos dourados e barbas aparadas, presidia a mesa, nas refeições. Tia Maroca, gorda, de cara redonda e com modos de gente, deixava longe as parentas da Várzea. Nunca a encontrei de chinelas, brigando com as negras. Tinha livros para ler, em sua larga cadeira de dois braços. Era quem fazia a escrita do engenho, quem tomava nota dos trabalhadores. O marido podia passar meses no Tribunal de Recife, que as coisas no Gameleira correriam certas.

Aos domingos, os trabalhadores vinham fazer conta com ela, sentada na carteira, com lápis na mão, contando dias de serviço e adiantamentos na venda. Não se ouvia um grito, uma palavra áspera. Se o velho viesse para junto, era barulho na certa, perguntas aos berros, aquele mesmo barulho do velho Zé Paulino, em tom menor, sem os nomes feios.

Todos eles tinham a mesma opinião de seus servos, a de que não prestavam e de que só se davam bem, assim, aos berros.

Tio Lourenço chefiava a família. O meu avô sempre o teve na conta do mais esclarecido. Quando lhe chegavam as dificuldades, mandava-as para Lourenço resolver. Os inimigos que tinha eram os do irmão, porque este sabia ter os seus ódios. Ninguém bulisse com ele, senão ficaria com trabalho para o resto da vida. O meu avô descompunha hoje, e amanhã, se lhe viessem com conversa, aceitava o que diziam. O irmão, porém, era outra coisa. Tinha gênio, como se dizia dos homens fortes, de coração duro. E por isto foi aquele político, manobrando com dois municípios.

A casa se enchia de sujeitos que chegavam para tratar de eleições. O velho falava de certos adversários trincando os dentes. Desde a Monarquia que era assim. Odiava os liberais. Se um dia lhe chegasse a notícia de que um tufão tivesse comido a gente do outro partido, não lastimaria a sorte dos pobres. O adversário para ele só prestava mesmo para o fogo.

Mas eu gostava do tio Lourenço. Não conversava com os filhos. Havia ali o mesmo costume ríspido de tratamento do Santa Rosa. Há mais de um mês que estava com eles e me dava bem. Dormia à solta, comia à larga e aquela insatisfação que me atormentava se fora de vez.

Sonhava todas as noites com Maria Alice. Não sabia explicar aquela insistência. Passava os dias pensando noutras coisas, andando com Jorge pelos seus pastos bem-providos. O Água Torta nos oferecia banhos deliciosos. Corria por debaixo de arvoredos sombrios. Corria cantando nas pedras, manso e quieto como um rio-mulher. Junto do Paraíba parecia um regato de brinquedo.

Fazíamos pescarias à noite, com candeeiro de gás, encandeando os peixes. Quem diria que fosse eu aquele mesmo do Santa Rosa, com venetas, correndo pelas estradas como um tonto, um bêbado?...

Não havia dúvida de que estava curado. Todos falavam da minha gordura, do meu ar sadio, das cores boas que tinha. Num instante botara para correr todos os macaquinhos do sótão. Mas sonhava com Maria Alice. Sempre os mesmos sonhos, fazendo coisas com ela, aos beijos, aos abraços gostosos.

Os jornais nos chegavam ali de oito em oito dias. Ficava-se mais longe do mundo. Os apitos de trem não perturbavam aquela paz de arcádia. Ninguém se atemorizava pelos bois na linha, pelos meninos brincando na estrada de ferro. Vida boa. Vida grande para os donos, os que mandavam nos outros.

Os pobres eram mais infelizes por lá. O Paraíba não lhes dava vazantes para batata-doce e a terra não era boa de algodão. Tinham que gramar no eito. Para criar gado, pagavam ao senhor de engenho um tanto por cabeça e da mandioca que desmanchavam, uma cuia de farinha, por certa quantidade, seria da fazenda.

Dava impaludismo nos que moravam por perto dos alagadiços. Mas se fossem para a várzea de Goiana, ainda pior. A usina pagava três mil-réis por dia tirando-lhes o direito de fazer os seus miseráveis roçados. Os moradores do Santa Rosa, junto daqueles, podiam se considerar felizes. O velho Zé Paulino nunca recebeu um tostão de sua gente para ter uma vaca comendo de corda, nas suas terras. E as casas de farinha de seus moradores enchiam as feiras das redondezas.

Nunca podia imaginar que houvesse gente mais pobre do que João Rouco, casas mais infelizes que a de Chico Baixinho. Andava pelo Gameleira olhando estas coisas sem querer. Surpreendia-me como espião, um olho indiscreto a perguntar pela vida dos cabras. E o velho Lourenço ainda era tido como bom. Avalie o Cazuza do Congo, um que chegava a andar maltrapilho e que vinha ao Gameleira conversar com o meu tio, todo acanhado, todo humilde. O que diabo não faria ele com os moradores, como não seriam pequenos os quilos de bacalhau de sua balança?

Aos domingos, a mesa da casa-grande se enchia de senhores de engenho, de parentes, de correligionários. Todos chamavam "dr. Lourenço", todos se calavam quando meu tio falava. Havia um, porém, que pouco ligava ao que ele dizia.

Era um velho de barbas compridas, um seu cunhado, pobre e altivo como o diabo. Dizia o que bem entendia, gritando com o meu tio. Metia o pau nos chefes políticos do partido do doutor e ele achava graça.

Um bom tipo de boêmio esse bom parente que nunca fizera nada na vida. E que boca suja para os nomes feios. Tia Maroca ficava cheia de cuidados quando havia gente de cerimônia na mesa. Senão lá vinham os "puta que os pariu" com a maior facilidade. Ele não trabalhava para não botar cunha em enxada, por ser inimigo do velho Feliciano da Cunha do Angico. E nem queria ouvir falar no nome daquele peste, quanto mais ter dentro de casa um traste daquele.

Os senhores de engenho achavam graça nos seus disparates. Para estes, o dr. Lourenço era um rei. Havia os que o tratavam por chefe, os mais chegados na bajulação. Tia Maroca perguntava-lhes sempre pelas mulheres, pelas filhas. O coronel Gaião do Teixeira, célebre pelas palavras erradas, amigão da casa. A grande alegria da sua vida seria casar filho ou filha com gente do Gameleira. Todos submissos ao doutor.

Em torno ao marquesão onde se espichava tio Lourenço, juntavam-se para a conversa de sempre. Uns contavam grandezas, negócios de vento em popa. Outros choravam de fazer pena. Não faziam nada, não podiam nem pagar aos correspondentes. E eram sempre estes os mais prósperos.

Fora da presença do chefe, pareciam meninos em recreio, bulindo uns com os outros. Queixavam-se sempre dos trabalhadores. Nisto estavam de acordo, em reconhecer nos seus cabras qualidades péssimas. Eram para eles uma gente ruim, preguiçosa, trapaceira, que só prestava mesmo no relho.

Passávamos os domingos num instante com as visitas. Vinham em outros dias, mas para negócios, ou para pedir favores, tachas emprestadas, tubos para caldeira, sementes de cana.

Seu Álvaro da Aurora era conhecido nos arredores. Quando batia numa calçada de casa-grande já se sabia para que era. Vinha pedir. Também o seu engenho não dava para nada. Só tinha de bonito o nome. O irmão, seu Né, vivia em desespero por causa do nome do seu engenho. Mudara várias vezes e não pegava. Botara até uns anúncios nos jornais e o povo só chamava pelo nome velho. Ficava danado quando mandavam cartas com o endereço de Cipó Branco. Brincavam com ele por isto. O velho Lourenço sempre que o seu parente chegava em visita, a primeira coisa que perguntava era pelo novo nome do seu engenho.

Jorge andava com as visitas, pelo cercado. Queriam ver os novos touros e falavam em mandar vacas para experimentar os reprodutores. Iam à casa de purgar ver se o açúcar era bom.

Um assunto absorvente eram os cavalos de sela. Passavam um tempão nas disputas. O de Carnaúba, este vivia mais disto. De trocas, de ciganagens. Montava admiravelmente e os arreios dele brilhavam, cheios de noves-fora.

Eram diferentes dos senhores de engenho da Várzea, que viviam de trem, na cidade de vez em quando. A vida por aquelas bandas me agradava mais. A gente era mais simples, mais amiga. O tio Lourenço, grave, não tinha aquelas histórias do meu avô para contar na cabeceira da mesa. Conversava comigo mais do que com o filho, a indagar dos meus propósitos. Uma noite me perguntou por que não me casava. Confundi-me com a curiosidade dele e fiquei com a coisa na cabeça. Teria sabido das minhas histórias com Maria Alice e das origens da crise que ia me afundando? Talvez que quisesse consertar a minha vida com o casamento. Falei a Jorge e ele me disse que era mania do velho este interesse pelos parentes. Temia pelo destino dos seus, entregues a erros de matrimônio, com camumbembes na família.

Dos irmãos, seria o único sem filhos naturais, sem os frutos bastardos. O tio Joca da Maravalha, perto dos oitenta, ainda tinha filhos em tudo que era cabrocha. Nana da Ponte, todo ano aparecia com gente nova, de testa larga e olho azul. O velho Lourenço fugia à tradição da família. Não se falava dele neste ponto. Fizera uma família só. Também fez carreira de juiz, fora quase sempre das tentações da bagaceira. Não gostava que lhe falassem das extravagâncias dos irmãos. Quando lhe vinham contar as proezas do tio Joca, mudava a conversa. Morria aí a história e ninguém se encorajava de ir além.

Aos primeiros dias da minha chegada me confessou sobre as coisas da Várzea. Então, o irmão Zé Paulino era de quem mais queria saber. Contei-lhe da doença do velho, do seu estado de completo alheamento da vida. Ficava triste, passando a mão pela testa e puxava mais histórias. E sem que nem mais, lá veio me indagando pela mulher de Antônio de Melo que era Maria Alice. Se ainda estava no engenho passando tempo.

Correu-me um frio pelo corpo quando chegou aí. Respondi-lhe meio aturdido, pois falara de uma coisa que me fazia mal. Saberia ele do que se passara? E com aquela fala mansa tio Lourenço queria saber mais. Se a prima ficara boa e de que estava sofrendo. Fui lhe informando, embaraçado.

Tinha certeza que todos ali estavam cientes de meus amores com Maria Alice.

O primo Jorge brincava comigo. Elogiou-a muito. Vira-a não sei onde, e depois, num tom de troça:

— Passaste bem, hein?

Ri-me com orgulho. Mas neguei. A moça era séria. Começava a envaidecer-me de Maria Alice. Era de outro, me deixara abruptamente, mas fora minha toda. E sonhava com ela.

As tardes no Gameleira ainda eram mais tristes do que as do Santa Rosa. Lá ainda havia estrada por onde subia e descia gente. Ali, não. Ficava-se num isolado. E as cigarras aproveitavam o silêncio para suas lamúrias de doer. Às vezes, entravam elas de noite adentro, quando a lua era clara que nem dia. No alpendre da casa-grande eu me sentava escutando tudo aquilo, à força. Não se podia fugir das cigarras.

Recolhia-me com meus pensamentos. Os bons e os maus pensamentos de recluso. Admirava-me de ter feito aquelas besteiras no Santa Rosa. Aquelas saídas de noite, a mulher do Zé Guedes, Maria Chica, as carreiras adoidadas, a agonia pungente, tudo me parecia de há muitos anos; e eu fora uma criança naquele tempo. Ficava só. Tia Maroca na sua cadeira de braço pegava no livro, o tio Lourenço no marquesão e o primo Jorge por fora, olhando o gado, fazendo qualquer coisa. E tudo só faltava chorar de tanta tristeza. Via as barrigudas alinhadas, de ventres inchados como mulheres prenhas. E as palmeiras-reais, indiferentes, faziam rumor com a sua copa ao vento.

Nós estávamos fechados naquele esquisito. Não havia mundo lá fora. Um apito de trem não quebrava o pensamento da gente, fazendo pensar noutra coisa. Tínhamos que nos voltar para o nosso interior, arranjando companhia com a imaginação. Ninguém passava por ali. Só mesmo quem viesse para o engenho.

Quando não saía com Jorge, gostava daquilo, daquelas tardes que morriam como gente pobre, sem ninguém para ver.

Depois acendiam as luzes da casa. Tia Maroca, na saleta, ensinava os moleques a ler. Seu Manuel feitor, dando notícias ao tio Lourenço. E íamos ler os jornais, informando-nos do que se fazia no mundo.

As noites no Gameleira eram tremendas. De dentro do Água Torta vinha um coro sinistro de sapos de todas as nações para berrar. Olhava do alpendre e só via a casa do engenho estendida, a casa de purgar e o cata-vento puxando água. Nem uma casa de morador por perto, de luz acesa. Sempre era agradável, no Santa Rosa, ver-se a senzala cheia de negras conversando em voz alta.

Às nove horas já estavam na cama, a sono solto. E me dava bem com esta vida. Não sabia explicar por que não me aborrecia como naqueles primeiros dias do Santa Rosa. Teria a minha crise servido para isto? Despertara-me ela estes recursos que se escondiam, esta satisfação de ficar comigo mesmo sem tédio?

Havia pastoril na Lapa, um lugarejo que tinha os quintais de suas casas em terras do Gameleira. Eu e Jorge seríamos uma espécie de príncipes por lá. As pastoras mais bonitas eram nossas por direito. Mestras e contramestras que nos ofereciam cravos na arrematação terminavam conosco no mato, no leito áspero do capim-gordura.

O primo Jorge levava uma vida de lorde. Mulheres não lhe faltavam. Tia Maroca não queria estas coisas no engenho, falando da vida irregular dos parentes da Várzea. Aquilo para ela era uma pouca-vergonha. Homens velhos como Joca fazendo besteiras de rapaz vadio. Brigava com os filhos por isto. Educara-se em colégio, se afinando no convívio da cidade, onde os bons maridos adulteravam debaixo de sete capas. Aquilo de saber que o seu tivesse negras barrigudas dele e amantes em casa de palha, não ia com ela. Aguentava isso a tia Neném, porque o tio Joca acostumara-a assim. Podia fazer o diabo, que ela não ligava.

Davam surras nas cabritas atrevidas e os maridos iam por trás curar as pancadas com amor. Sofriam destas, as nossas avós.

Criticava a tia Maroca acerbamente esta vida, pedindo a Deus que os filhos puxassem ao Lourenço. Mas Jorge puxara aos tios da Várzea. Edmundo também. Agora estava fora, casado. Quando solteiro, metia-se a cavalo e andava dez léguas para pegar uma em Serrinha, caminhando a noite inteira atrás de moléstias do mundo. Tia Maroca deu graças a Deus quando ele se casou.

Agora era Jorge. Mas apesar de muito boa, era muito orgulhosa. Quando lhe chegavam aos ouvidos notícias do filho dela metido com moradeiras, ficava medonha. Contava-se que uma vez lhe entrou de portas adentro uma mulher com um menino pequeno para lhe tomar a bênção. Um neto bastardo. Botou para fora e disse o diabo. E no entanto criava um espúrio de um parente, o moleque Arnaldo. Botara até nos estudos. O negro chamava-a de mamãe branca, comia na mesa, no mesmo pé de igualdade com os filhos. Não queria era ver os seus fazendo o mesmo que ela censurava nos outros.

Dava remédio aos moradores, mas não passava o dia na cozinha como as primas da Várzea. Nunca lhe vi negra catando piolho ou em conversa, contando enredadas. Só ia à cozinha dar ordens. Podia ser muito severa com as negras, mas pagava aluguel, tendo-as como empregadas a tanto por mês. O regime servil não deixara remanescência na casa-grande do Gameleira.

No Santa Rosa as negras foram ficando a trabalhar pelo que comiam e vestiam, como antes de oitenta e oito. Comiam bem. Os filhos se criavam na fartura e era tudo para elas.

A velha Maroca corrigia este abuso. Os seus serviçais faziam ordenado. Tempo do cativeiro tinha passado.

E nos outros engenhos, como seria? Cazuza do Congo pagaria cozinheiro, ou criava as molecas para que elas lhe fizessem as coisas de graça? Os filhos se criavam nos peitos das negras. Depois baixavam para a entreperna. Ficavam taludos em cima delas. Batiam roupa, lavavam prato, engomavam pelo prato de feijão e o corte de chita no fim do ano.

A velha achava isto horroroso. A negra Josefina que engomava no Gameleira tinha dinheiro na caixa. Lá por fora, porém, a coisa era outra. A gente pobre era mais pobre. A bouba abria chagas nos meninos e a maleita crescia a barriga do povo. Havia gente menos infeliz no Santa Rosa. Pelo menos, o velho Zé Paulino não mandava o feitor olhar as farinhadas para cobrar as cuias do fisco. Em terras dele havia moradores abastados, a cozinha era cheia. Quem chegasse ali, não saía de barriga vazia.

Foi-me um sanatório o Gameleira. Via-me perdido para sempre, sem entusiasmo, intoxicado. Saíra daquela torpeza de vida, olhando as moscas presas no breu para cair nos afagos de Maria Alice. De um desespero para outro. Julgava-me vitorioso, somente porque dormia com a mulher de um parente que confiara na casa. E foi aquela desgraça, como se me tivesse despencado de um sobrado ao chão. Todo quebrado por dentro, de miolo mole, a andar angustiado, meio fora de mim, com vontades absurdas. Parecia-me uma cobra que tivesse perdido o veneno. O povo dizia isto: que as cobras quando iam ao banho deixavam numa folha de mato o veneno que traziam na boca. Esqueciam-se do lugar. E ficavam de um canto para outro, adoidadas, sem rumo, até que descobrissem.

Fora comigo assim mesmo. Mas não achara o meu veneno. Cada dia que se passava, ele mais se escondia de mim. O primo Jorge livrara-me de um inferno, chegando em tempo de me arrancar de um poço fundo. E agora os dias que estava vivendo no Gameleira eram de absoluta tranquilidade. Não compreendia como tivera chegado às beiras da loucura. Todos, naquele tempo, me tomavam por maluco. Felizmente mudara. Era outro. Queria lá saber de Maria Alice! Fizera dela o que bem quisera, dera-me tudo que uma mulher tinha para um homem. Fora uma amante completa, sem nenhum segredo. Aquilo que tinha por ela não seria paixão! Qual nada! Apenas desejo de tê-la e só.

Sim. Era inteligente e bonita. O mais era pose. Estudava conversas sem dúvida para iludir aos incautos. Como ela, devia haver muitas. Se o primo Jorge viesse com brincadeiras outra vez, contava tudo. Dos gemidos, das noites que passei em sua cama. Diria a ele quem era e o fogo que tinha. Bastava ser homem para se pegar, para cair em cima com fome. Uma galinha. Fogo de galinha. Andou comigo como andaria com Zé Guedes, se não tivesse me tomado para vítima. Vítima não. Gozara o bastante, com tanta insistência que terminaria enjoando. Tinha certeza que terminaria enjoando. De Maria Alice o mundo estava cheio. Mas sonhava com ela todas as noites.

3

E ASSIM OS MESES se iam. Marcava viagem toda semana e não me deixavam sair. Desconfiava até de que receassem por mim. Talvez que supusessem que voltando ao Santa Rosa enfraqueceria outra vez do juízo. Não seria por isto, na certa. Por mim, ficaria mais tempo. Ficaria a vida toda, porque era manso o viver ali. A terra era boa e a gente era ótima. Mestras e contramestras não nos faltavam.

Estava andando agora com uma mulata bem moça, que viera das garras do Sinhozinho do Santo Antônio. Contara-me a sua história. O pai e a mãe pouco se importavam com a pobre. Davam serviço no eito. E ela ficava em casa com os meninos. O senhor de engenho passava todos os dias pela porta, falava com ela de cima do cavalo. Um dia, com a tabica, bateu nos seus peitos. Correu para dentro de casa. Os meninos tinham ido para o rio buscar água. Arrombou a porta. Não tinha por quem gritar, não tinha força para ele. E foi o que se deu.

Contou ao pai o que se passara. A mãe deu-lhe uns gritos. O que era que queria de melhor? Não gostava do capitão Sinhozinho, mas ele gostava dela porque vinha todo dia. Emprenhou uma vez e o filho morreu. Uma ocasião estava em casa, quando chegou um sujeito de cara feia e meteu-lhe o pau. Apanhou de tabica. Abriu a boca no berro, mas a casa dela era num ermo. Ninguém ouviu os seus gritos. Depois soube: fora a senhora de engenho que mandara.

Anoiteceu e não amanheceu, ganhando os campos. E veio bater no Gameleira. Era da vida, mas se dava ao respeito. Raspava mandioca na farinhada do engenho. E com um cruzado que ganhava lá e com o que os homens lhe davam, ia vivendo.

Achara casamento com um cambiteiro. O diabo bebia cachaça. Era melhor ser rapariga. Queria lá aguentar abuso de ninguém!

Encontrava-se comigo na beira do Água Torta. A água fria do rio nos ajudava. Saía de lá de pernas bambas.

Ela se chamava Adelaide e antes que criasse barriga como Maria Chica deixei-a. Havia outra. Os sinhozinhos trabalhavam de noite e de dia.

A severidade de um tio Lourenço era raríssima. A maioria deles estava do outro lado, trocando os leitos de colchão de suas mulheres pelas camas de vara das raparigas. E o pau cantava nas costas delas; porém, consolava-as a ventura de criarem barriga, do senhor.

Passavam bem até que aparecesse outra mais nova. E iam ficando de sobejo para os cabras do eito, quando não se estabeleciam nas pontas de ruas, vendendo a retalho as suas carnes.

Os pais não brigavam por isto. Só não perdoavam que voltassem para casa de mãos abanando, caindo-lhes nas costas com doenças. Viessem, porém, arrumadas, com presentes para os seus, e teriam porta aberta e considerações. A prostituição era até um elemento de progresso por ali. As caboclas que triunfavam na vida voltavam de sapatos finos, com cortes de seda para as irmãs. Passavam dias, enchiam de inveja as amigas de pés no chão, falando mal da bagaceira. Outras, porém, voltavam apodrecendo, de pernas abertas, comidas de sífilis. Gastavam garrafadas e quando não viam um jeito naquilo, os pais pediam carta para deixá-las no hospital.

As prostitutas do engenho viviam em pé de igualdade com as casadas. Eram do mesmo nível, da mesma sociedade. As moças não viravam a cara e nem os pais proibiam as suas visitas. Vinham às festas de família, às novenas e não ligavam. Quando tinham a sorte de pegar o senhor de engenho, o único risco que corriam era o da surra da senhora. Comiam mais. Vinha açúcar do engenho, o barracão mandava as coisas de graça. E protegiam a família. O pai deixava o eito, não pagava foro para o roçado, dava-se a importante para os outros. A menina, na cama de varas, garantia estes luxos.

Mas quando caíam, era mais para baixo do que estavam. O feitor se vingava, os companheiros tiravam debiques.

Conheci velhas prostitutas de fogo morto. Sinhá Germínia, do meu tio Jerônimo, deixou fama. Havia no Santa Rosa uma casa com o seu nome. Os seus filhos se criaram na fartura. Teve até carro de boi para andar. As felizes aproveitavam-se da sorte. Mandavam dar surra nas concorrentes. Algumas não se rebaixavam com gente de pé-rapado. Perdiam o senhor de engenho, mas ficavam com a dignidade, vivendo de glórias.

A maioria debandava pelo mundo, quando não ficavam por aí mesmo, passando de um para outro. Calu de Manuel Cândido tinha sido de Zé Sertanejo, de Francelino, de João Miguel.

Adelaide andava ainda criando pena como pássaro na muda. Podia ter uns dezoito anos. Correra do Sinhozinho, com medo da tabica da senhora de engenho. Estava na ponta, no

Gameleira. Os cabras rondavam a casa dela. Todos queriam a uma só vez experimentar daquela fruta nova. Não tinha experiência, era tola. Um dia estaria por aí caindo aos pedaços. Os homens brincavam com as moléstias do mundo. Quando um pegava, achavam graça. Espalhavam a notícia, satisfeitos da desgraça do outro. E se o bicho aparecesse de perna aberta, era uma mangação.

Ali no Gameleira observava estas coisas com calma. Pensei em começar o meu livro, a vida dos pobres do engenho.

Mas aquilo era mais conversa para fazer o bonito. O que podia sentir Maria Alice pela miséria alheia, aquela mulher que só pensava na cama, que tudo dava pelos homens, pelo que os homens possuíam de mais gostoso para ela?

Tinha lá paciência para fazer livro, para meditar? Gostava de ficar imaginando as coisas, tirando conclusões no meu íntimo. Fosse para o papel que não saberia alinhar uma frase. Mário Santos me escrevera, falando do material rico de que eu dispunha. Fazer livro sobre a minha família. O que ele desejava era que eu mentisse como os outros vinham fazendo, na exaltação da vida rural; que falasse de fidalgos, de uma casta de potentados, de famílias que se gabavam de brasões.

Não via isto. Maria Alice me aconselhava a tratar dos homens de eito, da vida dos servos. Sentia a miséria deles, mas me criara bem junto dos pobres para ter força bastante para me revoltar. Me acostumara com os João Rouco, os Zé Passarinho, as Maria Pitu.

Não faria livro nenhum. Puro pedantismo pensar nestas coisas. O que eu devia pensar a todo ponto em fazer era me aproximar dos meus, ver se dava para o que minha gente vinha dando, deixar de andar com pena de trabalhadores, e abandonar esta vida de sibarita, de banhos de rio, de safadezas com Adelaide.

Por que não voltava para o Santa Rosa e não assumia o meu posto de verdade? Por que não me metia pelos partidos, correndo a cavalo do Paciência ao Riachão, gritando com uns, passando carão no feitor? E seria rico, teria uma casa boa para morar, passeios até na Europa como o coronel Lola do Oiteiro.

Deixasse de besteira e fosse trabalhar. Terra não me faltava. O Santa Rosa aguentava todo o repuxo. Ali tinha-se pano para as mangas. Várzeas e caatingas não tinham conta de tamanho. Vivia escorado, fazendo papel triste por causa de mulheres, andando feito um maluco pelas estradas. Desse para gente que era melhor.

Às vezes fazia castelos no ar, me via dominando terras como meu avô. Seria meu um dos engenhos, não me parecendo tão difícil assim mandar nos outros. E até os trabalhadores lucrariam, porque nos meus planos, nas minhas ideias de governo, entravam os seus interesses. A primeira coisa que criaria era o sistema de tarefas para o eito. Pagaria pelo que fizessem. O feitor só fazia medir as braças de mato limpo ou de cana plantada. Construiria casas de telha, com ladrilho no chão. Tijolo ali era de graça. O médico do Pilar viria todas as semanas dar uma hora de consultas. Daria remédios. Quinino em quilo vendiam barato. Acabaria com o bacalhau, matando bois para vender a carne mais barata. E não perderia com isto. Sr. Marinho do Maraú fazia o mesmo, mas era com bois de carro velhos, com o couro em cima dos ossos ou então com vacas que não pariam mais. E o Santa Rosa criaria fama. Os meus homens ficariam me querendo bem.

Havia uma coisa em que pensava muito: uma escola. Tinha uma sala ótima para isto na casa velha. Botava professora para os moleques. Só podia me servir, fazendo eleitores em quantidade. No engenho de meu avô, só quem sabia ler era ele, Zé Ludovina e João Miguel. E porque soubessem, conseguiam regalias, não pegavam no cabo da enxada, botavam gravata nas eleições, iam à cidade receber dinheiro, vender açúcar, fazendo os mandados do senhor.

Agora, existia entre eles preconceitos contra a carta de abecê. Para que aprender? Para ficar na enxada? E mesmo os que moravam perto da rua não mandavam os meninos à aula. Deviam ser como eles mesmos.

Nos meus tempos de criança só tive um colega do Santa Rosa na escola do Pilar: um filho do seu Firmino carpina. Também, a escola pública exigia menino de sapatos e os moleques não tinham os pés para calçar. Descalços nasciam e a terra que os comesse de pés no chão.

Depois que elevasse o meu engenho às alturas, Mário Santos passaria uns dias comigo. Na certa que escreveria um artigo, fiando no meu banguê sem escravos, dizendo que assim a vida rural se humanizava. E o meu nome ficava grande nos comentários. E talvez até fosse importante na política. Maria Alice saberia de tudo. Eu teria uma mulher bonita que me enchesse a casa-grande de filhos, de alegria, de ordem. Os jarros da sala de visitas e do meu escritório se enfeitariam de rosas. A minha mulher gostaria das orquídeas da mata. O alpendre cheio de pega-rapaz, de plantas a derramarem-se dos vasos de barro dependurados. Um jardim na frente com palmeiras se arredondando. Um repuxo no meio do parque cantaria baixinho. E todo feliz, com os meus filhos cheirando a sabonete da Europa. E minha mulher e os meus livros e amigos e visitas. Maria Alice com o marido podiam voltar até lá. A minha felicidade enorme deixaria aquela mulher humilhada. Visse ela que esposa eu tinha, que cor, que coxas. No mesmo quarto onde dormíamos naqueles dias felizes, estaria a minha cama de casal, um largo leito de colchão macio. Podia ficar com o marido, que eu pouco ligava.

4

Lá um dia chegou no Gameleira um portador do Santa Rosa, com notícias más. As de que o meu avô passava mal. O médico há dois dias que estava no engenho. Ficamos apreensivos. O velho Lourenço deu para andar, impaciente. Aprontamo-nos para sair. O primo Jorge iria comigo. Desta vez parece que o velho Zé Paulino não aguentava.

Fazia meses que o deixara e a distância me restituíra a sua grandeza de outrora. Falava-se muito dele na casa do irmão mais moço. Zé Paulino vivia em todas as conversas do tio Lourenço. Contava-se a história dele para exaltar qualidades, desprendimentos. Tia Maroca elogiava-lhe o coração, a bondade para todo o mundo.

Agora, aquela notícia. Sabia-se que era o fim. O irmão estava com o outro às portas da morte. Despedi-me dele à tarde, com os cavalos prontos para a viagem. Pediu a Jorge que lhe mandasse logo um portador prevenindo do estado. Íamos aproveitar a noite de lua. E, trancado comigo mesmo, partimos para o Santa Rosa.

A tarde fria, com cigarras em tudo que era pé de pau, se exagerava em tristeza. Nem uma casa, nem uma pessoa por aqueles esquisitos do caminho. Atravessamos o cercado de volta do engenho, sem moradores, sem roçados. O chocalho de algum boi escondido pelo mato dobrava como sino de igrejinha. Dentro daquela solidão, as patas dos cavalos nas pedras da estrada quebravam o silêncio.

Àquela hora, o meu avô estaria nas últimas. Fazia a casa cheia de gente, as negras chorando. Ao lado de Jorge, era como se estivesse sozinho. Ele também não falava, ia alheado com a notícia. A morte era assim. Sabia que o meu avô não durava muito e no entanto aquela notícia me surpreendeu. Estaria nas últimas.

Quem lhe estaria fazendo o sinapismo de mostarda? Era o único remédio que lhe servia. Da última vez fora Maria Alice. Gostava tanto dela! Brigavam os dois. Levantara-se da cama de couro pelas mãos dela.

Tia Maria estaria lá, na certa. Passamos pelo Comissário quase ao escurecer. Os paredões do engenho, caídos, a roda preguiçosa deitava na terra com os dentes podres de ferrugem. E casa-grande pendida para um lado, sem portas nem janelas, de buracos abertos como uma caverna. Era aquilo um engenho de onde há anos cargas de açúcar bruto saíam para Goiana. Aí o primo Jorge falou-me:

— O velho comprou aos herdeiros. Brigaram no inventário, que só cachorro. E um vendeu uma parte. Depois os outros. Estão na miséria no Itambé. O pai ganhou dinheiro aqui, nesta gangorra. Era um matuto direito, pagador. Mal fechou os olhos, os filhos estraçalharam tudo.

E o pobre do Comissário naquele estado, comprado, em mãos de outros que só queriam saber de suas terras. Nunca mais que o bagaço queimasse em suas fornalhas e que o bueiro botasse fumaça para cima. Era só terra e mais nada.

A lua nos pegou no Oratório. A casa do tio Zezé, na beira da estrada, não tinha mais frente. Viam-se os quartos, a sala de jantar; as paredes de taipa, ruindo. Ali morava o Zezé Cabeça de Comarca, aquele de quem meu avô contava tantas histórias.

Já andávamos em terras do Santa Rosa. Tínhamos léguas e léguas a andar, mas o que víamos e o que pisávamos era dele, do meu avô que morria. Ficaria rico com a sua morte. E quando dei em mim, estava pensando nesta miséria. Corri da cabeça esta indignidade. Fazer cálculos com ele morto, de braços cruzados e eu procurando as gavetas, remexendo os baús, como um ladrão. Em que engenho ficaria? O Santa Rosa, o Concórdia, o Folguedo? Acabasse com aquilo, que era uma infâmia.

Avistava-se de longe um cavaleiro desembestado. Chegou-se para nós. Era um portador do engenho, com um recado para o Gameleira. O velho estava morto. Morrera às quatro horas da tarde.

Os meus olhos se encheram de lágrimas e os do primo Jorge também.

— Acabou-se o melhor homem da Várzea – me disse ele.

E fomos andando, a passo lento. O primo Jorge me falando dele. Fora um parente de verdade. Baltasar morava no engenho do meu avô e nunca lhe dera um tostão de arrendamento. Ficara até mal com o primo, mas nunca que lhe pedisse a propriedade que o outro desfrutava.

Do alto da caatinga víamos o Santa Rosa, todo branco da lua. Estávamos chegando. Como não estaria a casa-grande em rebuliço!

A sala de visitas com o lustre aceso. E o berreiro dentro de casa. Tio Juca quando me viu me abraçou chorando. Tia

Maria, coitada, fazia pena. Encontrei-a aos soluços, deitada. E no alpendre, moradores sentados pelo chão, de cabeça baixa, como se estivessem em penitência. A cozinha lavada em lágrimas. As negras chega urravam. O povo do Pilar, os parentes de outros engenhos. Tio Joca estava numa cadeira, duro como uma estátua, de olhar fixo não sei onde.

Não vira aquela casa assim cheia senão nos grandes dias do Santa Rosa. Não tive coragem de ir à sala para ver o meu avô estendido na cama. Já estava vestido de casimira, com a roupa com que ia ao júri e às eleições. Cheguei sem coragem na porta. E o povo rodeava o seu corpo, gente de pé no chão.

O capitão Costa do Pilar, numa cadeira bem defronte, dava a sua última conversa com ele. Voltei com medo. Nem o meu avô morto me vencia aquele horror, aquela covardia de mulher. No alpendre, o povo conversava. Ouvi João Rouco se lastimando:

— Acabou-se tudo.

E Lica Caxito, que nem uma desenganada, chegou com os seus cravos. Trouxera também no casamento da tia Maria.

Vinha chegando gente. Senhores de engenho do Itambé, de perto, o padre do Pilar, o caixão da Paraíba. Vi nascer o sol. Berrava o gado no cercado. Àquela hora e os moleques não o haviam levado para o pastoreador. O pátio da casa-grande coalhado de gente, de cabras, velhos e novos: os que o velho Zé Paulino criara aos gritos e trompaços.

Tio Juca me procurou para tomar as providências do enterro. O caixão seria carregado pelos cabras até o cemitério de São Miguel.

Não queria pensar nisto. Chorava. Fui ao quarto dele. A cama de couro, descoberta, a mesa onde guardava as coisas, o cabide com o seu capote dependurado. Tudo que era seu era aquilo, aqueles troços de pobre. E começou a chover, fechando-se o tempo. Parecia que teríamos um dia bom e de repente aquele aguaceiro. Não devia deixar o meu avô ir-se embora sem olhar para ele. Fiz força e olhei-o. A cara era a mesma, a barba branca e o lenço por baixo do queixo. Tinha que lhe beijar como fizeram os outros parentes. Senti a sua mão fria na boca. E o cadáver me gelou o corpo de pavor. Quis gritar, correr dali, mas não podia, como se estivesse fulminado, não encontrando forças para sair. Fechei os olhos e os meus ouvidos zuniam. Tive medo de um ataque. Levaram-me para fora e aos poucos fui recobrando o meu natural.

Não quiseram esperar que a chuva passasse. O meu avô ia se enterrar num dia bonito para ele, num dia de chuva. Boa manhã para plantar cana, semear feijão, fazer roçado. Manhã de aguaceiro quebrando as biqueiras, de estrada correndo como um rio.

Vieram me dizer que eu não devia acompanhar o enterro. Não aguentaria. Quase que tivera uma coisa na sala de visitas. Podia morrer, mas iria.

O caixão saiu da casa-grande na mão dos parentes. Tio Juca, tio Joca, o primo Jorge e eu. Lá fora entregamos aos cabras, para os seus ombros robustos. Iam levando agora o senhor que lhes dera tantos gritos. Eram os filhos da puta, os ladrões que conduziam para a cova o coronel Zé Paulino reduzido a nada. Saíram na frente com ele.

O caixão dourado e preto encobria-se nas voltas da estrada por detrás do mato verde. Baixava e subia nas ladeiras, como um andor de santo. Mais de mil pessoas marchavam a passo moroso. Muitos choravam e por onde passava o caixão as mulheres dos moradores vinham para a porta ver. Os meninos nus não se importavam com a água que Deus lhes dava. No Maravalha pararam. Gente de lá botou em cima do caixão uma coroa de rosas. Ouvia-se de dentro da casa o choro das primas.

Agora, não se podia contar o povo que acompanhava. Desciam do Itaipu, do Riachão, trabalhadores de mãos abanando. O outro, acabara-se de vez. Não mais bateria pelas suas portas, para saber de dias atrasados de serviço.

Eles também morriam, os senhores. Mas estavam consternados. Não choravam porque ouvissem os grandes chorando. O velho era bom. Iria para o céu. Ursulino não. O que dava nos negros, o diabo viera buscá-lo.

Com pouco mais subia-se a ladeira do cemitério. O mato cobria as catacumbas e a enxada abria a cova em terra mole, terra molhada de chuva, embebida d'água.

De longe, esperava que cavassem os sete palmos. Não queria ver o fim. Mas tinha que ver. Todos os parentes ficaram com ele no último encontro. O padre fazia o sinal da cruz. A chuva fina não cessara de vez. Ouvi batuque de pás de pedreiro e a queda do caixão no fundo da terra.

Tinham plantado meu avô.

5

O primo Jorge fez tudo para que eu voltasse para o Gameleira. Achava-me impressionado. Ali, no engenho, o meu nervoso voltaria. Tio Juca concordava. Não se devia brincar com a saúde. Mas fiquei. Aquela mão fria do meu avô demorou por muito tempo na minha sensibilidade. Na volta do enterro, lavei a boca não sei quantas vezes. Tinha a impressão de que ficara com gosto de cadáver nos lábios.

A tia Sinhazinha não vira o velho morrer. Estava no Itambé, nas missões. Veio para a missa do sétimo dia e não sei por que ia perdendo a ruindade para mim. Quando me viu, na chegada, me abraçou aos soluços. Nunca ninguém naquela casa a vira assim, arriada pela dor.

— Pobre Zé Paulino! Pobre Zé Paulino! Você estava aqui, Carlos? Parece que estou vendo ele.

Fazia o possível para tomar conta das coisas. E depois da missa, tio Juca e os outros parentes se reuniram para tratar do inventário.

Ninguém queria nada. Não queriam coisa nenhuma. Cada um ficasse com o que era de direito.

Eu representava uma grande parte da herança. Então, todos acordaram em que o tio Lourenço resolvesse tudo. Ele estava entre nós. Competia-lhe dividir os pedaços que o irmão deixara.

— O que vocês devem fazer – nos dizia ele – é ficar cada um onde está. José Paulino deixou o bastante para todos ficarem bem.

Tio Juca falou no gado, no dinheiro de ouro que o velho deixara. Sabia, com certeza, que o velho guardara para mais de cem contos em ouro. Mas ninguém conhecia o lugar onde este ouro estava guardado. Dei ao tio Lourenço a chave da gaveta. E das malas. Saímos para examinar o espólio. Tio Juca voltou de cabeça baixa. Ele tinha certeza que havia aquele ouro. Então, furtaram. Esta é que era a verdade. O ouro do pai fora roubado por alguém. O que se achou em dinheiro não era mais do que a quantia que o velho guardava para as despesas da safra. Alguém tinha botado a mão no ouro. E o gado? Dizia o tio Juca que nos cercados do Santa Rosa havia para mais de mil cabeças. Chamaram o vaqueiro:

— O gado do coronel está fraco, seu doutô. Morreu muito boi de febre. O coronel há anos que não comprava mais. Pode ter umas quinhentas reses, seu doutô.

Tia Maria afirmava que havia muito gado dela, no cercado, com o seu ferro.

Tio Juca não acreditava no vaqueiro. Veio depois a luta pelo Santa Rosa. Quem devia ficar no engenho? O tio Lourenço ia falando:

— Juca não quer ficar, sem dúvida. Já está encaminhado noutra parte. Maria também.

Achava que cabia a mim o pedaço.

— E o gado? – perguntava tio Juca. — E o dinheiro da Caixa Econômica?

Ficaria eu no Santa Rosa. Era sozinho e não me bastava somente aquilo. O gado que houvesse no engenho, depois de contado, só poderia ficar comigo.

— O rapaz precisa de trabalhar – dizia tio Lourenço.

Não aceitaram essa história de eu ficar com o gado. E o dinheiro da Caixa Econômica? Foram ver a caderneta. Estava no meu nome. Para mais de vinte contos e contados os juros ia longe. O velho botara para o neto há anos. Ninguém podia tocar naquilo.

Então, tio Juca voltou-se outra vez para o gado e para o ouro. Tinham roubado as libras esterlinas do velho. E que tirassem os bois que dessem para a moagem e o resto que se dividisse. Não acreditava que houvesse somente quinhentas cabeças.

Até aquele momento, não tinha falado, deixando que corressem as coisas à revelia.

Ele exagerava, disse-lhe francamente. Ninguém ali vivia de praticar as misérias que ele supunha. A tia Maria estava comigo. O tio Lourenço, calado, ia escutando o sobrinho insatisfeito. Queria acomodar. Tio Juca devia saber que Zé Paulino há anos que não fazia grande coisa. E não era crível que conservasse tanto gado junto.

O tio Juca voltava-se para o ouro. Alguém escondera o ouro do pai. Aquilo era ilusão dele, explicava o velho. Há muito tempo o irmão trocara umas moedas em Recife. Não podia existir ouro nenhum ali. E o velho foi se aborrecendo e finalmente estourou:

— Estou aqui para que o inventário de Zé Paulino não termine em cachorrada. Vim para acomodá-los. Mas, já que não querem, que façam o que bem entenderem. Não me meto mais nisso.

Tia Maria se queixava do irmão. Só levava a vida procurando encrencas. Depois que se casara com gente daquelas bandas, dera para brigar com todo o mundo. Só levava as coisas para o mal. Tudo obra do sogro. Aquele casamento fora uma infelicidade.

Pedimos ao tio Lourenço para ficar de juiz. Só ele podia resolver tudo.

E nada ficou resolvido. O inventário já estava nas mãos da Justiça e ainda se falava no ouro e nas mil cabeças de gado. O tio Juca rompeu comigo, falando em botar advogado. Ameaçou-me de todo jeito.

A notícia da fortuna escondida do meu avô espalhou-se por toda a parte. Baltasar me vira com um caixão, ainda quando o velho Zé Paulino era vivo. Roubara, para a maioria, os outros herdeiros. Os parentes sensatos não queriam acreditar, pois sabiam que tudo o que o velho pegava era para comprar terra. Nunca pensou em guardar ouro como um usurário.

Até nos jornais da cidade apareceu uma mofina contra mim, chamando-se a atenção do governador para uma sonegação de herança nas barbas do fisco. Tivesse cuidado o governo que alguém estava lesando os interesses da Fazenda. A onda contra mim crescia. Um sujeito com dinheiro em casa sempre encontrava alguém que lhe metesse o pau.

Tio Lourenço mandou-me chamar e pediu-me para não brigar. Pelo amor de Deus não lhe dessem o desgosto de ver brigas no inventário do irmão. Tio Juca queria o gado. Dei-lhe o que pedia. Quando lhe cedi a parte que ambicionava, falou em terra. O Santa Rosa era muito grande, eu não precisaria do Crumataú. Fui contra. Receberia o engenho no seu tamanho das escrituras. E se abriu outra disputa. O juiz vivia com ele em intimidade, e o escrivão, gente da sua cozinha. Vi-me perdido. Com a fama que corria do furto de libras esterlinas, me olhavam nos trens com certo desdém. Fizeram até uma versalhada para o caso.

Agora, tio Juca queria um pedaço do Santa Rosa. Contava com o juiz, amizades fortes. Resisti. Fui a um advogado e mandei para Mário Santos publicar uma solicitada contra o juiz. Dizia nela que as sentenças na Comarca estavam sendo compradas a peru.

Um cabra do engenho do tio Juca matou um meu. Chamei o meu pessoal e meti-me em coragem. Botava advogado. Gente minha não apodrecia na cadeia. Pegaram o mestre de açúcar do meu adversário e quebraram o pobre de pau. A polícia chegou para pegar o criminoso. Vinha com ordem de meter o cipó de boi no povo do engenho. O oficial almoçou comigo. Achou bonito um boi do cercado. Dei-lhe de presente. E o cabra ficou manso, no Santa Rosa.

A tia Maria me escreveu dizendo-me que não desse um taco do engenho. O sogro do tio Juca era quem fazia tudo. Afinal de contas o juiz mandou me chamar. Faria a partilha como eu queria. Era bom acomodar a família, não valia a pena aquela disputa. E mesmo não havia motivo. O inventariante que era o tio Juca concordava em não se dividir mais o engenho. Queria, porém, que eu abrisse mão de uma parte que me caberia noutro. Recusei-me a tudo. Não havia acordo que me servisse. Já gastara dinheiro com advogado e o tio Juca que esperasse o fim. Até a velha Sinhazinha estava a meu lado:

— Juca está com ambição. Crescendo os olhos no que é dos outros. Aquilo é coisa do sogro...

Numa viagem de trem recebi proposta para venda do Santa Rosa.

Não haveria dinheiro que me levasse o engenho.

E aquela vida de lutas e enredadas tomava conta de mim. Gostava da coisa. Fiquei ativo. Não andava de noite, com medo de emboscadas. Comprei armas para o engenho.

O velho José Paulino nunca precisou daquilo, em mais de setenta anos de governo. E lutou contra parentes, como o dr. Quincas do Engenho Novo, que era homem de verdade. Mas a coragem moral do meu avô eu não tinha. Só me confiava em guarda-costas. Ficavam de noite no rifle. Dormiam de dia. Pagava-lhes diárias de feitor e comiam por conta da casa-grande. Mal escurecia, apareciam de rifle no ombro, rondando a casa como cachorros.

Tio Lourenço chegou-me de surpresa no engenho e falou muito. Soubera que estava enchendo a propriedade de cabras safados. Não estava direito. Ia naquele mesmo dia falar com o tio Juca sobre o inventário.

O acordo se fez. Fiquei aonde estava. Deram maior valor ao Santa Rosa para que me bastasse. Tio Juca e os outros ficaram onde estavam. Tudo se fez em paz. E o meu inimigo veio com o tio Lourenço conversar comigo. Queria me pedir permissão para deixar o gado dele no cercado de Crumataú.

E a família do velho Zé Paulino resolveu devorar o seu espólio, calada. Tirou-se gado para se pagar as custas.

Tinha ganho o Santa Rosa. Era meu, livre de tudo. Todo aquele mundo de terras me pertencia de porteira fechada. Gado muito para o serviço, mais de cem bois de carro, burrama grande, safra no campo para colher e um povo bom para mandar nele. Era senhor de engenho. Muitos levavam uma vida para chegar àquela situação e conquistar o direito de mandar em terras e gente.

Quando me vi sozinho, saí para ver o que era meu. Vi as máquinas, as formas de zinco da casa de purgar. Ninguém naquelas redondezas tinha melhores. A vista se perdia no que era meu, só meu. Parecia um judeu contando o dinheiro, de tão satisfeito, de tão ancho, com o que o velho Zé Paulino me deixara. Levara ele mais de oitenta anos a se levantar de madrugada, a andar de serviço em serviço, a dormir pouco, a romper secas inclementes e cheias medonhas, para que aquele seu neto pudesse estar ali, satisfeito da vida.

Mas o Santa Rosa estava íntegro, mantido nos seus limites. Seria para ele a maior desgraça se um dia fosse obrigado a perder uma braça de suas terras. Fizera-lhe esta vontade. A sua nave capitânia não sofrera avaria de espécie alguma.

6

Há três anos que o Santa Rosa safrejava com o seu novo dono. E estava quase de fogo morto. O que fizera para isto? Não sabia explicar o meu fracasso. Botava para cima do feitor, o feitor Nicolau. Culpava o preço do açúcar, o alambique furado e os tubos velhos. Um engenho daquele com safra de quinhentos pães! E as canas no mato, e uma carta da Casa Vergara falando na conta que estava crescendo. O dinheiro da Caixa Econômica enterrara ali. Não joguei um tostão, não me meti com raparigas e no fim de três anos não sabia de um vintém e tinha criado novas obrigações.

Ficava às vezes pensando no desastre. E, no entanto, lá por fora, falavam da minha riqueza, de que escondera o dinheiro de ouro deixado pelo velho.

O padre do Pilar mandava listas para assinar. A princípio não me negava. Depois não tinha para dar. E criei fama de sovina. Comparavam-me ao sr. Marinho do Maraú. Era um unha de fome que negava esmola até para a igreja. As cinquenta sacas de lã que colhera no meu roçado deram mediana, no Kroncke. Refugaram. Entreguei-as por nada. E na outra semana o algodão dobrou de preço. Só mesmo caveira de burro.

As negras todas ficaram comigo. A cozinha era a mesma dos velhos tempos. Não me podia queixar de despesas, pois o que eu comia era o mesmo que elas comiam. A carne do ceará e o bacalhau com pirão escaldado eram de todos os dias. O eito parecia o de seu Lula, com dez homens somente. Vendera bois de carro para fazer dinheiro. Um sujeito me ofereceu quinhentos mil-réis pelo *Coringa* e dei.

Gostava da rede. Às vezes, enquanto o sol queimava nos meios-dias, ficava aos balanços, ouvindo estalar os canários na gameleira.

Maria Chica tinha outro filho. O maior não podia ser meu. Quase preto que era. Entrava no meu quarto, nu, chupando o dedo para me tomar a bênção. Aquilo era lá meu filho!

Não saía de casa para parte alguma. Dali somente para os meus passeios despreocupados pela estrada, atrás da mulher de Zé Guedes que se fora para a várzea de Goiana. Almoçava às dez horas da manhã e às duas da tarde comia o meu jantar invariável. Botava o chapéu na cabeça e ia ver o serviço. O feitor era uma preguiça em galho de mato. Passava um tempão num pedaço de cana, com o eito. A cana, grande, o mato já estava maior do que ela.

Havia manhãs em que me revoltava. E passava o dia no serviço, no calcanhar daqueles ladrões. Só serviam mesmo no chicote. Reclamavam as enxadas que tinham somente um cotoco. Não podiam fazer nada com aquilo. E como seria na moagem? As tachas do cozinhamento tinham-se furado. Precisava arranjar outras. Os bronzes do maquinismo, gastos. O mestre de açúcar me dissera que estava carecendo de assentamento novo. Seu Fausto maquinista me pedindo serralheiro.

As canas da Paciência mostravam-se boas. Fazia todos os meus cálculos com elas. Com mil pães de açúcar nas formas, me salvaria da ruína. Pelo menos, entrava dinheiro para outra safra.

Mandei carta a tia Maria pedindo a tacha emprestada. Mandou-me, dizendo-me, porém, que lhe faria falta.

Por que é que todo mundo andava bem, até o negro do Calabouço, e só eu caminhava dia e noite para trás?

Procurava fazer o que vira o meu avô fazendo. Acordava de madrugada e até a hora do almoço ficava no serviço. Voltava outra vez e chegava à tardinha para jantar. Regime somente de uns dois dias. Quase sempre acordava com o sol alto. O feitor que desse conta de tudo. Mas não era infeliz, não me enfadava. Nunca mais uma mulher me pegaria com o jeito de Maria Alice. Mulher só como Maria Chica, para a gente despejar e sair.

Visitava, às vezes, o povo de Maravalha. Lastimavam por lá a minha vida de solteiro. O que valia a vida assim, como eu levava? Era preciso casar. Ria-me com as primas. Não me abalariam dos meus propósitos. Tio Joca me indagava pelo que eu estava fazendo, admirando-se da safra pequena. O irmão nunca chegara àquele ponto. Nem em tempo de enchente.

Alta noite, quando voltava de lá, imaginava pela estrada no que me haviam dito. Podia me casar com uma moça rica, ter um sogro que me guiasse, que fosse ao Santa Rosa ver as coisas em que pé andavam. Qual nada. Com a próxima safra ganharia bastante para pagar ao Vergara e custear o ano vindouro. O foro que cobrava aos moradores dava para ir vivendo. Com os doze contos que Nicolau arrancava dos rendeiros comeria e daria de comer às negras. Para que casar, trazer gente nova para ali? Era capaz de o sogro querer mandar na minha vida, exigir que fizesse isto ou aquilo.

A verdade dura, porém, era esta: o Santa Rosa qualquer dia faria parelha com o Santa Fé do seu Lula. Havia quase mistério nestas decadências. Tudo era para que eu fosse para a frente. Terra boa, mocidade e dinheiro no bolso. E terra para tudo. Se gastasse em farras, passando bem, botando raparigas na cama, se explicava. Em que diabo ia embora o meu dinheiro?

Procurava encontrar uma saída para essas divagações. Fazia conta a lápis. Gastara tanto na planta tal, recebera tanto de açúcar vendido, em apontamentos, para a moagem se tinham ido tantos contos de réis. E no fim faltava dinheiro. Como o velho Zé Paulino conseguira pagar tudo e juntar cobres para comprar terras e viver de gaveta cheia? Nunca fora ele à cidade tomar um tostão a correspondentes. E gastava à larga, havia fartura na sua despesa. Fossem ao Santa Rosa e procurassem ver a minha vida restrita, ascética quase. Não pagava mulheres, não vivia com a casa cheia de visitas, não gastava com roupas. As negras engomavam de graça, cozinhavam, só pelo prato de feijão. E não economizava. Só ia para trás. Para trás sempre.

Um dia lembrei-me de vender o engenho. E ir viver fora como aposentado. Tudo que viesse era bom; sem filho, a vida era fácil. Ao mesmo tempo me considerava um desertor infame. Permitir que qualquer um viesse profanar a memória do velho José Paulino.

Ficaria ali mesmo. Podia não me fazer de grande, com o tamanho que a minha imaginação queria que eu fosse. Com uma safra regular me salvaria. Bastavam duas tachas novas. E tudo se remediava. E tubos? Precisava de tubos novos. A caldeira já tinha uma porção deles entupidos. Ficava sem forças, sem pressão para puxar a máquina.

Nem queria pensar nessas coisas. Estávamos em julho. Naquele tempo, o meu avô tinha tudo apontado, com serralheiros e pedreiros em casa cuidando de reformas e de apontamentos para a moagem. No dia da botada não faltava nada. Tudo em ordem, ele andando de um lado para outro, cheio daquela alegria que lhe dava o trabalho. Passavam a enxada na bagaceira, onde o mata-pasto cobria gente. Até os cabras vinham para o trabalho puxado, de dentes de fora, de satisfeitos.

 E a última vez que o Santa Rosa botou foi aquilo que se viu. Faltava tudo. Vieram me chamar de madrugada, porque a máquina não queria pegar. Correram a toda para o Oiteiro, atrás de Mané Pelado para consertar o negócio. Oito dias com a cana secando no picadeiro. Prejuízo completo. E no meio da moagem foi o desastre da tacha grande: estourou. E o mel descendo da boca da fornalha abaixo. E o fornalheiro todo queimado. Tive que pagar remédios para o desgraçado e dar de comer à mulher e perder uma tacha de primeira, botando remendos às carreiras.

 Zé Marreira, lavrador, se queixava de prejuízos. Perdera cana no campo. Zé Marreira era rico. Ali, junto da propriedade do meu avô, aprendera com ele. Fora cambiteiro, andara montado em cargas de aguardente em viagens longas, até os confins do sertão. Comprou gado, fez planta de cana. E há anos vendia o seu açúcar em Itabaiana. Era um potentado. Se existissem três assim, no Santa Rosa, não precisaria o senhor de engenho trabalhar.

 A condição de lavrador trazia ótimas vantagens à fazenda. Plantavam tudo à custa deles, não nos pediam um tostão adiantado e na moagem davam a metade do que produziam ao senhor de engenho. A terra era minha e a máquina. Despendia somente com o braço para o fabrico. E dos trezentos pães que fazia o meu lavrador, cento e cinquenta ficavam de imposto. Mesmo assim, Zé Marreira enricara. Possuía cercados, carro de bois para os seus serviços, dispunha de moradores. Era uma quase nação dentro dos meus domínios. Agora, estava se aborrecendo com os atrasos da moagem, pois tinha perdido muita cana no campo, com a parada do engenho.

Não aperreara ninguém. O eito reduzido a uma meia dúzia, mas o povo vivia se mudando do Santa Rosa. O que queriam era o senhor forte, plantando muito, embora a tabica trabalhasse. Tio Juca levou muita gente para o engenho dele. Graciano, mestre de açúcar, fora-se para lá. O feitor Chico Marinho também. Só não quis as negras velhas. Generosa, quase cega, estava comigo, contando os dias. Não podendo levar-me um pedaço de terra, se contentou ele com os trabalhadores que pôde arranjar. Sem Graciano, o açúcar não valia nada. Os compradores rejeitavam. Que haveria de fazer? Apurei uma miséria com ele. Um comerciante da Paraíba deu quebra numa partida que lhe vendera. Tudo me saía ao contrário. E o meu bom humor foi esmorecendo com os constantes contratempos.

Não me sentia mal no Santa Rosa, podia viver ali todos os meus dias. Por coisa nenhuma do mundo trocaria o meu engenho, mas tudo conspirava contra essa paz que me dera o domínio sobre uma coisa que era minha. A propriedade me satisfazia completamente. Maria Alice, no melhor da história, rompera um laço que me ligava com a sua carne gostosa. Era de outro. Outro dispunha das suas coxas, daquela penugem do seu cangote. Agora, não. Eu tinha um engenho. Dormia tranquilo, com a certeza de que, de manhã, acordaria no que era meu. Mandava em tudo. Os cabras chegavam no alpendre para pedir. Eu dava e negava as coisas, botava para fora, olhava para os paus-d'arco floridos, o flamboaiã, os mulungus encarnados. Eram meus. Podia mandar derrubar a Mata do Rolo quando quisesse, comer todas as mulheres do Santa Rosa. Eram minhas. Se quisesse, vendia a vaca Guariba, que dava não sei quantas tigelas de leite. Podia fazer tudo quanto imaginasse. Era dono, senhor, proprietário. Este gozo, a propriedade me dava. É verdade que sofria as minhas decepções quando me comparava com outro. O Folguedo, do tio Juca, com quatro mil pães; o Maravalha, um sítio, mil e quinhentos pães; o Calabouço, de um negro, fazendo vergonha ao Santa Rosa.

7

A PLANTA DA PACIÊNCIA deu-me seiscentos pães de açúcar ordinário. Fazia agora cálculos com a soca. Precisava de trato, raspar a junça que crescia prodigiosamente. Quando o eito chegava no fim do partido precisava voltar outra vez. A junça rebentava e se desenvolvia aos pulos.

Estava atrasado. Vergara queria saber da safra futura. Mandaria um caixeiro para examinar e tomar nota do que eu esperava fazer.

Viria da cidade um sujeito qualquer espreitar-me, dando-me ordens, somente porque me mandava charque e bacalhau a crédito.

As socas me salvariam daquelas dificuldades. Bastava que chovesse com abundância e que Nicolau não se descuidasse das limpas.

Tio Lourenço me emprestara uns tubos velhos. Bastavam quinhentos pães de açúcar bom. Devia pouco e se o açúcar subisse para dez mil-réis seriam 25 contos. Devia uns dez a Vergara. E a destilação garantiria as despesas com os trabalhadores.

    O primo Jorge esteve comigo no Santa Rosa. Espantara-se quando lhe disse que não tinha plantado naquele ano. Saiu para ver os partidos de soca. E gostou muito.

    — Se chover, você vai a mais de mil pães.

    Animou-me a impressão dele. Assim disporia de numerário e encheria as várzeas de flor-de-cuba. E atingiria o nível da produção dos tempos do meu avô. O Santa Rosa de safra grande, com os dois assentamentos fumegando, os picadeiros cheios, os carros de boi carregados. E açúcar purgado nos caixões, esperando o preço do inverno.

    Só dependia de mim, de esforço, de coragem. Neste dia, os pássaros cantavam na gameleira para acompanhar o meu entusiasmo. O sol já devia estar alto, enquanto planejava o futuro do Santa Rosa, espichado na rede, no balanço. Criasse coragem e fosse para a luta. Tudo ali dependia de um homem capaz. Que andasse atrás do feitor. Confiar em Nicolau era mesmo que confiar no acaso, no deus-dará. Tomasse a vara de comando do velho Zé Paulino e aguentasse o repuxo. Trabalhador de eito só andava com grito e feitor com carão. Enchesse a boca de nomes feios como o meu avô, ameaçando, e veria a coisa a andar, o meu dinheiro render.

    Lembrei um dia a Nicolau o regime de tarefas. Tantos tostões por braça de mato limpo. Experimentamos uma semana. Ganharam mais e o serviço aumentou consideravelmente. Mas os cabras reclamaram. Preferiam o eito. Eram doze horas de trabalho, de enxada na mão, é verdade. Mesmo assim, preferiam. É que podiam escorar-se uns nos outros e deixar o tempo correr à vontade. Os mil e duzentos eram deles na certa.

Dava mel de furo para comerem com farinha seca. E Nicolau todos os dias me chegava com queixas. A gente dera para trabalhar por fora. Era só saber que um outro engenho pagava mais um tostão para correrem para lá. Era um crime, um cabra de eito fazer aquilo. Botava-se para fora, metia-se o gado no roçado. No outro dia chegavam chorando, aos meus pés. Tivesse pena dos filhos. Por Nossa Senhora, que nunca botaram os pés por fora do Santa Rosa. Relaxava a ordem. Não tinha força para resistir.

O feitor me trouxe uma família inteira na corda. Encontrara aquele povo de feixe de lenha na cabeça, na estrada da vila. Balançava-me na rede quando chegaram. Juntou gente para ver. Eram uns cinco. Pai, mulher e filhos. Nicolau acusou:

— Encontrei na estrada este povo com o roubo na mão.

E eles se defendiam com lágrimas nos olhos:

— Não era pra vender não, seu doutô. Pela graça de Deus que não era. Estava levando estes pauzinhos para casa.

Mas mandei botar no tronco, para exemplo. Na rede, fiquei com a sentença na cabeça. O Santa Rosa coberto de capoeiras e eu fazendo questão por um feixe de lenha. Que diabo de falta me faria uma ninharia daquela?

E me balançava. Ia para lá e para cá, com a sentença iníqua na cabeça. Era demais. E fui eu mesmo ao tronco retirar o homem.

A mulher e os filhos urravam na porta da estrebaria. Fossem urrar no inferno. O pai já estava solto. Dei-lhe uns gritos. Na primeira ocasião que me chegasse ali, com furtos, botava tudo no tronco, encangado. Vi-os quando se foram, pegados uns aos outros, como um montão de coisa imprestável. Falava-se deles, como de ratos. Não se tirava um, daquela família. Com o velho Zé Paulino faziam o mesmo. Até as galinhas da casa-grande não podiam dar distância, que eles vissem. Iam em cima. Roubavam dos pobres e na redondeza da tapera deles não parava bode, criação nenhuma. Eram umas raposas ferozes. O velho acostumara a perna no tronco, perdendo a vergonha para aquele castigo, que era a última degradação a que ali se podia chegar. Nunca naquela casa se soube que foi um dia de barriga cheia. Comida roubada não matava a fome. As caras deles revelavam mais ruindade do que sofrimento. Os outros podiam sofrer com a necessidade, pensar num filho, sem ter o que lhe dar. Aquela gente do Pinheiro eram uns cínicos.

Sei lá se eram. Podiam ser até uns miseráveis, uns infelizes. Fugiam do eito, mandavam as meninas roubarem nas feiras. O meu avô nunca conseguira botá-los para fora. As ordens do feitor entravam num ouvido deles e saíam no outro.

Mandei um portador atrás. Sacudisse os trastes para o terreiro e que aqueles diabos fossem morar no inferno. Não os queria mais em terra que fosse minha. E no outro dia Nicolau chegou com a notícia. A gente do Pinheiro tinha voltado para casa. Só mesmo tocando fogo.

Uma tarde me chegou uma cabrocha me pedindo esmola para a mãe doente. Tinha os olhos claros e umas feições admiráveis. Dei-lhe dois mil-réis. Voltou no outro dia, para falar não sei de quê. Os olhos, de um verde desmaiado, mas muito suja. O corpo era bem feito. Pequena. Mexia com os quartos, quando andava.

Era uma filha de Pinheiro. O pai me mandava pedir as coisas por ela. Sabia eu o que o safado queria. Nicolau me disse uma vez que ele estava roubando as minhas mandiocas.

Mandei recado para Pinheiro e veio a filha. Entrou no meu quarto para falar. E de dentro da rede fui-lhe ouvindo. O pai adoecera, não podia andar. Por isto não acudia ao recado. E ficou segurando no punho da rede, olhando para mim. Os olhos eram verdes, de um verde mesmo de olho de mulher ruim. Estive quase que puxando a bicha para os meus braços. Dominou-me o medo de que fosse esquiva e se saísse com gritos ali dentro. Mas deu-me vontade. Pinheiro estava doido por isto. Queria roubar no engenho com garantias.

À noite, fiquei pensando do que me livrara. Ainda não me dispusera a fazer os papéis de Sinhozinho. Podiam andar as moças do Santa Rosa sem este perigo atrás delas. Cometer aquela miséria seria ir mais abaixo do que me julgava. Fosse para outro a filha do Pinheiro. Ficaria na certa como aquela Adelaide, saindo das minhas mãos para o mundo. Chegasse a notícia no Gameleira, e tia Maroca o que não diria de mim. Maria Chica ia dando conta do recado.

Naquela noite sonhei com Maria Alice. Estava comigo no engenho. Tinha deixado o marido para viver com o amante. E foi uma noite de amor intenso. Acordei decepcionado. Pensava ainda em Maria Alice. Não tinha pensado nela; fora o sonho que a procurara.

As lagartas pelaram o meu roçado de algodão. Nicolau me deu esta notícia com a cara triste:

— Não ficou um pé, seu doutô.

Plantava-se outra vez. E se o sol continuasse, as lagartas voltariam com a mesma fome. Só um pé-d'água forte acabaria com elas. A lã andava por um preço fabuloso. Uma arroba tinha dado cem mil-réis em Campina Grande. Com vinte sacas me remediaria. O melhor negócio era abandonar a cana pelo algodão. A cultura era fácil. Gastava-se menos, perdia-se pouco.

Não plantaria mais cana no Santa Rosa. Encheria as várzeas de herbáceo e seria rico só numa colheita. Até a moagem era barata. Com seis homens fazia-se tudo. Estava com o meu problema resolvido.

No outro dia Zé Marreira veio me falar. Tinha vontade de fazer um grande partido. O preço do açúcar subira como nunca, vendendo-se uma arroba de bruto por catorze mil-réis. Ele queria ter a certeza da moagem, porque a máquina precisava de reparo. Queria ter a certeza somente.

Fosse ele mesmo chamar o mestre Rodolfo e contratasse por mim o serviço.

Zé Marreira crescia, pedindo-me mais terras para cultivar. Um cercado que tinha no Crumataú cedi para o gado dele. Deixaria que ele plantasse cana onde bem entendesse. Quanto mais, melhor para a fazenda. Se fosse a mil pães, quinhentos eram meus. Podia gastar uns cem com despesa da moagem. Vinte contos de lucro certo. E o mel de furo para a aguardente ficava nos tanques. Uma carga por dia. No mínimo quarenta mil-réis. Aguentaria os trabalhadores com destilação. O algodão daria lucro na certa. Os foros cobrados com rigor iriam além de doze contos. Era a riqueza, a fartura. E se fosse assim, em breve o senhor de engenho do Santa Rosa pegava o velho Zé Paulino. Compraria um automóvel. Tio Juca já tinha um, passando pela minha porta com o bicho em disparada. Nem parava para duas palavras. De dentro do carro dava-me um adeus de longe, de importância. Quando soubesse da minha riqueza pararia para conversar. Por força que me respeitaria. Até o primo Baltasar, que nunca deixou de se apear no Santa Rosa, quando voltava da feira de Itabaiana, apertava agora o cavalo para passar mais depressa pelo engenho. Para que sentar-se em mesa de parente quebrado!

Os cobradores de impostos deram para me visitar. Um fiscal me andou rondando para pegar uma carga de aguardente sem selo. Botou um piquete na beira do rio, mas o aguardenteiro subiu pela caatinga. Depois, veio me procurar para fazer uma visita na destilação. Cascavilhou tudo.

No tempo do velho Zé Paulino nunca botaram os pés ali. O meu avô nunca soube o que era selo. E me ameaçou, o tal sujeito. Mas viu um carneiro no terreiro e me falou em buchada. Dei-lhe o animal. Comprara uma vez um tenente de polícia com um boi. Com aquele carneiro estaria livre do outro. E mandei-lhe mais uns perus. E que desse sempre um pulo ali no engenho, podendo trazer a família, nos tempos da moagem. Ficamos amigos.

Doutra, o chefe do Pilar me apareceu para falar de eleições. Queria o meu voto e o de José Ludovina. Dei, mas que mandasse dizer o dia da eleição. Votava em quem ele quisesse.

Fui sorteado para um júri. Pediram-me o voto para um criminoso de morte. E dei o voto. Ouvi discursos de advogado e de promotor, que falavam olhando para mim. Sabiam, sem dúvida, da minha literatura e caprichavam nos arroubos. Botava todos os homens na rua. Não eram ladrões de cavalo. Isto de matar, era por cachaça. O que morrera podia ter feito o mesmo. Os protetores me agradeciam:

— Quando tiver o seu, seu doutô, fale comigo.

De volta para casa, sozinho, naqueles ermos da estrada, media os graus da minha decadência.

José Marreira estava maior do que eu, no engenho. Pelo menos, mais próspero. Era quem ia sustentar as safras do Santa Rosa.

Dava eu o meu voto a quem o chefe mandava que desse, sentava-me na cadeira de jurado para absolver cabras que matavam por besteira ou a mandado. Por aquela estrada por onde passava agora, o velho Zé Paulino transitara milhares de vezes. Era sempre senhor absoluto, o maior de todos no seu engenho. Marreira, para ele, nunca deixou de ser o que era: um cabra de eito melhorado de condições.

O meu avô mandava no povo do Pilar. E juiz nenhum tivera o topete de sorteá-lo para servir em júri.

8

Todas as previsões tinham dado certo. Pagara ao Vergara e dispunha de trinta contos para criar safra nova. Trabalhei como um forçado. As canas-verdes cobriam as várzeas. Eram uma admiração para todo mundo. Canão. O Santa Rosa, este ano, iria a dois mil. Do alpendre baixava os olhos anchos para minha lavoura a se criar. Inverno forte. Julho fora de chuvas torrenciais. E agosto entrava com chuvadas fortes.

Zé Marreira tinha mais canas do que eu. Fizera partido até pelos altos. O eito da fazenda era menor do que o do lavrador. A casa de morada do cabra tinha sala pintada de óleo.

Falou-me para botar cana para a usina, dando-me trinta por cento. Concordei. Não tirava um tostão do bolso, só entrando com a terra e no fim do ano batiam-me os cobres contados. Ótimo negócio.

Começava, porém, a perceber que José Marreira crescia demais. Já andava de botas e vivia de trem, comendo em restaurante. Tinha até patente de capitão, na boca do povo.

Não era mais o seu José; subia. As filhas estavam no colégio. E o melhor cavalo de sela do engenho comia na sua estrebaria. Recebia em casa o povo do Pilar, dando festas de batizados. O chefe era seu compadre e dera uma esmola maior do que a minha para a festa da padroeira.

O moleque marchava a passos largos. Uma vez em que atravessava a Mata do Rolo encontrei uns carros de boi com linhas de pau-d'arco. José Marreira mandava tirar madeira na mata, sem minha ordem. Tive vontade de mandar os carreiros arriarem ali mesmo os troncos. Mas deixei que fossem.

Nicolau, uma tarde, veio me dizer que chamara um cabra para o eito e ele se recusara porque estava trabalhando para o capitão Marreira. Disfarcei com o feitor, mas, dentro de mim, a coisa roía. O que estava pensando aquele moleque!

Para o ano não queria mais lavrador no engenho. Podia ir bater noutra porteira. Esperava que tirasse a safra, e com jeito botaria para fora. Ali, só mesmo um podia mandar. É verdade que me dava mais de vinte contos de lucro no ano. Saberia tirar da terra o que ela me oferecia. Questão de esforço. Não estava agora indo tão bem? Um roçado de algodão para mais de cinquenta sacas. Distribuíra semente com os moradores. Teria de compra umas dez mil arrobas.

Os moradores eram obrigados a vender no engenho o algodão que plantavam. Não fizessem isto, botava-se o gado no roçado. Era uma luta danada para se fiscalizar tudo, porque os compradores do Pilar pagavam sempre mais dez tostões do que eu. Adotava o sistema do meu avô. O sujeito tinha terra para roçado, mas o algodão colhido seria nosso, pelo preço marcado.

Por mais que espiasse os cabras, eles se defendiam por fora. O maior crime do engenho era este. Podiam roubar, mas que não caíssem na besteira de enganar o senhor de engenho.

Os pesos da balança eram de pedra ou de pedaços de ferro velho. Nunca examinei. Aqueles quilos deviam ser mais pesados do que os verdadeiros. Às vezes, traziam pedras dentro do saco ou molhavam o algodão. O sujeito que fosse pegado assim perdia o que trazia e ganhava o tronco para se emendar.

José Marreira não me saía da cabeça. Andava pelo Santa Rosa, sentindo aquela sombra. Dera entrada ao moleque, chegando àquele ponto. O cabra criava até cara de senhor. Nem parecia aquele que eu conhecera aos pés do meu avô, a dar conta das coisas.

Tio Juca passou de automóvel pelo Santa Rosa, às carreiras. Quando levantei-me com o barulho, tinha se sumido na estrada. Soube que estivera na casa de Marreira muito tempo, em conversa. Havia mesmo uma certa rivalidade entre os cabras do moleque e os meus. Aquilo não devia continuar. Porém, só podia tomar uma resolução com a safra colhida. Aí, chamaria Marreira e lhe falava com toda a franqueza. Estava disposto a acabar com o plantio de cana, só pensando mesmo em algodão. Gostava dele, nunca tivera o que dizer, mas procurasse outra propriedade para trabalhar.

Não permitiria que aquele camumbembe desse grito pelos mesmos lugares onde o velho Zé Paulino erguera a sua voz. O primo Jorge me advertiu do perigo que estava correndo, com um lavrador importante fazendo mais que o senhor:

— Quando você abrir os olhos, está sem forças.

Via passar pela porta do meu engenho os carros de Zé Marreira, com o gado mais gordo do que o meu. O capitão José invadia-me aos poucos as atribuições, dando casas para moradores, fazendo tijolo para vender no Pilar. Procurava-me ele para dizer as coisas, quando já estavam feitas:

— Mandei tirar uns paus na mata para cobrira casa de Fulano.

Aprovava as decisões do vice-rei.

Eram todos os dias os "fiz", os "mandei" no pretérito autoritário. Tão humilde, quando chegava para o velho Zé Paulino, de pés no chão, pedindo até ordem para fazer serviço em outros engenhos, com o seu próprio carro. Vinha saber sempre se a fazenda não precisava dele, naquele dia.

Nicolau não gostava do moleque. Só o chamava de negro e me insinuava para agir contra o parceiro que subira de condições. Enredava todos os dias, queixando-se de que Marreira tirava gente do meu eito:

— Seu doutô, abra o olho. Seu doutô, tome cuidado!

Era assim que Nicolau me chamava a atenção.

E espalhavam notícias da casa do lavrador. Lá só se comia bolacha marca Maria e manteiga do estrangeiro. Diziam que as filhas dele só se acordavam com o sol alto. As negrinhas tinham até uma empregada para lavar os pés e que a velha andava de chapéu, no trem.

Os cabras se vingavam da prosperidade do outro, com deboches. Marreira, também, puxava por eles.

Falavam do eito de lá. O negro passava o dia no calcanhar dos trabalhadores. Nem podiam tomar respiração, que ele não viesse com gritos.

Examinava a minha situação com cautela. Toda prudência era pouca, porque o moleque seria capaz de grimpar. Mas, que covardia infame era aquela minha? Fosse o que devia ser, a terra tinha dono, o engenho, senhor. E balançava-me na rede, com Zé Marreira me perseguindo. Em parte nenhuma se via disto. Se continuasse assim, amanhã o negro me entraria de portas adentro para dar ordens, chegando um dia que nem podia fazer uma planta de cana na minha propriedade. Marreira cobriria o Santa Rosa com os seus partidos.

Estava devendo ao moleque dez contos de réis. Pagaria na safra. Tinha cana para mais e roçado de algodão seguro. Chamava-o e não teria meias-palavras: "Seu Marreira, o senhor arrume os seus trastes e procure terra para trabalhar; dou-lhe um mês para se arranjar". E ficava livre daquela peste, daquele quisto. E o Santa Rosa se unificaria outra vez, com um braço só mandando.

E se ele andasse de parceria com o tio Juca, confabulando contra mim? Estava até sujeito a uma tocaia. Eu não tinha irmão nem herdeiros em linha direta ou ascendente. Morto, as minhas coisas passariam necessariamente para os tios. Era mesmo. Podiam me botar uma emboscada. O crime chamaria atenção ao princípio. Depois, sem provas, esqueceriam. Por que seria que o tio Juca andava com tanta camaradagem com o camumbembe? Não era tão cheio de luxo, de bondades? Agora parava na casa de Marreira para conversar horas seguidas.

Estava certo da conspiração. De noite, fui ver se as portas da casa tinham sido fechadas com cuidado. Acordei com a coisa na cabeça. Mandei botar abaixo as moitas de cabreira da estrada. Atravessava a mata às carreiras, com medo da carga de chumbo nas costas. Quando avistava um cabra desconhecido desconfiava, passando por ele de sobreaviso. Botei dois cabras para dormir comigo. Podia até ser atacado alta noite, e com o pretexto de roubo me acabariam. Não ficava quieto dentro de casa, com aquela preocupação.

Argumentava ao contrário, opondo-me a mim mesmo. Era uma besteira pensar naquilo. Tio Juca talvez que ambicionasse o Santa Rosa, mas por compra. Dispunha de capital para mais. Não guardava rancor ao sobrinho, pois depois do inventário dera-se às boas comigo. Seria o cúmulo ligar-se com Marreira para fazer uma desgraça daquela, botar abaixo um parente. Ficaria preso ao moleque, um escravo nas mãos do comparsa. Eu estava pensando em tolice. E dormia tranquilo. Mas quando me encontrava sozinho pela estrada, no escuro das cajazeiras, apavorava-me, esporeando o cavalo para fugir de inimigos ocultos atrás de estacas, de touceiras de mato. Dei para sair acompanhado, nas viagens mais compridas. Como nos tempos do velho Zé Paulino, as portas da casa-grande se trancavam à boca da noite. O velho tinha medo do vento. O neto, dos homens.

E os meus sonos se entremeavam de sobressaltos. Um grito de cargueiro na estrada me estragava o resto da noite. Os cachorros latindo no terreiro me punham de olho aberto. Acordava os cabras que dormiam comigo para ver o que era.

— Nada, seu doutô. Os cachorros latem sem ver de quê. Basta a lua clarear...

Pela manhã, verificava o papel de besta que fizera. Se os cabras desconfiassem dos meus sustos, não me dariam mais importância. Precisava reagir, tomar coragem. Que diabo! Não era um homem? Procurasse então o Marreira e de cara a cara tirasse tudo a limpo. O meu avô nunca precisou de guarda-costas, e foi respeitado por todos. Força moral era tudo. Guardasse a dignidade da minha posição, conhecesse o meu lugar, como ele, e veria que meu nome imprimiria respeito. Força moral.

Examinava-me todo para ver se existia comigo esta coragem. E me achava fraco. Então é que era a minha desgraça, essa desconfiança de mim mesmo. Fazia experiência com os cabras. Vi um passando pela estrada, e chamei-o para saber quem era.

— Sou morador do senhô.

— O que estava fazendo por ali?

Dei-lhe gritos medonhos. O bicho de cabeça baixa só fazia olhar para o chão.

Para que não ia fazer aquilo mesmo com Marreira, para que era covarde? Tinha lá força moral para ninguém! Havia um sujeito de vergonha dentro de mim, me maltratando.

Outra vez, pegaram Pinheiro roubando mandioca.

— Bote esse cachorro no tronco. Meta-lhe a tabica.

E ouvi o grito do pobre, na peia. Por causa de um pau de mandioca! E Marreira me tomando o engenho e eu calado, encolhido dentro de casa, dormindo com dois cabras do rifle. Mandava quebrar os ossos de Pinheiro.

Deixe de ser fraco, me dizia o homem de vergonha. Não lhe ouvia os conselhos. À noite, trancava as portas. Nunca mais que saísse do engenho para dar uma prosa no Maravalha. Tinha medo do que andava lá por fora, como nos tempos do bicho carrapato.

Uma noite, bateram-me na porta com força. Que diabo seria aquilo? O cabra Floriano abriu. Era um recado da casa de seu Lula: o velho estava morrendo.

9

DE MANHÃ, FUI AO Santa Fé para ver um quadro impressionante: seu Lula estendido na sala de visitas, numa cama de vento, com uma vela acesa e um crucifixo de braços abertos, na parede. A filha e a mulher chorando num canto e os tapetes velhos e aquele cheiro de morte, recendendo. Só elas duas e o negro José Ludovina, que era afilhado do velho. Não tinham nem um vintém para o enterro. Os lençóis da cama eram uns trapos. José Ludovina, o bom negro, tirara do bolso dele o necessário para tudo. Os moradores, pela calçada, sem coragem de entrar. Nunca haviam entrado naquela sala. Eles gostavam de ver defunto, mas o povo de seu Lula, nem mesmo naquele estado, baixava da sua dignidade para chorar com os moradores.

Saí com Zé Ludovina para conversar.

— Eles não têm nem um vintém, doutô Carlos. Cheguei aqui ontem, e meu padrinho já estava arquejando. Quis ir chamar um doutor no Pilar e vi que era tarde. Botei a vela na mão dele. Não encontrei nem uma pessoa pra me ajudar. O povo está com medo. Pobre do meu padrinho! Nunca fez mal a ninguém.

O sol batia de cheio no frontão da casa-grande, espalhava-se pela calçada, enchendo de vida a matéria em redor. A casa do engenho ninguém nem via mais o telheiro, porque o melão-de-são-caetano tomava conta. O mata-pasto crescia até na beira do alpendre. E aquele mato viçoso, molhado de chuva, exalava um cheiro de campo. Seu Lula, morto, dentro de casa. Ouvia o choro dos seus, de onde estava.

José Ludovina não aceitou o dinheiro que eu lhe oferecia. Não precisava. Graças a Deus que o velho ainda tinha ele.

Voltei para casa. O enterro saía às quatro horas da tarde. Os moradores falavam do caso ali por junto. Ficavam de fora, até que o enterro saísse. Pobre do Lula! Era assim que o meu avô se referia ao seu vizinho infeliz. Enquanto ele crescia, o outro se atrasava naquela miséria que arrastou por mais de setenta anos.

A princípio, o engenho de besta ainda quebrava uns feixes de cana. Fazia uns cem pães. Depois, dera para vender verduras, macaxeira em molhos, para o Pilar. Andava de carro, até que os cavalos morreram.

Paravam na porta dele para saber o preço do coentro, da cebola, da pimenta. Discutia com os moradores por causa de besteiras. Desaparecendo uma galinha do seu quintal, botava para cima dos cabras. E saía de porta em porta procurando a galinha. A filha não casou, o engenho caindo.

Mas nunca chegou um recado do seu Lula, pedindo um auxílio ao Santa Rosa. As vendas e as lojas do Pilar não se queixavam de contas do Santa Fé. José Ludovina ia pagar-lhe o enterro. A única coisa que pedia ao meu avô era para que lhe emprestasse o afilhado para fazer as suas compras. Escrevia sempre uma carta longa para pedir José Ludovina.

Entrei no meu quarto com aquela impressão de miséria me perseguindo. Não era tanto o defunto que me metia medo; era o destino do seu Lula. Terminaria como ele. Já não estava com Zé Marreira me tomando o engenho? Seu Lula ainda fora feliz morrendo dono do que era seu. Tudo estava podre no Santa Fé, mas tudo era de seu Lula. O Santa Rosa dividia-se em duas partes. E Zé Marreira mandava num pedaço. Os cabras de Zé Marreira só trabalhavam para ele. Os bois de Zé Marreira mais gordos do que os meus. Até o prestígio da casa-grande passava-se para a casa do moleque. Tio Juca parava na sua porta, o povo do Pilar só vivia lá. Na última festa que dera, veio gente até da Paraíba.

O capitão Zé Marreira crescia à minha custa. Só porque eu queria. Se fosse um homem de verdade, já teria dado cabo daquele atrevimento.

Devia-lhe dez contos. Os seus canaviais, pelas várzeas e pelos altos. Era bonito, para os outros, ver as canas de Zé

Marreira subindo pelas encostas, estendendo-se pelas várzeas do Paraíba, bem-tratadas, limpas, enquanto os partidos da fazenda, Nicolau abandonava com o capim mais crescido do que as plantas. Chamava Nicolau para descompor.

— Não tenho gente, seu doutô. Marreira está com o povo todo do engenho.

Terminaria como o seu Lula. Pior ainda. Com aquele moleque dormindo no mesmo quarto do velho Zé Paulino, tomando conta do engenho todo. Levantei-me do quarto, num ímpeto. A destilação, fechada. O alambique estava vazando. Se parasse o fabrico de aguardente, seria um prejuízo danado. Descarreguei uma descompostura medonha em cima de João Miguel. Não era culpado não, me respondeu; comprasse um novo, que aquele não dava mais para nada.

Arrependi-me imediatamente da grosseria. João Miguel não era um cabra, tinha olho azul, trabalhava comigo porque queria. Então fui com jeito. Chamasse ele o italiano do Pilar para o conserto do alambique.

E saí para a horta. Lá dentro havia mato do tamanho das fruteiras; os leirões da velha Sinhazinha, ciscados de galinhas, o jirau dos craveiros apodrecendo. Há tempos que não entrava por ali. E tudo naquele abandono. Lá estava o umbuzeiro de Maria Alice, muito verde, de copa redonda, rastejando no chão. Ali por debaixo, Maria Alice me alisava os cabelos, ficava eu com a cabeça no seu colo. E uma saudade perniciosa da mulher me pegou de jeito.

Uma negra chegou me chamando para o almoço. Tive vontade nela, mas dominei-me. Seu Lula tomou-me outra vez o pensamento. Às quatro horas, o enterro. Maria Alice podia ter ficado comigo, deixado o marido. Não teve coragem. Tinha medo da mãe. E uma irmã solteira para casar. Foi nada! Foi nada! O que ela queria era um homem para dormir. Por que fazia dela esse juízo tão ruim? Ela só queria um macho em cima. Mulher só sabia fazer isto mesmo: abrir as pernas. Às quatro horas, o enterro de seu Lula. O do meu avô fora de manhã, com chuva molhando a terra.

Da porta da sala de jantar via o flamboaiã dançando ao vento como uma bandeira de guerra. Avermelhava tudo naquele lado. O negro chegou-me o cavalo para sair. O enterro do seu Lula. O sol da tarde tirava faíscas dos vidros das rótulas. Todo o alpendre recebia o sol de frente. Ia ver outra vez o homem morto. "Já ouviu?", "já ouviu?", assim falava ele para a gente. E o colarinho duro e o paletó de alpaca. Zé Ludovina certamente teria vestido o padrinho assim. Coitado do velho, ao menos ainda tivera aquele negro para fechar-lhe os olhos.

E eu? Zé Marreira também me queria estendido na sala. Correria a notícia pelos engenhos:

— Mataram o doutor Carlos, do Santa Rosa. Apareceu com um tiro, na estrada.

— Quem foi? Quem não foi?

Não tinha inimigos. Só podia ter sido mesmo para roubar. E Marreira e o tio Juca, calados. No fim, compravam o engenho. Botava o retrato dele e da mulher na parede da sala de visitas.

O capitão Zé Marreira do Santa Rosa! Com o pensamento naquilo nem vi um sujeito atrás de mim, na estrada. Voltei-me com espanto. Zé Marreira me dava boa-tarde com reverência. Aproximou o cavalo do meu, para falar do seu Lula:

— Só soube de manhã. Zé Ludovina mandou me prevenir.

Lastimou a sorte da família. Não deixara nada. Não sabia como iam eles viver. O engenho podia valer uns vinte contos. Falei também, concordando.

A cara do moleque fazia a gente confiar nele. A fala branda, e um riso de criado. De quem ainda não aprendera a ser senhor. Um homem daquele não podia fazer receio a ninguém.

O terreiro de seu Lula estava cheio de gente. O caixão no meio da sala e a mulher, a filha, Zé Ludovina, juntos, de cabeça baixa. Pela janela entrava uma réstia que caía bem em cima de um jarro, no consolo. Ficava como num incêndio, o vidro vermelho. Olhava para o jarro porque não queria ver o defunto. As velas já estavam pequenas de tanto arder. O padre fez a oração e fecharam o ataúde pobre, de seu Lula. O do meu avô, de veludo e dourados. Saímos a pé, pela estrada. As cigarras das cajazeiras nunca tinham tido um momento tão próprio para a sua cantoria. Seu Lula se enterrava com música de pobre.

O choro da casa foi ficando distante, foi se sumindo aos poucos. Ouvia-se de longe ainda, como um gemido. E depois só se ouviam as cigarras e o passo da gente na estrada. Quando seu Lula passava por ali, de carro, as campainhas do cabriolé cantavam festivamente. Seu Lula marchava agora para o cemitério. Peguei no caixão. Marreira, do outro lado, com aquele riso subserviente. Riso antipático, cínico. Por que aquele cachorro não me olhava sério, sem aqueles dentes de fora?

O Pilar era perto, muito perto mesmo do Santa Fé, mas seu Lula só ia lá de carro. Quando morreram os cavalos, deixou de ir. Levávamos nós agora o velhinho, pela última vez. Para as bandas do poente, o sol parecia uma labareda. E o vento frio da tarde, de começo da noite, nos pegou no cemitério.

Zé Marreira e Ludovina botaram o caixão no buraco. Ouvia-se o grito de um sujeito, tangendo uma vaca. As pás dos pedreiros trabalhavam na cama no velhinho. Pobre do Lula, dizia meu avô. Ambos se tinham acabado.

Zé Marreira, na volta, me perguntava pelas canas, se estava pensando em plantar este ano na Paciência. Sozinhos voltávamos para casa. O cavalo dele melhor do que o meu, a sela com argolinhas por todos os lados. Contou-me histórias da Paraíba, de política, da queda do dr. Epitácio. Na porta de casa me convidou para saltar, tomar café, um cálice de vinho. Não aceitei. Que moleque atrevido! Aquele moleque terminava me desgraçando. Ele não tinha coragem. Não via o riso dele, os agrados? Manha de sabido. O moleque me mataria, me mataria. E piquei o cavalo nas esporas com medo do tiro pelas costas.

10

O Santa Rosa era um mundo, tinha lugar para muitos chefes. No fim da safra estava com a casa de purgar cheia e cem sacas de lã esperando preço. Preço existia e bom. Mas queria mais. Comprava aos moradores a sete mil-réis a arroba e não me contentava com lã de cinquenta mil-réis. Se vendesse a catorze, ainda ganhava. Aquilo era um roubo. Roubo ou não, era o que se fazia pelos engenhos. Pensei até em acabar com essa história de plantar cana. Melhor vida seria a que o algodão dava. Só se tinha o trabalho do fim do ano, de pesar os sacos, as cargas que eles traziam e pagar pelos nossos preços. Com menos de dez homens a moagem se arranjava. Fosse agora ver o açúcar. Trabalho, o ano todo. O corte da cana, bois de carro, burrama, e a gente toda que se empregava no engenho. E ainda se dependia do mestre. Podia fazer uma desgraça de açúcar. E tudo ficava perdido.

Negócio melhor dava o algodão. Só se tinha trabalho na espionagem aos moradores. Botava-se vigia para ver se saíam do engenho, na procura de melhor mercado para o seu produto. O Pilar pagava mais.

O feitor Nicolau denunciou-me um dia um morador que estava vendendo algodão em outra parte. Mandei-o chamar para dizer-lhe o diabo. Se pegasse outra vez já sabia como era: botava o gado na lavoura e fosse com os cacos para outra parte.

O cabra não negou. Tinha vendido mesmo algodão no Pilar. Fizera pouco. A lagarta não lhe permitira uma boa colheita. Procurava um precinho mais em conta, para poder pagar o foro e comprar uns panos para a família.

Procurasse então outro engenho. Eu não podia consentir naquilo. A terra era minha e quem quisesse vender algodão onde lhe desse nas ventas, se botasse para outro lugar. Pagava o que os outros estavam pagando. Nem um vintém a mais nem um vintém a menos. O preço era aquele. Quem dava a eles casa para morar, terra para a mandioca, para o milho, para a fava? Era o major João José? Pois fosse pedir terra a ele. Não lhe comprara algodão? Que lhe desse o mais.

O cabra não me disse uma palavra. Tive pena daquela passividade absoluta. Falava sem raiva íntima, representando sem vida o meu papel. E quando ele me falou da família que tinha, de uma mãe entrevada em cima da cama, da mulher parida, mandei que se fosse. Mas que de outra vez não perdoaria.

Era o melhor negócio, a compra de algodão. Tinha porém daquelas coisas. Aqueles pesos de pedra e de ferro velho do engenho representavam mesmo o valor verdadeiro? Sem dúvida pesariam demais. Havia duas balanças, uma para pesar açúcar e outra para algodão, uma para compra e outra para venda. Estava era roubando os pobres. A consciência me pinicava um bocado, quando ficava sozinho no quarto. Bela carreira estava fazendo! Pensara em elevar o nível de vida dos homens do eito. Não quisera até fazer um livro sobre a vida deles? Maria Alice me aconselhara isto. Literatura de príncipe herdeiro. Mal me vi com o cajado na mão, fazia as mesmas coisas que os outros. E o velho Zé Paulino ainda tinha fama de bom. Avaliava o que não tirava dos pobres o Senhor Marinho do Maraú. O engenho dele era enorme, muito maior que o Santa Rosa. Não plantava cana. Parece que o ouvia falando:

— Para que plantar, menino? Só dá prejuízo. Não se ganha nada. A minha terra é do povo. Dei ao povo. Ele faça dela o que quiser.

E deixava crescer a barba. E se vestia com brim fluminense como um cabra. Por toda parte por onde chegava, lá vinha com o choro. Não sabia do que ia viver naquele ano. Chorava para os moradores. E eles não tinham coragem de enganar o Senhor, pobrezinho dele, tão pobre. E vinham pagar o foro na casa-grande. E só vendiam o algodão ao Senhor. Coitado! Estava precisando tanto do povo! Milhares de foreiros pensavam assim. Todos pagavam. Senhor Marinho contava-lhes a sua miséria, comprando algodão mais barato ainda que os engenhos vizinhos. Nunca tirava um fichu do pescoço para fingir doenças. No fim do ano, nunca menos de cem contos de lucro. O Maraú exportava para mais de oitocentas sacas de algodão. E Senhor tinha cercados de bois, casas na Paraíba, dinheiro nos bancos. O homem mais rico da Várzea. E os cabras, quando o viam naquele estado de pobreza, vestido como eles, de barba de semana, de cabelos pelas orelhas, tinham pena do Senhor, não enganavam o Senhor. Pagavam o foro. Vendiam o algodão. E Senhor só casava filhos e filhas com parente rico.

Queria fazer no Santa Rosa aquilo mesmo do Maraú, acabar com o engenho, ficando somente com a compra de algodão, deitado na minha rede a esperar que os cabras trabalhassem o latifúndio generoso. Comprar e vender algodão, deixar que a minha balança pesasse a meu favor, devia ser assim a minha vida.

Aquelas cem sacas de lã me dariam no mínimo 48 contos. E tinham me custado uns quinze. Gastara uns cinco com arame, estopa e beneficiamento. Lucrava muito mais de vinte contos. E ainda ficava com o caroço para o gado e para vender. Negócio ótimo. Isto de explorar o povo era de todo o mundo. Fizera-o o meu avô e tinham-no como um santo. Choraram até no enterro dele.

O Zé Marreira? No melhor dos meus planos, o moleque aparecia. Desde aquela tarde da morte de seu Lula que o riso chinês de Zé Marreira não me saía da cabeça. E com o tempo, ia me agradando. Mandara-me um presente de frutas. Dera-me até um belo cavalo, um lindo cavalo pampa, de costas malhadas de branco e vermelho. Agora, fizera um partido no outro lado da linha. Da casa-grande podia ver as canas de Zé

Marreira, sobre os altos. Tomou-me para padrinho de um filho. E só me chamava de "o meu compadre doutô Carro". O moleque ganhava terreno. Também era compadre de tio Juca.

Às vezes passava pela estrada um carro de bois de Zé Marreira, coberto de esteiras. A família dele ia para o Folguedo do tio Juca, passar o dia.

Com o pagamento da última safra não lhe ficara devendo nada. Podia botar para fora na hora que quisesse. Mas não tinha coragem. Se fizesse isto, o negro me mandava matar.

Incontestavelmente melhorara de situação. Não devia na praça, pagara os dez contos de Zé Marreira. E contava com cem sacas de lã e açúcar purgado para umas duas mil arrobas. Uns cinquenta contos livres, o bastante para fundar uma safra grande. Não me sentia porém tranquilo, descansado com a boa renda do ano. Sem esforço, o Santa Rosa dera-me aquela meia prosperidade. E com um feitor como Nicolau, banzeiro, de iniciativa quase da mesma espécie da minha. Se o meu avô aproveitasse os preços excepcionais daquele ano, teria comprado mais de dois engenhos. Nunca ele vendera açúcar e algodão por preços iguais.

A filha de Pinheiro sempre me vinha pedir as coisas. De pés descalços e suja. Se aquela diaba se limpasse, seria uma tentação. Sobretudo pelos olhos, verdes e grandes. Enormes, aqueles olhos da cabrocha. Os cabelos meio crespos, e o corpo nem parecia de quem passava fome. Carnes rijas. Valeria a pena, se tomasse banho. E o rio tão perto! Não custava nada lavar-se no Paraíba, com sabão da terra, tirando aquele lodo do pescoço. Podia até ser mais bonita do que Maria Alice. Que beleza tinha Maria Alice? Não. Bonita era muito. A filha de

Pinheiro nunca que lhe chegasse aos pés. O moreno-claro de Maria Alice, aquelas coxas e o riso que tinha, de uma alegria picante! Nunca mais soubera dela. O marido se mudara para o Rio. E lá, no Rio, seria de outros, de rapazes bonitos. Pobre marido, enganado por todos os rapazes bonitos do Rio. Mas aquela beleza passaria; ficaria velha, de boca murcha.

E se sofresse um desastre e quebrasse os dentes, e ficasse monstruosa? Só queria ver Maria Alice feia, acabada.

A filha de Pinheiro parecia uma menina, na frente dela. Teria no máximo uns dezesseis anos. Se me chegasse outra vez para me pedir qualquer coisa, levaria aquele diabo para o banheiro. Falasse quem quisesse, ficaria com a menina para mim, dizendo a todo mundo que se tratava de uma copeira, de qualquer coisa. Tinha cem sacas de lã e açúcar purgado para vender. Pinheiro estava doido para me passar a filha. Negoção para ele: uma filha, rapariga de um senhor de engenho, solteiro.

Levantava-me da rede com essas ideias na cabeça. A filha de Pinheiro já ia longe, bulindo com os quartos. E o pé de mulungu da estrada, pintado de vermelho, resplandecia com o sol da tarde.

Maria Chica não valia mais nada. Fedia a cachimbo. Só mesmo para os cabras do eito. Por que não botava uma mulher dentro de casa, já que não tinha coragem para o casamento? A filha de Pinheiro, bem lavada, cheirando a sabonete, dava para a coisa. Teria eu uma vida feliz, de noites esquentadas com corpo de mulher, como aquelas noites de Maria Alice. Com o jasmineiro dentro de casa, cheirando.

Secara o pé de jasmim. Não havia ali ninguém precisando dele. E se a filha de Pinheiro não prestasse, botava outra, uma rapariga cara do Recife, que trouxesse bons extratos, sabonetes finos. E se me enjoasse, viria outra.

    Zé Marreira tomava conta do meu engenho. Não podia pensar em nenhuma felicidade que não me viesse o moleque, o riso safado do moleque. Saía pelo engenho afora. E via as canas dele bem verdes, os partidos de Zé Marreira cobrindo as terras do Santa Rosa. Não podia nem pensar numa mulher para mim. Chegava o moleque para me aperrear. Mas que mal me fazia ele? Não me pagava bem o foro da terra, não era humilde, não me dava presentes? Tudo manha, abrisse os meus olhos.

    Sem querer, entrava na horta. Nicolau, com os meus gritos, mandara limpar o pomar. Os sapotizeiros carregados mostravam os seus frutos, ostensivamente. Não os escondia como as jabuticabeiras, por debaixo de suas folhas miúdas. Em meus tempos de menino, era um prazer proibido comer jabuticabas, escondido, tirando do pé. Não nos podiam descobrir ali, de tão acobertados pelos galhos que rastejavam no chão. De jambos amarelos era do que mais gostava a tia Maria. As laranjeiras-da-baía, do velho Zé Paulino, carregadas de ervas-de-passarinho, como enfeites de negra da Costa. Ninguém ligava importância mais aos antigos amores do meu avô. O pé de umbu, lá estava. Não mudava de cara, era o mesmo, chovesse ou fizesse sol, sempre sombrio, sempre verde. Não o podia ver sem que logo não me lembrasse de Maria Alice.

    Tinha ido para o Rio. Passaria a mão em outros cabelos, dando beijos daqueles seus.

    Ouvia-se o aboio de um moleque, na beira do rio. O gado vinha chegando para o curral. Fui ver. Era uma boiada de Zé Marreira que descia do Crumataú. Gado gordo, bois de carro de primeira ordem, vacas bonitas.

Precisava botar o negro para fora do Santa Rosa. Um trem de carga apitava na curva do Caboclo. E tão saudoso, naquele fim de tarde, que parecia um toque de silêncio num pátio deserto.

11

TINHA OS MEUS QUARENTA contos livres quando mandei chamar Marreira para falar-lhe. Chamei o moleque ao meu quarto. E fui direto ao assunto. Floriano ficara sentado na banca do alpendre, prevenido. Não queria mais Marreira no engenho. Procurasse outro. Estava pensando em desfazer-me do Santa Rosa e pretendia ficar com o engenho sem nenhum gravame.

Marreira me deixou falar, com a mesma cara, sem nenhum sinal de aborrecimento. Depois que me calei, o moleque saiu-se com a sua conversa. Lastimava-se de deixar o Santa Rosa e o "compadre doutô Carro" Nunca tivera ali um aborrecimento. Dera-se tão bem com o senhor de engenho. Tinha pena, francamente. Mas o que iria fazer? O doutor não queria? Ele era quem mandava. E o riso chinês não abandonava a sua boca. Calmo, dizendo as coisas com uma serenidade absoluta. Depois voltou-se para mim e endureceu mais a palavra:

— Peço setenta contos pelo que tenho, meu compadre doutô Carro.

Repliquei-lhe que podia tirar a safra, não ia sair corrido, teria tempo de sobra para tudo.

Mas não ficaria. Queria vender o que tinha, as canas e as benfeitorias.

— Que benfeitorias? – perguntei-lhe.
— A minha casa, doutô, e as que fiz para os moradores. Fizera mais de vinte casas e gastara uns trinta contos na sua. Sim senhor. Trouxera um pintor da Paraíba para o serviço. Gastara muito, pensando ficar ali por muito tempo.

Eu não lhe pedira para construir palacetes. Fizera porque fora de sua vontade. Não lhe autorizara para isto.

Tudo o que ele tinha dava por setenta contos. E era de graça, me dizia. Só de cana, para mais de duas mil toneladas, fora as socas. Plantara nos altos da Areia muitas cinquenta de mandioca. Pedia setenta contos porque era a mim e não queria que se dissesse que procurava brigar com o senhor de engenho.

Argumentei que não lhe cobrava nada pelo gado, que tinha na propriedade. Nunca lhe cobrara um tostão. Vivia com o machado nas minhas inatas. E o que lhe pediria pela madeira de lei que ele derrubara? Estava rico, enriquecera no Santa Rosa.

Qual nada, não tinha nada, gemia o moleque. Era isto o que todo mundo pensava, lhe respondia. Qual nada, continuava o moleque:

— O povo cresce a vista nas quatro besteiras dos outros. Só posso dizer mesmo que é meu, o gadinho. Na safra corrente, penso em fazer alguma coisa. Não tenho nada, meu compadre doutô Carro. Pode o senhor ficar certo. Família grande não é riqueza. Nove filhos e meninos nos estudos. Só o senhor vendo. Com os setenta contos que botei aqui dentro, vou procurar uma vida nova. Vou comprar um pedaço de terra para morrer nele. Terra, só mesmo da gente. Criei gosto e quando estava no melhor, o compadre doutô Carro se desgosta comigo. Só pode ser enredada. O doutô tem com o senhor uma vasilha muito ruim. Este negro Nicolau. Negro encrenqueiro. Não vá tudo ser arte deste peste. Nasci no Santa Rosa, meu compadre doutô Carro. Vivi toda a vida com o coronel Zé Paulino. Homem bom, não desconfiava de ninguém. Quando não queria mais um sujeito na propriedade, ia botando para fora. Homem franco. Aquilo que era um homem, meu compadre doutô Carro. Se soubesse no que ia dar, não tinha me estendido. O compadre doutô Juca todo dia me chama para ir para o Folguedo. Dá a terra que eu queira para trabalhar. Estava no Santa Rosa. O moço era bom, não vivia com cara feia, pagava o meu foro; pra que sair? Não valia a pena estar como barata tonta, andando de um canto para outro. Está direito. O meu compadre doutô Carro é o dono da terra. Faz dela o que bem quer. Se aborreceu comigo. Está direito. Agora, quero receber o que é meu. Arrumo as minhas trouxas e vou-me embora. Saio logo. Só peço ao meu compadre para deixar o gadinho no cercado, até achar colocação.

A calma era a mesma, e o riso chinês no mesmo lugar. Estava ali se partindo de raiva, mas nem um gesto demonstrava. Cobria-se da cabeça aos pés, para a observação alheia. Domínio completo de tudo o que era dele. Moleque superior. Só lhe desse os setenta contos e bastava.

Não podia dar o que pedia. Comprava-lhe as canas. Mandasse avaliar por entendido, que pagava, descontando os meus trinta por cento. Benfeitoria, porém, não mandara fazer nenhuma. Servira para ele mesmo. Autorizara fazer casa importante? Marreira não se alterava:

— Pois meu compadre doutô Carro, o senhor acha direito eu perder tudo? Sou um matuto, doutô, ignorante.

Conheço os meus direitos. Não estou pedindo exorbitância. Avaliei tudo por baixo. Prefiro o prejuízo, a brigar com o neto do coronel Zé Paulino. Deus me livre disto. Branco que brigue com branco. Camumbembe com camumbembe. Fiz uma casa de primeira, na propriedade. Todo mundo se espantava. Como era que eu gastava dinheiro na terra dos outros. Gastei dinheiro ali, é verdade. O moço era bom, falassem à vontade. O compadre mudou de ideia. Não tenho outro recurso. Saio. Quem manda é o senhor de engenho. Quero somente receber os prejuízos. Tenho família, sim senhor. Sou pobre, mas só olho para o que é meu. Ganhei com o suor do meu rosto o pouco que tenho.

E continuava por aí afora. Morara no Santa Rosa muitos anos, fora do eito, ali mesmo. Melhorara de condições porque, com as ajudas de Deus, não enjeitava trabalho.

Ninguém, porém, andava atrás de tomar o que era de Marreira. Falei-lhe franco. Mandasse avaliar as canas, que eu pagava. Faria tudo sem dar prejuízo a pessoa alguma. Pois bem, que ficasse no engenho liquidando o que lhe pertencia e se fosse. Dispensava-lhe até o arrendamento do ano. Ficava isto para lhe indenizar das benfeitorias. Mais de quinze contos. Era tudo o que eu podia ceder.

Marreira se despediu de mim com o mesmo sorriso. Ia pensar, me dando uma resposta no outro dia. Vi-o montando a cavalo, num belo cavalo ruço, de arreios reluzentes. E ainda tirou-me o chapéu com reverência. Que superioridade danada! Aonde aquele moleque aprendera aquilo, aquelas maneiras de grande? Pegara no cabo de enxada como trabalhador alugado, subira em cima de cargas de aguardente, contrabandeando cachaça de Pernambuco, passou para lavrador, levando anos ali no Santa Rosa, moendo cana. Nunca lhe botaram uma carta de abecê nas mãos. Hoje, capitão Zé Marreira, fazendo frente ao neto do homem que o mandava para o eito.

O negócio que lhe propunha parecia-me muito bom para ele. Venderia as suas canas à usina e, como uma espécie de reembolso, deixava de pagar o foro do ano.

Daquela vez, o moleque dava o fora do engenho. Dormiria sem guarda-costas, aliviado de um peso, de uma preocupação mesquinha. E uma voz, só, daria ordens pelas minhas duas léguas de terra. Um exército invasor abandonava a minha cidadela sitiada. Quarenta contos era o bastante para criar uma safra enorme. Açúcar pelo preço que estava, dava para enriquecer.

Nicolau me falava em aumentar o foro da caatinga em mais dois mil-réis por braça; o alambique em bom estado, e com chuvas regulares, estaria feito para sempre. Tomava gosto pela coisa. Com pouco mais o Santa Rosa voltaria aos seus grandes tempos. Seu Lula não fora para a frente, por caiporismo. E mesmo, o que podia fazer um homem como seu Lula, um leseira que só levava a vida de gravata no pescoço, falando em grandeza? Merecera o seu destino. Tivesse coragem de agir, de madrugar no serviço que a sua existência não se findaria naquela miséria, com trapos em cima da cama e nem um tostão para o enterro.

Sentia-me próspero, um senhor de engenho de fato, com a casa-grande do Santa Rosa repleta de gente importante. O gado que encontrasse pela estrada era meu. Nem precisava olhar para a marca. Era todo meu. José Marreira se fora, as plantas dos altos, todas minhas. O engenho com safras grandes e ainda fornecendo para a usina, trem de cana comprido saindo dos meus partidos.

Agora, se Marreira me mandasse atacar de noite? Era bem capaz. Moleque de fala mansa, fazia medo. Tão manso, tão delicado, tão cheio de respeito, mas podia, ali conversando, já estar com o seu bote arranjado.

E em que a minha morte interessaria ao Marreira? Com o tio Juca, ele se acomodaria melhor no Santa Rosa. Era mesmo. O negro era capaz de me mandar atacar.

Cheguei para o alpendre com aquela preocupação. Desciam os cargueiros para São Miguel. Gente de feira. Um parou para me falar. Na feira do Pilar tinham matado um morador meu. Fora um cabra de Zé Marreira. Tinham-se pegado na feira por besteira e correra sangue. A notícia me fez bem susto.

A noite chegava aos poucos. Uns morcegos voavam da casa de farinha para a destilação, num vaivém enervante. Bichos feios. Viviam pelos telhados, no escuro, espreitando a noite. Chupavam o sangue dos cavalos nas estrebarias e me estragavam as frutas da horta. Mandava matá-los a cacete. Mas, morcegos e sapos não faltavam no Santa Rosa. Via-os agora naquele voo, caindo de lado. Aqueles infelizes degradavam, mais do que os urubus, a bela faculdade de voar, dos pássaros. Andavam pelo espaço, como lesmas pelo chão.

Marreira estava em casa pensando em mim. Tudo naquela hora se preparava para o assalto. À noite, atacariam a casa-grande. Chamei Floriano para que juntasse gente. Disfarcei com uma caçada que precisava fazer no outro dia. Com dois cabras no rifle, Marreira não levava vantagem. Escorei as portas e fui para o meu quarto, esperar.

Com medo de um lavrador! Medo, sim. Um covarde de marca. Se tivesse pegado o Pinheiro com uns paus de lenha, já sabia: o tronco e a chibata. E, no entanto, com a casa cheia, somente porque convidara Marreira para sair do que era meu.

O sujeito sem-vergonha me aperreava. De fato, aquilo era mesmo medo? Podia me matar. O riso do negro, aquele cumprimento de longe, a fala mansa. E me encolhi na rede. Alta noite, e ainda media as consequências das coisas, me aterrorizava. Os cabras, no quarto de junto, roncavam alto. Chamei por Floriano: aquele ronco me incomodava.

E se aqueles cabras me quisessem matar? Correra a notícia do ouro do velho Zé Paulino. E se eles pensassem em me matar, eu sem nenhum recurso de defesa?

Acendi a luz do candeeiro. Tinha o revólver nas mãos. O primeiro que botasse o pé ali dentro veria. Nem me lembrava mais de Marreira. Os galos cantavam. Clareava a madrugada, pela telha-vã. Abri a janela do quarto, com cautelas. Os moleques já estavam no curral, preparando o gado para o pastoreador. Uma noite inteira, de olhos abertos.

12

O "RESPONDO NO OUTRO dia" de José Marreira demorou uma semana. Deu-me tempo a pensar, a formular os planos de ataque e defesa. Se o moleque quisesse brigar teria a seu favor o juiz, o escrivão, toda a canalha do Pilar. Agradava mais do que eu a esta gente de rua, que vivia atrás de perus e garrafas de leite.

Peguei então um carneiro gordo, que andava por dentro de casa, de tão manso, comendo milho nas mãos das negras, e mandei Nicolau levar de presente ao juiz. Preparava assim as minhas razões, caso fosse à questão. Um peru valia mais para aquela gente do que um bom direito defendido. E, além dos dois cabras que dormiam comigo, botei mais dois para ficar pela casa do engenho. Dispunha de quatro bocas de fogo, prontas para a ação. Se me atacassem de noite, veriam a resposta.

Os cabras andavam de rifle ao ombro, mesmo pelo dia. Queria que Marreira soubesse das minhas disposições. Mesmo assim, o meu sono não era solto. Um rumor qualquer pelo alpendre, o latido mais insistente de um cachorro, me acordavam por muito tempo, para ficar apreensivo, escutando mais coisas do que se passavam.

Às vezes, ouvia vozes de sujeitos falando baixo, ou gente se arrastando pela calçada. Acordava Floriano. E não era nada.

Por que diabo José Marreira não me dava resposta? Propusera-lhe um bom negócio. Melhor não podia ser. Vender as canas sem me pagar foro, deixar o gado no cercado até quando achasse outro lugar. Capaz do moleque estar pensando em me tomar o engenho. Algum advogado lhe enchera a cabeça e Marreira se pegaria contra mim, na questão. Se fosse assim, ele iria ter trabalho. Começava sacudindo para fora do Santa Rosa o gado dele, que não era pouco. Quem me obrigaria a manter nos meus pastos a boiada daquele cachorro? As canas eram dele, mas o pasto era meu. Lhe daria um prejuízo medonho. Onde encontraria cercado para aquelas trezentas cabeças? Só se mandasse tudo para a feira de Itabaiana.

Era o cúmulo, o atrevimento de Zé Marreira. Não o desejava mais no meu engenho. Que se danasse. Onde já se viu isto, um estranho pretendendo permanecer nas terras dos outros? É verdade que se oferecera para sair, mas pedindo uma exorbitância. Sabia ele muito bem que eu não dispunha daqueles setenta contos. Puro pretexto para ficar e me embaraçar a vida.

A notícia de que me pedira aquela importância para deixar o Santa Rosa correu mundo. Tia Sinhazinha, que morava com a filha, mandou-me um portador especial para me dizer que, com ela, aquele moleque anoitecia e não amanhecia no engenho. Botasse para fora o camumbembe.

O cabra que me trouxe o recado, me disse que a velha só falava naquilo.

Recebi carta do tio Lourenço me aconselhando moderação e energia. Tia Maria, também inteiramente do meu lado. Tio Joca, do Maravalha, veio me ver. Estava quase cego, mas de ânimo forte. Era de opinião que eu devia sacudir o Marreira para fora, num abrir e fechar de olhos. Com um moleque daquele não se devia ter a menor consideração.

— Que cachorro!

E os olhinhos azuis do tio Joca se espremiam, com a raiva com que falava.

— Que cachorro! Bote este ladrão para fora a pontapés. Onde já se viu uma coisa desta! Um cabra, com o arrojo de querer mandar no seu engenho! Se precisar de gente, eu tenho. É só marcar o dia.

Só o tio Juca não apareceu, não me mandou recado. Sem dúvida que José Marreira contava com ele. A cabroeira toda de Santa Rosa vinha se oferecer. Tinham ódio ao capitão Marreira. Saíra o outro do nível deles, para mandar e oprimir. E odiavam àquele que fora o seu igual.

Um dia, chegou-me um morador para me falar. Não era de eito, pagava foro. Chamavam de João Russo, porque era branco, de cabelos louros e barbas ruivas. Se não fossem os pés no chão e as mãos grossas da enxada, se diria que se tratava de gente de importância. Uma cabeça de Cristo, das oleogravuras

E que fala de seda! Tudo o que dizia era com Nosso Senhor na boca. Com a graça de Deus dava bom-dia, pedia as coisas, despedia-se. Daquela vez, queria falar comigo em particular.

— Seu doutô, eu soube da má ação de Zé Marreira. Negro ruim, seu doutô! Não tenho nada não. O que possuo é do senhor de engenho. Mandando sair, só tenho que arrumar as trouxas. Seu doutô, não valho nada. Quero servir a vossa mercê. Com os poderes de Deus, posso fazer alguma coisa.

E com a fala mais mansa do mundo, com uma ternura esquisita:

— Se o senhor quiser, seu doutô, faço um servicinho no negro.

A cara do homem era a mesma. As mãos grossas. E as barbas ruivas, do Coração de Jesus. Agradeci muito, mas não precisava. Zé Marreira sairia por bem. Se não quisesse assim, haveria a Justiça. Botava-o para fora com a lei.

— Não vá atrás disso não, seu doutô. Doutô Quinca, do Engenho Novo, levou mais de trint'anos brigando com o velho Mané César, por causa de uma cerca.

Agradeci a João Russo.

Pediu-me umas telhas para uma casa de farinha que estava fazendo. E não podia também pagar o foro daquele ano. Dei-lhe tudo.

E enquanto o homem bonito, de fala de seda, saía, Zé Marreira ficava comigo. Não respondera. Calado de seu, sem me dar importância, fazendo pouco. Na mão de outro teria falado. Via-me mole, sem dinheiro, e abusava. Moleque safado. Depois que se fora, desde aquele dia que eu não botava os pés fora de casa. As tocaias estariam preparadas pelas moitas de mato. Aquele negro terminava me matando.

Lembrei-me da cara de santo de João Russo, das suas mãos grossas. E chegou-me a ideia bárbara do crime. Fugi do meu quarto, temendo a cumplicidade do isolamento. Precisava ver gente, uma pessoa qualquer. Nicolau estava lá fora, com uma enredada de Zé Marreira. Um cabra que devia no engenho, trabalhava com o capitão. Não lhe dei ouvidos. Fugia de João Russo. A fala de seda, o oferecimento miserável, a barba ruiva. Se liquidasse Marreira, tudo se resolveria. Com viúva era mais fácil resolver as coisas.

Pensar naquilo era uma degradação. Precisava conversar com alguém, para escapar daquele cálculo de celerado. Botavam a morte para cima de mim. E que crime monstruoso! Era mesmo que matar para roubar.

Mas eles também não se preparavam para me liquidar?

Quem me dissera isto? Não se atreveriam a tanto. Cabra de eito, sim, que se matava sem mais nada.

Um aguardenteiro me procurou para se queixar. O guarda recebera denúncia de aguardente sem selo saindo do Santa Rosa. Os soldados botavam tocaia por todos os lados do engenho.

Coisa de Zé Marreira. Tinha certeza que fora ele. Jogava com os aliados do Pilar. Com pouco mais, a polícia estava batendo em gente, no engenho. O diabo me perseguia, procurando me apertar por todos os cantos. Se não tivesse fôlego, terminava me passando fogo.

A voz de João Russo ficara nos meus ouvidos. Procurava ouvir outras coisas, mas a fala de seda não se ia embora. "Um servicinho, seu doutô."

Matar um homem, que coisa monstruosa! E com aquela voz doce de pastor, quem diria que João Russo possuísse um coração duro, instintos de tanta ferocidade? Marreira falava manso, também, e se ria com subserviência, com os dentes brancos de fora, como um cachorro. "Um servicinho, seu doutô." Nunca que sujasse as minha mãos!

Marreira aceitaria a proposta.

Numa cadeira, no alpendre, procurava desviar-me para outro assunto. Pensava em Maria Alice, no povo do Gameleira, na safra futura. Mas nada. A cabeça só dava para aquele lado: João Russo, a fala de seda. Podia ser que nem tivesse coragem e se oferecesse somente para pedir as telhas e não pagar foro. Não tinha cara de homem disposto.

Por que diabo aquele monstro não me deixava tranquilo? E a coisa por dentro de mim, o crime, o homem de olho virado, a família chorando. Viúva, filhos. Eu compraria por quase nada os setenta contos do Marreira.

Dali, do alpendre, vi o sol se sumindo, derramando por cima do canavial os seus restos de vida. Raios vermelhos que faiscavam nas folhas verdes, como em tarlatanas.

Um pôr de sol de cartão-postal. Com pouco mais era noite e mais sozinho ficava e mais fraco, para conter o pensamento sinistro. Tinha vontade de abrir a boca no mundo e gritar, para que todos soubessem qual era o meu desejo. Saí do alpendre para fechar-me no quarto. Mariposas faziam rodas no candeeiro. Peguei num jornal para ler. Não me interessava. Num livro. E era a mesma coisa. Devia fazer uma carta ao primo Jorge, contando tudo. Era mesmo, Jorge viria e tudo seria resolvido. Mas onde estava a caneta? Desisti da carta. Não haveria embrulho nenhum. Zé Marreira tivera até sorte em encontrar um negócio daquele: tirar a safra, não pagar foro. E mesmo, eu ainda podia lhe comprar as socas. Esquecera-me deste detalhe. Porque, se não quisesse ficar tratando das socas, não faria questão de comprar. Para que então aquelas ideias sinistras? Com mais dias o Santa Rosa se reintegrava na sua autonomia. Nada de divisão de poderes, de vice-reis, de gente mandando como eu. O grito maior era o meu. Maior e único. Quando um sujeito dissesse que vinha ao Santa Rosa falar qualquer coisa, se saberia que era comigo que tinha de se entender. Os cabras só teriam um eito, um barracão para comprar. O doutor não admitia lavrador deitando goga.

Gritei para dentro de casa, para que me trouxessem água para lavar os pés. Era assim que o meu avô fazia. A negra chegou no quarto com a bacia, com a toalha no ombro, lavando-me sem olhar. Assim que era bom. Era o dono absoluto. Que coisa degradante, ter nas minhas terras um consenhor, um moleque dando gritos nos moradores!

O diabo seria se Marreira não chegasse ao acordo. E se pretendesse abrir luta, botando advogado, tio Juca estava ao lado dele, o juiz, o chefe, o escrivão. Acabavam comigo. Gritei por Floriano, que me respondeu do alpendre. O ataque seria naquela noite. João Russo. Onde estava João Russo? Fora-se. Não devia ter ido.

E tapava o meu rosto com o lençol. Via a cara do homem junto de mim, as mãos grossas, o rosto de Coração de Jesus. As mãos grossas. Como ele mataria Zé Marreira? De tiro ou de faca? Não. Para que matar, para que matar? Ninguém queria me matar.

Ouvia os passos de Floriano na calçada. Pra lá e pra cá. Naquela noite, sonhei com Maria Alice.

13

Zé Marreira me mandou a resposta em carta. Carta escrita a máquina, em papel timbrado da Usina São Félix. Em termos corteses, com as deferências de correspondência comercial, ele previnia que não podia aceitar a minha proposta, porque a usina lhe oferecera melhores condições. Estava em negócio com tudo que lhe pertencia com a firma proprietária da fábrica. Entretanto, eu tinha preferência. Mas onde buscar os setenta contos?

O moleque dera-me um golpe decisivo, passando a briga para um mais forte do que eu.

No outro dia me procurou para dar todas as explicações. Nunca que ficasse em luta com um neto do coronel Zé Paulino. Conhecia o lugar dele, era pequeno. Brancos que brigassem com brancos.

Tive vontade de pegar o moleque para um ensino. Floriano, na banca, me garantiria na investida. Marreira não alterava a tranquilidade da fisionomia.

Fizera muito mal, lhe disse eu. Ele ou qualquer outro não se meteria dentro do meu engenho contra a minha vontade. As canas, estava direito que vendesse, mas com relação a benfeitorias a usina ia ver. Era assim que ele pagava a minha boa vontade, permitindo que crescessem as suas plantações, enchendo as minhas terras de gado? Em que engenho ele encontraria tolerância igual? E lá vinha a fala mansa:

— Mas, meu compadre doutô Carro, paguei bem. Trabalhei as terras pagando foro maior do que todo mundo. Botei muitas rodas de arame nos cercados caídos. Pergunte o senhor às ferragens da Paraíba. Gastei muito. O cercado de Crumataú estava arrombado de lado a lado. Consertei tudo. Gastei muito, meu compadre doutô Carro. Não estou botando em rosto. Isto não. Fiz uma casa de primeira, um chalé de luxo. E o compadre se negou a comprar. Pagasse pelo menos o custo da obra. Não estou explorando ninguém. O meu compadre doutô Juca me deu razão. O Pilar inteiro ficou do meu lado. O doutô juiz, o seu vigário, o major João José. Agora, não posso é perder. Perder, não. Não roubei, não tomei de ninguém. O que é meu é meu. Lá isto é. Homem nenhum me toma os direitos.

Acabei a conversa.

— Pois bem, procure lugar para o seu gado.

— Mas meu compadre doutô Carro, o gadinho não tem para onde ir agora. Não estou com nenhuma propriedade em vista. Quero até pedir ao meu compadre mais este favorzinho. Não custa nada. Pago, se quiser, o pasto. Vão sentir muito se tirar daqui os meus bois. Tenha paciência, meu compadre.

E foi-se montado no cavalo, ainda me tirou o chapéu. E o riso safado no mesmo lugar.

Quando Marreira saiu, foi que pude medir o perigo que me cercava. A Usina São Félix dentro do Santa Rosa. Agora Marreira crescera em tamanho, tinha cabra de eito aos milhares, trens de cana rodando na linha, trabalhava de dia e de noite, vigias de rifle, sessenta mil sacos por ano de açúcar cristal. O inimigo virara-se num exército com todas as armas afiadas. O que valia Floriano, Nicolau? A usina tinha terras dez vezes mais que o Santa Rosa, seiscentos sacos por dia. Em dois dias, uma safra de ano do meu engenho. Marreira não dispunha só de um juiz. Havia juízes para Marreira.

A usina estava dentro do Santa Rosa. Outros engenhos já tinham caído: Santo Antônio, Boa Sorte, Bugari. As linhas de ferro da usina passavam pelas bagaceiras. Nas casas-grandes moravam trabalhadores, e os maquinismos arrancados para vender. As tachas do Ponte Nova serviam de bebedouro para o gado. A usina comia, um por um, os engenhos. O meu avô resistiu. Vieram-lhe propostas, dariam mundos e fundos para passarem os trilhos pelo Santa Rosa. Ele estava velho e queria morrer descansado. E esbarrou no Santa Rosa a corrida do gigante.

Marreira abrira, porém, aquela brecha. Uma pata do monstro se firmava em minhas terras. Que golpe de mestre me dera o moleque! Que faria eu com os sessenta mil sacos contra mim? Moleque filho da puta. E se foi rindo, e ainda me tratava de "compadre doutô Carro". E com o gado dele comendo nos meus pastos. Mas não. Não pensassem que me tomavam o engenho com tanta facilidade. Marreira não podia vender o que não lhe pertencia de direito. Fizera casa com madeira de minhas matas, com tijolos dali mesmo. Eu, um bacharel, e não sabia me defender. Fui ao Código Civil e o diabo não me adiantava nada. Marreira não conquistara posse de espécie nenhuma. A lei se mostrava clara naquele ponto. As canas, sim, eram dele. Podia vender a qualquer um para explorar? Não assinara contrato de espécie alguma. Mas não. Seria um ladrão, se negasse direito ao que era legitimamente dele.

Depois, me chegou pelo correio uma carta da usina. Queriam saber de lá se Zé Marreira plantava cana no meu engenho, se construíra alguma casa para si e para moradores. Eles me procuravam pegar de jeito. Respondi com cuidado, não falando em benfeitorias. Sabia muito bem o que eles pretendiam: a prova, um documento do meu próprio punho. Marreira só tinha mesmo ali as canas que plantara.

O inimigo se aprontava para me dominar. Lembrava-me do engenho Bugari. A usina olhava para ele com vontade. A chaminé da usina não se sentia bem, com um bueiro de engenho por perto. O Bugari distava uma meia légua da São Félix. Do engenho via-se a fumaça da fábrica arrogante. O senhor de engenho vivia bem, não devia a ninguém. Moía as suas safras, criava a sua família com fartura. A usina queria o Bugari para ela. Terras tão férteis, matas tão boas e tão junto. Não se podia compreender como ainda tudo aquilo não fosse dela. Fez tudo. Botaram preço para o coronel Manuel Antônio. Depois, a usina rompeu com o Bugari. Os cabras do coronel apanhavam na feira. Os bois do coronel não botavam a cabeça de fora, sem que os vigias da usina não os vissem dentro das canas. Mas o coronel não era frouxo. Matava também gado da usina. Uma noite, uns cabras do Bugari fizeram um serviço feio noutros cabras da São Félix. Era pequeno, mas era forte. Sessenta mil sacos de cristal contra dois mil sacos de açúcar bruto. E o senhor de engenho pegou o usineiro e disse-lhe o diabo. Era olho por olho.

A usina, então, resolveu esperar. Podia esperar. O Bugari não estava maduro. Havia outros por aí bem melhores para se comer. Comeu o Santo André, o Pitombeira. Engolia tudo. Os bueiros ficavam de fora, tristes como catacumbas. Nunca mais que de suas bocas a fumaça subisse para o céu. A casa-grande do Santo André ficava no alto. Lá em cima, com as janelas e as portas fechadas, parecia um cego. Viam-se pela estação rodas volantes, tachas, caldeiras vendidas para outras terras. A usina desfazia-se de coisas inúteis. O Bugari podia esperar. O dia dele chegaria. A São Félix estava se divertindo em outros manjares. O Engenho do Meio não fez barulho, entregou-se como rapariga. O dono morava na Paraíba. Aquilo era um trambolho para ele. Foi vendido como um sofá velho que ocupasse inutilmente um lugar. Também, já estava há tempos de fogo morto. Agora, as terras dele iam ver o que era trabalhar para a usina e os cabras que viviam por lá, descansados, pagando foro, saberiam o que a usina obrigava a fazer.

O coronel Manuel Antônio morrera. O Bugari contava os seus dias. Processaram o inventário. Os filhos brigaram, os genros exigiam, e a usina, de longe, como um urubu-rei, esperando pelo pedaço melhor. No fim, falariam com ela. E um genro lhe vendeu uma parte do Bugari. Era só do que precisava. Estraçalhou o bichinho que só gavião com a fogo-apagou.

Eu estava fazendo romance com a desgraça dos outros. O Santa Rosa corria perigo, perigo sério de vida. Antigamente, Marreira ainda me tirava o chapéu, no sangue dele corria resto da escravidão. Eu era sempre o neto do coronel Zé Paulino. Fingimento ou não, ele falava sempre nisto. Mas a São Félix não sabia destas coisas. Usina não tinha coração, usineiro só queria terras e mais terras. Falava da capacidade para as suas moendas, com os olhos crescidos na propriedade dos outros. E o Santa Rosa, com mais de duas léguas, com várzeas e altos de primeira ordem para o cultivo. Dava mesmo na vista.

Depois que o meu avô morreu, me ofereceram duzentos contos pelo engenho. Nem dei ouvidos. Marreira arranjara uma boa, para cima de mim. Também, me amedrontava sem ver de quê. Colhesse a safra. Não podia em absoluto empatar. E só. O engenho era meu, eles não possuíam ali um pedaço sequer. Que mal me fariam? O Santa Rosa não era o Engenho do Meio, com um dono que não lhe quisesse bem. Podia não ser um senhor na altura das minhas posses, mas queria bem ao meu engenho.

O flamboaiã não apresentava nem uma flor vermelha. Todo verde, preparando-se para se embandeirar nos grandes dias. Via a estrada com as cajazeiras, os mulungus. A caatinga do alto, toda verde. O inverno criara tudo à larga. Um morador, no alpendre, me esperava para falar. Era aquele que não viera para o eito porque fora para o de Marreira.

— Nicolau, seu doutô, botou o gado no meu roçado. Não ficou nem um pé de algodão. O gado destruiu tudo. A minha favinha, seu doutô.

E os olhos do homem se enchiam de lágrimas.

— Fui, porque o capitão Marreira me chamou. Me disse que o doutô não carecia de gente. Estou na desgraça, seu doutô. Nicolau me deu uma noite para tirar os trastes.

Tinha uns paus de roça para desmanchar. Tive pena dele.

E o homem de vergonha me pegou ali mesmo. Juiz de dois pesos e de duas medidas: botava o gado no roçado daquele pobre e me avacalhava com Marreira e estava tremendo de medo da usina.

Chamei o homem. Fosse para casa, lhe disse, fosse para casa. Não mandara Nicolau fazer aquilo. Ele pagaria o prejuízo. Ele não. Eu mesmo. Eu pagaria o prejuízo.

— Não precisa pagar, seu doutô. Fico satisfeito ficando.

Fui até a sala de visitas e olhei o meu avô, no quadro da parede. O olhar bom, a cara sem malícia alguma, o homem que em oitenta anos gritou por ali, mandou, fez e desfez por sua própria conta. Pode ser que tenha existido outro senhor de engenho com mais luxo, mais talheres de prata, mais força do que ele. Nenhum, porém, chegava à sua altura na condescendência com a sua gente. Fora um explorador do braço alheio, com mais coração do que os outros. O neto era um fraco para tudo. Por uma mulher, correra como uma besta no cio pelo engenho; por causa de um negro escorava as portas, botava cabras para dormir com ele. Por que não herdara do velho Zé Paulino aquela serenidade, o seu vigor para a ação, a sua consciência, a confiança no que fazia? Nunca um cabra ergueu a voz para ferir a sua dignidade, nunca questionou com ninguém. Os limites das suas propriedades não se contestavam. Eram líquidos os seus direitos.

O que me adiantava naquele momento avaliar a grandeza do meu avô? O fato era um só. A Usina São Félix se mobilizava para me destruir. As várzeas do Santa Rosa desafiavam os seus arados. Milhares de toneladas de cana podia arrancar das minhas terras. Dera-me preço. Recusei com orgulho. Chegava agora a ocasião oportuna. O capitão Zé Marreira não achara bom lutar com o neto do coronel Zé Paulino. Lutasse ele com os brancos da usina.

Voltei para o alpendre. Nicolau me esperava para alguma coisa. Era o homem das dificuldades. Só me procurava para se queixar, referir-se a uns e outros, aborrecer-me. Agora vinha me censurar.

— O doutô deu casa outra vez ao Januário? Seu doutô não calcula a tenção daquele cabra. Garanto que aquele peste está com coisa preparada.

O que fiz, estava feito. Fosse cuidar do seu serviço.

— Estou prevenindo, seu doutô. Aquele cabra já respondeu júri no Manguape. É capaz de grimpar comigo. Estou prevenindo, seu doutô. Ninguém me derruba como passarinho.

Não acreditava na coragem de Nicolau. É verdade que o negro falava manso, igual a Marreira e a João Russo.

A usina, porém, voltava. Devia ir conversar com o chefe da firma. Quem sabe se não resolveria tudo com jeito? Não tinha confiança. Eles já estariam de plano feito. O Santa Rosa era um bom bocado para aquela fome de terras, de domínios. Não seria melhor que o Bugari, o Santo André, o Roncador. Olhava para os altos verdes, para as várzeas extensas, para o bueiro do engenho, com a melancolia de um espoliado.

De noite, sozinho, na sala de jantar, com o candeeiro de gás e a mesa somente posta na cabeceira, lembrei-me das noites de chá dos velhos tempos, da lâmpada de álcool prateando tudo, a mesa cheia de gente, o meu avô contando histórias. E aquilo não era de época remota: era de ontem, quase. O melhor que eu fazia era vender aquele engenho e ganhar o mundo. Faltava-me força para uma obra séria, coragem para aguentar o inimigo pela frente. Em vez de se haver com o Marreira me botando tocaias, o meu medo teria de topar com a São Félix. Mil homens trabalhavam para ela, seiscentos sacos saíam das suas entranhas, por dia. De que serviriam as trancas das minhas portas, os rifles de Floriano e Pedro Calmo?

Se tivesse um amigo para me dar coragem, uma mulher mesmo com quem dormisse de noite e encorajasse o homem... Se Maria Alice não tivesse fugido daquela maneira...

Para que falar de tolices. Não era forte, porque nascera assim mesmo.

14

O USINEIRO ME RECEBEU de braços abertos. Comprara as canas de Marreira por comprar, não pretendendo com isto me hostilizar, de maneira alguma. Respeitava os seus vizinhos e sobretudo a mim de uma família que lhe merecia muito. Estava pronto a fazer um acordo. Passava-me as canas pelo mesmo preço. Pagasse quando pudesse. E me mostrou as suas instalações, as turbinas, os vácuos, a moenda enorme. O monstro estava descansando para os quatro meses de luta. Indicou-me, uma por uma, as máquinas que lhe davam numa semana a safra inteira de muitos banguês. O bagaço parecia uma farinha, quando saía dali. No Santa Rosa, as abelhas ficavam pela bagaceira, aproveitando o mel que as minhas moendas não tinham força de espremer. O usineiro me dizia que nós perdíamos quarenta por cento, botando fora uma riqueza.

A maquinaria maravilhara-me. No escritório, já estavam duas letras preparadas para eu assinar. De 35 contos cada uma, com vencimento em dois anos. Era somente para constar, me dizia o usineiro.

— Nós somos mortais, doutor Carlos. O doutor pagará na moagem. Se quiser me fornecer cana, será melhor. Não querendo, é o mesmo.

E me convidou para almoçar; cheio de gentilezas. Voltei para casa com uma imagem destruída: aquela do usineiro feroz, roubando na balança, devorador de engenhos. Era um homem de trato, com maneiras distintas.

Podia olhar para as canas de Marreira, sem inveja de espécie alguma. Eram minhas. Dormi descansado, sem os aperreios daquelas noites horríveis, com o pavor da morte na cabeça. Precisava somente meter-me no trabalho com afinco, puxar por Nicolau e Nicolau puxar pelos cabras. Devia setenta contos. Mas pelo preço que estava o açúcar, não me trariam dificuldades aqueles compromissos. Libertara-me de cadeias, de um cativeiro. Tudo o que eu olhava, no meu engenho, me pertencia. Foram-se as sombras ameaçadoras. Dormi satisfeito, como se tivesse saído bem de uma batalha.

De manhã, deu-me vontade de andar. Andei pelos partidos de Marreira. A cana, com a ventania, rumorejava. O partido imenso estendia-se pela várzea, subindo as encostas. Tudo muito bem trabalhado. Crescia aos meus olhos o esforço do moleque, a sua capacidade, aquela cultura orientada por tanta regularidade. Fosse para as minhas canas e viria o mato tomando conta, tudo feito à vontade. Nicolau só sabia contar enredadas. Mas não era Nicolau o responsável único. Por que não me culpar, fugindo das responsabilidades? Eu mesmo é que devia olhar o trabalho de Marreira, com vergonha. O moleque sabia fazer tudo como um senhor. Sabia mandar e isto era tudo. Meti o cavalo por uma vereda que separava os dois partidos. A folha da cana batia-me no rosto e nos baixios a flor-de-cuba acamava no chão, com mais de três ordens. Um partido daquele fazia gosto. A terra era a mesma, os cabras os mesmos, o preço o mesmo e no entanto o que era meu não valia nada. Os canaviais de Marreira progrediam daquele jeito, com o sol, a chuva, e os mesmos braços de que eu dispunha para os meus. E os meus se acanhavam, não iam para a frente.

Ali, por dentro da flor-de-cuba bonita, eu compreendia que não dava para aquilo. O verdadeiro senhor de engenho era o outro, o que saíra do eito, que se fizera por si. Também, eu não tinha um feitor capaz. Nicolau era da minha espécie, um leseira. Procuraria outro, um bicho de ação, um vice-senhor de engenho que aguentasse o repuxo, de verdade. Precisava-se de um homem no Santa Rosa. Terra e cabras não faltavam. Ela e eles, nas mãos de um homem, dariam muito. Cabras bons eu tinha, e terra para tudo, várzeas que se perdiam de vista, caatingas de barro vermelho cobertas de capoeira grossa. E não me parecia coisa do outro mundo fazer esta terra e estes cabras trabalharem. Marreira fizera isto admiravelmente. Dependia de achar somente um feitor de cacete na mão, uma força que soubesse fazer João Rouco e o barro massapê se aliarem a meu favor. Exploraria a terra e os cabras, até onde fosse possível. Puxar pela terra e puxar pelos cabras.

E quando fui saindo do partido de Marreira, lá vinha ele no seu cavalo ruço, ao meu encontro:

— Muito bom dia, meu compadre doutô Carro. Correndo os partidos? Canão. O meu compadre fez um negócio de primeira ordem. A soca é que vai dar boa. Me disseram que o compadre estava por aqui e vim para falar. É sobre o meu gadinho. Estou em negócio com o Santa Fé. Dona Amélia apalavrou-se comigo. Botei até vinte contos. Preção. A engenhoca está em petição de miséria. Só tem mesmo a terra. Comprando a propriedade queria do meu compadre um favorzinho. Deixar o meu gado no Crumataú. Pago o pasto, se o compadre quiser. O Santa Fé não tem espaço para a minha boiada.

Ficasse com o gado o tempo que quisesse. O negro me agradeceu com aquele riso de diabo, cheio de mesuras. Estava contente porque ia ficar meu vizinho. Criara-se no Santa Rosa e ficava sem jeito de sair. Felizmente d. Amélia se apalavrara com ele. Um bom vizinho era tudo. Com os poderes de Deus, sabia que se sairia bem de tudo.

Vínhamos os dois andando pela estrada. Ele, só queria saúde e amizade dos brancos. Por fim se despediu tomando a direção de casa.

Que negro miserável! Aborrecera-me, criara-me um caso difícil para o meu engenho e me procurava como se nada houvesse existido. Merecia uma surra. E o pior era que eu dava o que ele pedia. Fraqueza minha, covardia. Botasse aquele cachorro para fora. Já não vendera os possuídos? Botasse para fora aquele cachorro. Que pasto para gado, que coisa nenhuma. Agora ia ser meu vizinho.

O Santa Fé tivera um destino pior que os outros. Nem ao menos caíra nas garras de ferro da usina. O pobre ia ser de Marreira. O quarto do seu Lula, o chão que o seu Lula pisava, a casa dos avós de seu Lula teriam aquele dono, um moleque, um camumbembe. Um pé-rapado qualquer andaria por aqueles corredores. E os retratos de Marreira e da mulher, dependurados nos mesmos lugares onde estiveram por tantos anos os avós de seu Lula. Antes tivesse caído como o Bugari, o Santo André, mortos para sempre.

Não tivera a coragem de mandar Zé Marreira para o inferno e ainda permitia que deixasse o seu gado no meu engenho. Mandaria um recado por Nicolau, no outro dia. Para que ele mandasse tirar os seus bois do meu cercado. Não queria mais negócio com aquele moleque.

A filha de Pinheiro estava parada numa moita, não sei para quê. Pediu-me para parar o cavalo. O pai morria de fome e mandara buscar dois mil-réis. Naquela manhã bonita, os olhos dela eram verdes. Bem bonita, bem boa de se pegar, aquele diabo. E ficar com ela para mim. Precisava de trato. Bem que servia para esquentar a minha cama, acordando de madrugada com as pernas dela por cima das minhas. No frio gostoso da madrugada era bom acordar-se com uma mulher pegada na gente. Laura, Maria Alice, todas tinham aquele calor, o bom calor de mulher que nos agasalha melhor que o dos lençóis. Pinheiro me oferecia a bichinha. Desse-lhe banhos, um sabonete cheiroso e seria um achado para os meus retiros, as minhas noites insípidas.

Os olhos eram verdes. E que feições de branca. Se viesse comigo, em pouco tempo ficaria uma mulher ótima. Questão de trato, de boas roupas, porque carne gostosa tinha de sobra. Os quadris balançavam, quando andava.
 Cheguei no meu quarto com a filha de Pinheiro na mente. Maria das Dores. Chamavam-na Das Dores. Descansando na rede, me lembrava dela. Os olhos grandes e verdes. O povo desconfiava de traição em gente com aquela cor de pupila. Os de Das Dores não se fixavam em ninguém. Não sabiam olhar. Viviam esquivos e se tivessem coragem seriam soberbos. De tarde, daria uma volta pela casa de Pinheiro. A filha do ladrão corria perigo. Talvez até ele gostasse. Vida miserável levava a pobre, pedindo de porta em porta. Filha de ladrão, aonde chegava botavam cuidado nela. Não sabiam mesmo como Das Dores não se perdera ainda, sozinha como andava, pelas estradas. Que me importavam os parentes, as primas do Maravalha, a tia Maroca? Eles não tinham a vida que eu tinha, vida de cão. Dois filhos naturais em Maria Chica. E quem sabe se eram mesmo meus filhos? Casar não me tentava; procurar mulheres de fora, raparigas da cidade, seria perigoso. Das Dores me servia. Dava uns duzentos mil-réis a Pinheiro e ficava com a filha. E as noites de terror, com sustos medonhos, com o pavor da morte, de portas arrombadas, de bandidos atacando o engenho, não se repetiriam mais. Faltava calor humano junto de mim. Uma mulher bastava. Sentiria com ela este contato com a vida que me faltava. Vivia ali, na casa-grande, sem apoio na terra, sem contato com a terra. Maria Chica, Nicolau, Floriano, menos humanos do que eu, sem relação alguma com os meus desejos e os meus impulsos. Os parentes não sabiam do sacrifício desta minha vida. Tia

Maroca censuraria a queda do sobrinho. Sim. Era mesmo uma queda, mas uma queda que me despertaria para o mundo, arrastando-me para o uso integral dos meus sentidos. Levava uma existência de castrado, fazendo as coisas com Maria Chica como um vício, sem nenhuma espécie de alegria criadora. Maria Alice aleijara-me de uma vez. Havia recurso. Aquilo fora uma crise, um curto-circuito. Precisava fazer ligação nova com a vida.

    O quarto dos santos vivia fechado. Eu mesmo o fechara. Desde aquela noite de desespero, que me ficou um medo esquisito daquele quarto. Se não acreditava em nada, se era tapado inteiramente para a graça e para a fé, por que aquele pavor de imagens, de estampas? Não sabia explicar, mas tinha medo do quarto dos santos. Só podia ser uma obsessão, uma debilidade de doente. Não eram as almas do outro mundo e nem os castigos de Deus que me amedrontavam. Não queria ver as imagens, as Nossas Senhoras, os santos dependurados, aquela cara de inocência do Menino Deus. Trancara o quarto a chave. Num dia qualquer mandaria o santuário para a tia Maria. Ficava melhor lá com ela. Lá rezavam, acendiam velas, pagavam promessas.

    Na casa-grande do Santa Rosa, nem os santos do velho Zé Paulino podiam ficar. O meu avô gostava dos seus santos e talvez até acreditasse neles. Eu não. Mas por que naquela noite dolorosa, com a alma agoniada, meio em desequilíbrio, correra para os pés dos santos? Por quê? Não podia avaliar que espécie de impulso me arrastara, como um animal ferido, para lá. Quando me lembrava daquilo, me vinha a impressão que fora outro que fizera tudo. Outro homem, outro Carlos de Melo.

Não sabia como atingira aquela completa descrença. Parecia que um incêndio tivesse destruído as palhas de minhas crenças do colégio. O medo do sobrenatural ruíra de uma vez para mim. Se acreditasse, talvez que não sofresse tanto, que tivesse mais força para viver comigo mesmo. E não precisasse tanto dos outros, para existir. Precisava dos outros, dependia sempre de um amparo. Isolado, me via incapaz de tudo, com temores inexplicáveis. Uma mulher me arrastara para a vida, elevando-me a grandes alturas e quando me viu exaltado com a altitude, me jogou abaixo, sem pena. Caí mutilado, andei às expensas da boa vontade dos parentes do Gameleira. Tido como um doido, um perdido. Para que falar de mim com esta melancolia de eunuco? Podia salvar-me, fazer qualquer coisa que me exaltasse. Amar, amar, ser um homem como os outros. Ser um homem.

Saí da rede como quem fugia de um ninho de cobras. Aquelas ideias me mordiam, me envenenavam.

Agora, o engenho era meu. Sozinho mandava em tudo. Na certa a filha de Pinheiro gemeria no amor, como Maria Alice.

15

O AÇÚCAR NÃO ALCANÇOU preço naquele ano e o algodão deu-me prejuízo. Ano ruim. Não pude pagar a primeira letra da usina. Fui me desculpar com o usineiro e não fez cara feia. Compreendia as dificuldades. Ficaria para a outra safra. Juro de dois por cento, um conto e quatrocentos por mês. Os foros não davam para cobrir estas obrigações. Nicolau só conseguira arrancar a metade do que o povo pagava nos tempos bons.

Chegava-me gente todo dia pedindo redução. Queixavam-se do algodão. E não havia outro jeito senão ceder. As socas de Marreira e a minha planta estavam boas. O meu partido da Paciência não fazia vergonha. Talvez que me salvassem. Se o preço da cana subisse, ficaria livre das minhas dívidas. Preocupavam-me, estas dívidas.

Para me libertar de intromissão na propriedade, gravara-me daquele jeito. Fora comprar, logo no momento crítico para o açúcar e o algodão. Conhecia fornecedores da usina com a mão na cabeça. Antigamente, o preço elevado salvava as quebras da balança. As canas não rendiam, o usineiro cobrava dez por cento contra eles, de indenização. Melhor seria moer os engenhos. Muitos, porém, não podiam. Tinham-se desfeito dos maquinismos, se confiando em cana de trinta mil-réis por tonelada. E estavam presos à tabela da usina, à balança do usineiro, aos dez por cento. E no fim do ano, em vez de saldo deviam à São Félix. Muitos falavam em voltar ao banguê. Mesmo com o açúcar bruto de quatro mil-réis. Tinham o mel de furo para o gado. Destilavam e no final de contas, se não ganhassem, pelo menos não ficariam endividados.

A usina devorava tudo. E no fim, se as coisas não melhorassem, entregavam a propriedade pelas dívidas.

Devia setenta contos. Podia ter abatido uns vinte neste débito, mas ficaria sem recurso para mover a safra que estava criando. Se o algodão subisse, na certa me safaria. O ano ia sendo bem criador, de chuvas constantes e dias de sol. As minhas canas da beira da linha enchiam a vista de quem passava. Nicolau se botava naquele ano. Eu mesmo deixava a rede pelas madrugadas, passando horas ao pé do eito, junto dos cabras. Tinha que aproveitar o melhor possível os meus mil e duzentos. Dinheiro valia mesmo suor. Os bichos banhavam-se e quanto mais sol, mais o suor descia. Via cabras que não se dava nada por eles, no cabo da enxada, fazendo figura. Enquanto estava por perto, não falavam. Nos meus tempos de menino, gostava de ouvi-los no bate-boca pornográfico. Na frente do senhor de engenho, só faziam raspar o mato, suar, suar, pagando muito bem-pago os mil e duzentos por dia.

Os meus partidos valiam bem o meu esforço e os cuidados de Nicolau. Estavam um brinco. Tinha cana para mais de duas mil toneladas e mil pães de açúcar. Balançava-me na rede, cheio de esperança.

Se não fosse Marreira no Santa Fé, podia, depois de apurar a safra, considerar-me um homem feito. Marreira, dependurado no engenho de seu Lula, fazia-me o diabo. Andava de carro, no velho carro de seu Lula. Com cavalos bonitos. O seu cabriolé rompia as estradas às carreiras, tinindo as campainhas.

Que se exibisse no jeito que bem entendesse e me deixasse em paz. Mas não. Desde o dia em que o moleque tomou conta do engenho, que me chegavam reclamações. Ora era boi meu que atravessava para as suas canas, ora moradores do Santa Rosa roubando no Santa Fé. Um verdadeiro inferno. Nicolau, por outro lado, não dispensava as queixas. Marreira seduzia a minha gente com preços melhores. Perdera o meu mestre de açúcar e mandara recado para João Miguel destilador. E tinha compra de algodão bem perto das minhas divisas. O meu povo corria atrás da balança dele, por causa dos duzentos réis a mais que pagava.

Ameaçava a canalha e os espiões não conseguiam nada. Ali pertinho do engenho, ficava difícil surpreender os infratores. O algodão do Santa Rosa, Marreira comprava. E com o desplante de me mandar recados, se queixando de que os cabras dele vendiam na minha balança.

Bons tempos aqueles, em que as fronteiras do Santa Fé viviam abertas para o Santa Rosa. Moradores de seu Lula viviam em harmonia com os meus, meu gado passando os limites à vontade. Não havia cana para destruir. O moleque enchera-se com a nova condição. Os cabras mangavam do igual que subira àquelas alturas. Inventavam histórias com a família dele; de que as negrinhas, quando chegavam do colégio, só falavam francês.

Estabelecera-se rivalidade entre os povos dos dois engenhos. Brigavam nas feiras. E os debiques com a gente do Santa Fé viravam sempre no senhor de engenho:

— Não trabalho em bagaceira de negro.

E vinham os versos:

> *Branco Deus o fez*
> *Mulato Deus pintou*
> *Caboclo bufa de porco*
> *Negro o diabo cagou.*

> *Branco dorme na sala,*
> *Mulato no corredô,*
> *Caboclo na cozinha*
> *Negro no cagadô.*

Os meus carreiros passaram cantando estas coisas pela porta do Santa Fé. Recebi reclamações contra os meus súditos. Marreira chegou um dia de carro, na minha porta.

O mesmo riso, os mesmos dentes de cachorro aparecendo.

— Bom dia, meu compadre doutô Carro.
Recebi-o na banca do alpendre. E o moleque começou:
— Não estou aqui para brigar. Deus me livre disto. Conheço o meu lugar. Venho somente pedir as suas providências para o senhor dar cabo de uns abusos do seu feitor Nicolau. O meu compadre não pode avaliar o que este negro me tem feito. Só aguento porque trabalha para gente do Santa Rosa. O diabo do negro anda estumando o povo do senhor para me fazer pouco. Passaram até cantando pelo meu terreiro. Felizmente, as minhas meninas não estavam em casa. Tinha me desgraçado, meu compadre doutô Carro, me desgraçado. Tudo é obra deste negro. Para que este peste não cuida das obrigações dele? Tem lá o que ver comigo? O senhor não avalia o que tenho aguentado calado, somente para não perder o respeito ao meu compadre.

Garanti ao Marreira que as minhas providências seriam enérgicas. Podia ficar descansado.

E ele ficou para conversar, trocando as suas ideias de senhor de engenho. Contava fazer uns dois mil pães, estando com alambique de quarenta canadas, preparado. Botara maquinismo no Santa Fé. Era pequenino o engenho, mas dava para ele. Só pedia trabalho e isto tinha para dar.

Era ele mesmo o feitor do seu eito. Ficava de chapéu de palha e pés no chão, atrás dos cabras. Com ele, serviço rendia, cabra não puxava conversa para remanchar.

Quando se foi, fiquei pensando naquele milagre: o Santa Fé com safra de dois mil pães. O bicho sabia tirar tudo da terra amanhecendo no serviço, anoitecendo no eito, aproveitando até o último minuto do dia. Com ele, o dia tinha mesmo doze horas. Seu segredo era este. Desse-lhe o Santa Rosa e seria tão grande quanto o velho Zé Paulino, crescendo pelas várzeas do Paraíba os seus partidos. Aquele negro, ali perto de mim, me humilhava.

Refletia no seu progresso, com o meu fracasso evidente, com setenta contos de dívida. Pagaria tudo. As minhas canas prometiam muito. Parecia incrível o Santa Fé de seu Lula com dois mil pães de açúcar.

Ou aquilo seria pabulagem do moleque, para me fazer pouco? Era. Aquilo era pabulagem. Não estava vendo que um engenho que era um sítio do meu não produziria tanto?

Produzia. Marreira era homem para mais. Não enricara ali no Santa Rosa, pagando foro alto?

Mais tarde, Nicolau chegou com as novidades dele. No cercado de Zé Marreira estavam presas duas vacas minhas. O cabra Florentino dera dois dias de serviço no Santa Fé. Um verdadeiro inferno. Recomendei-lhe que prevenisse aos carreiros, para não passarem mais pelo Santa Fé cantando coisas com Marreira. Respeitassem. Não queria barulho com vizinho de espécie nenhuma.

— Ninguém insulta ele não, doutô Carlos. O que os homens cantam, bole com a gente também. É luxo dele.

Mas não me fizessem mais aquilo.

E à noite, no meu quarto, ainda me preocupava o Santa Fé. Seu Lula, ali, nunca foi além de duzentos pães. Só a várzea da Paciência dava duas das do Santa Fé. E sem altos bons de cana. Por que seria que o meu trabalho não rendia assim? Nicolau até, nos últimos tempos, trabalhava como boi de carro, dando conta do seu recado. Devia-lhe a boa safra daquele ano. Não quisera plantar mais nos fins de julho e o negro se animou, fez tudo para continuar o partido da beira da linha.

Também, se não fizesse alguma coisa desta vez, afundaria. Onde arranjar setenta contos com açúcar de quatro mil-réis e tonelada de cana de nove? Se o açúcar fosse para cima, a coisa era outra. Pagava tudo e no outro ano, livre de dívidas, daria um passeio folgado, sem pensar em usineiro e letras vencidas.

Acordei de manhã com uma notícia desagradável: um cabra meu matara um cambiteiro de Zé Marreira. Brigaram numa casa de rapariga. Nicolau me trouxe o criminoso, com a defesa na ponta da língua:

— O homem matou para não morrê, seu doutô. Mais de dois contra um.

Mandei que o levassem para o Pilar. Botava advogado. Se tivesse razão não ficaria apodrecendo na cadeia. Depois, chegou correndo um sujeito me dizendo que o povo do Marreira queria tomar o preso para matar. Chamei Floriano e João Calmo, armados de rifle. Fossem levar o homem e não tivessem pena de quem se metesse na frente. Veio-me uma raiva danada do moleque. Gritei para que todos ouvissem, não me dominava:

— Passe fogo no safado que se meter.

— Pois não, seu doutô – me dizia Floriano. — Não tenha cuidado. O homem vai preso. Só dou ele ao delegado.

E foram-se pela estrada, mais de dez, de cacete na mão, com o cabra na frente. Mais tarde me chegou um recado do Pilar, do delegado, trazido por um soldado. O major Ernesto pedia para ir até lá.

Recebeu-me o homem cheio de considerações. Fora eleitor do meu avô desde que se entendia de gente. O povo do coronel lhe merecia muito. E entrou no assunto. O capitão Zé Marreira lhe trouxera uma queixa contra o meu feitor. Dissera-lhe que Nicolau andava perseguindo os seus moradores, dando surra em gente.

— O capitão é um bom homem, muito ordeiro, trabalhador. O doutor sabe. Um homem deste, quando sai dos seus cômodos para se queixar, é porque está sofrendo de verdade. Ontem se deu esse crime que o senhor sabe. Isto pode terminar numa desgraça.

Informei ao major do que se passara, me responsabilizando pelo feitor. Nunca aborrecera vizinho meu. Desde que Zé Marreira se mudou para o Santa Fé que apareciam incidentes. Botei tudo para cima do moleque. E ameacei. Que não tinha receio. Pedia mesmo para dizer-lhe que não me faziam medo caretas de quem quer que fosse.

— Não, doutor Carlos. Não precisa chegar a este ponto. O capitão Marreira é um homem cordato. Não precisa disto.

E a conversa passou-se para outros assuntos. O major Ernesto me pediu umas telhas para uns reparos na casa dele. Prometi-lhe mais alguma coisa e voltei para casa alarmado. Aquela ida de Marreira ao delegado era um puro pretexto para defesa futura. Felizmente que o sol estava alto, podendo passar no Santa Fé lá pelas cinco horas. Sabia lá? Era capaz da tocaia estar preparada para mim. Contaria ele na certa que voltasse à noitinha. Um rifle engatilhado me aguardava numa moita de cabreira.

Atravessei a rua grande do Pilar com o cavalo a passo ligeiro. O major João José me viu e pediu para saltar. Procurei uma desculpa qualquer, mas nem mesmo assim pude evitar uma conversa de mais de hora com o chefe político. Contei-lhe do crime e do chamado do delegado.

— Aquele moleque é um atrevidão – me disse o chefe.
— Vou falar com o Ernesto sobre isso. Na última eleição o tal capitão Marreira teve o topete de votar no tio Anísio. Pensava que eu fosse cair.

Desculpei-me e saí para casa com a tocaia na cabeça. A estrada era um ermo, sem viva alma naquela hora. Só os pássaros cantando e a tristeza da tarde por sobre tudo. Ia com medo. Há tempos que não sentia aquela horrível sensação de perigo próximo. Por ali mesmo tinham matado o cabra de Marreira.

O meu cavalo espantou-se com um rumor de folhas secas e quase me jogava no chão. Para que diabo me fez demorar o major João José? Quando chegasse em casa era com o escuro. Galopava meu cavalo. As cajazeiras não deixavam que se vissem os restos de sol. Havia sol pelos canaviais, pelos altos. Queria ver o sol. Aquele sombrio me atemorizava. Corria como um louco. Quem me visse naquele galope, me diria fugindo de algum inimigo. Quando abandonava as cajazeiras me sentia outro, aliviado de um perigo iminente.

Passei pelo terreiro do Santa Fé quase ao sol pôr. O moleque estava sentado na porta, com a família. Tirou-me o chapéu e não pude deixar de responder-lhe ao cumprimento. Com mais umas cem braças o tiro roncaria nas minhas costas.

Qual nada! Teria lá coragem para isto! Piquei o cavalo com mais força. E só descansei quando um moleque me pegou no estribo para descer.

16

Só PODIA TER SIDO ateado de propósito o fogo que destruiu o meu partido da beira da linha. Fizera todos os meus cálculos contando com ele. Arrancaria dali nunca menos de duas mil toneladas de cana. E numa noite, bateram na porta, chamando-me aos gritos. Pensei logo em morte, em ataque ao engenho. Era um morador, arquejando de cansado, com a notícia do fogo nas canas. Corri para lá, aflito.

    O povo estava de longe, como em espetáculo. Ninguém se atrevera a ir de encontro ao furor das chamas. O fogo caminhava dos dois aceiros, com uma violência terrível. O partido todo perdido. Seria inútil tentar qualquer defesa. Tudo perdido.

    Não passara trem por ali, não era caminho de gente, só podia ter sido um atentado. Pensei logo em Zé Marreira. Vi-me inteiramente perdido, com as letras vencidas. O que podia me valer? Teria cana agora, no máximo, para uns mil pães e o algodão, naquele ano, a lagarta cortara todo. Setenta contos e juros acumulados, para pagar.

    Via o incêndio destruindo o meu partido, atordoado, sem reparar direito para as coisas. Em menino, um incêndio daquele me enchera os olhos de lágrimas com o fumaceiro. Vira os cabras brigando com o fogo, alegre com o espetáculo. Agora, as lágrimas me vinham do íntimo. Estava desgraçado.

    Os cabras cercavam-me, contando o fato. Só deram pelo fogo quando já ganhava o partido. Saía labareda até do meio do canavial. Acudiu gente, mas não havia mais jeito. O vento forte abanava o incêndio. O cheiro de melado açucarava o ambiente e uma lua minguante passeava no céu, tranquila, como se não houvesse gente infeliz no mundo.

    O meu partido, destruído completamente. Nicolau, mais triste do que eu, voltava comigo para casa, falando:

    — Não quero levantar falso a ninguém. Mas aquilo, seu doutô, só sendo obra de Marreira. O fogo foi botado. Eu não ouvi apito de trem.

A estrada, branca pelo luar, e o bogari cheirava pelas biqueiras dos moradores. Todo mundo acordara para ver a minha desgraça. Mulheres, meninas, velhos, todos deixavam a cama de varas para olhar de perto as duas mil toneladas de cana reduzidas a cinza.

Só podia ter sido de propósito. Tinha-me desgraçado. Era uma letra que eu esperava resgatar com a safra, ficando livre pelo menos da metade da dívida. Tranquei-me no quarto. E, para que negar? Chorei. Empenhara-me em botar para diante o Santa Rosa. É verdade que não tinha jeito. Mas pusera-me a trabalhar, olhando os outros no serviço com mais interesse. Devia muito, queria pagar, cortar as amarras do meu engenho. E me chegava aquela desgraça.

No outro dia apareceram-me as visitas. Traziam-me caras de pêsames, de mágoa pelo desastre. Recebi-os com o melhor ar que pude arranjar. Tio Joca falou do fogo do partido da Paciência. José Paulino tivera sorte, cortara o incêndio no Riacho do Meio. No Engenho Novo do dr. Quincas, pegara fogo, uma vez, um depósito de lã. Duzentas sacas perdidas. E vinham outras histórias para me contentar. Depois tio Joca me chamou para um canto.

— Você para quem bota isso?

Não sabia dar-lhe uma resposta segura.

— Pois fique certo, menino, que isto parte da usina. Não tenho dúvida. Mandado da usina. Você deve a eles. Eles querem o engenho. E fogo nas canas. Fique certo do que estou lhe dizendo.

— E Marreira? – perguntei.

— Qual Marreira! O negro já está colocado. Só se fez de parceria com a usina. Não duvido nada. Mas isto, menino, só à bala. Isto é uma miséria.

E os olhinhos do tio Joca fuzilavam. Os oitenta anos do velho valiam mais que a minha mocidade guenza.

O delegado Ernesto viera saber se eu desconfiava de alguém, porque estava disposto a tomar as providências. E pediu-me uns caibros.

De que diabo me valiam as suas providências? A verdade crua era esta: setenta contos para pagar, um partido queimado. Quem me valeria naquela situação? Não tinha amigos e não tinha parentes com coragem para isto. Senhor Marinho era um fona. Se chegasse lá falando em dinheiro emprestado, era capaz de me pedir um auxílio. Cazuza Trombone muito bom, muito bom parente, mas não lhe fossem falar em dinheiro que ele não tinha nada, só tinha mesmo o bastante para não morrer de fome. Lembrei-me do tio Lourenço. Devia estar desprevenido. Comprara naqueles dias o Várzea de Cinza. Para onde apelar? Só se vendesse o engenho. Iria embora de uma vez por este mundo afora. Fugir de tudo, da minha gente, bater com os costados por longe, ser outro, tentar uma vida nova.

Estava fracassado. Setenta contos para pagar e a única esperança desfeita. Antes me tivesse entregue à usina, como o Engenho do Meio.

Agora compreendia tudo com nitidez. Marreira agira de acordo com terceiros. Fingiram compra. Aquela cara satisfeita do usineiro, todas as facilidades, tudo fazia parte de um plano. Só um cretino como eu não compreendera os passos dos meus inimigos. Pensavam que me entregasse logo. Viram-me resistindo, com gosto pelo trabalho, reagindo contra a minha inércia e Nicolau feito uma fera no serviço. E deram um golpe de mestre, com aquele fogo. O partido em cinzas e o senhor de engenho sem um vintém para se livrar de um credor, de garras ameaçando.

Passei uns dias penando, tonto como um sujeito a quem o médico desse uns meses de vida para tirar. Tinha vontade de ficar. E se fosse verdadeiro o ouro que o tio Juca dizia que o meu avô deixara? E fazia planos de maluco. Descobriria na botija ali pelo chão, debaixo de algum tijolo, as moedas da Monarquia. Trocava na Paraíba e de bolso cheio entraria pelo escritório da usina, de chapéu na cabeça. Que os ladrões me dessem as letras. Queria as letras. E sacudia os setenta contos e os juros por cima deles.

Verdadeiro plano de maluco. Precisava porém procurar o usineiro para falar-lhe sobre os nossos negócios. De cara a cara, se resolveriam melhor as coisas. Como me receberia? Talvez até estivesse alheio a tudo, sendo de fato um homem bom, generoso. E me procurasse auxiliar. Estava nas suposições. Tio Joca argumentava com "podia ser". Criei coragem e fui à usina. Ia com ansiedade, temendo o fracasso, vendo o homem com as letras na mão a me ameaçar:

— Pague-me os setenta contos, seu doutor. Não quero conversa. Quero o meu dinheiro.

Os meus sustos me alarmavam por qualquer coisa.

O homem logo que me viu, foi me mandando entrar, de cara alegre. Conversou sobre tudo, lamentou o fogo das canas, indagando pela minha safra. Não tinha coragem de chamá-lo para a conversa real. Por fim, cheguei até lá. Estava ali para falar-lhe da letra vencida. Como estava vendo, me achava em dificuldades para o pagamento. Lamentou muito a situação. Sabia o que era um homem com compromissos porque também os tinha, e bem pesados, mas não podia fazer nada. Não era por ele:

— O senhor doutor sabe. Eu aqui apenas sou um diretor-gerente. Sou membro de sociedade anônima. Tenho as minhas responsabilidades, os poderes limitados. O doutor tem uma letra vencida. Não executei o ano passado. Vence-se outra para o mês. Que dirão os meus companheiros de diretoria? O senhor se ponha em meu lugar. O que faria o senhor?

Não lhe estava pedindo que cometesse uma irregularidade. Cobrasse os juros. As minhas terras podiam produzir bastante. Se não fosse o desastre, teria o dinheiro no bolso para pagar. O imprevisto obrigava-me a pedir-lhe uma prorrogação.

Negou-se terminantemente. Muito polido, com muito respeito, mas infelizmente, o fato era aquele. A execução, o Santa Rosa na hasta pública.

Despedi-me humilhado. E voltei para casa com a vergonha de quem tivesse sofrido uma desfeita irreparável. Da portinhola do trem media a realidade que me cercava.

O trem furava pelos canaviais de outros engenhos. Havia os engenhos vivos e os mortos. Lá estava o Itapuá, de bueiro grande afrontando todas as usinas do mundo. Massangana, de senhor de engenho rico, Maraú, vivendo do algodão. O Bugari tinha cana até na bagaceira. Aquele se fora na voragem. O melão-de-são-caetano subia pelo bueiro como uma trepadeira de cemitério. Os canaviais subiam e desciam pelas encostas, sumiam-se várzea afora. Não se via um roçado de morador, uma vaca amarrada de corda, pastando. Era cana e só cana. A usina só precisava daquilo. Para que moradores com roçados, criando gado? Queria gente para o campo e a terra toda só prestava para plantar cana. Acabara com os senhores de engenho, mas destruía também os pequenos que se defendiam no algodão.

A tarde vinha caindo, quando me aproximei do Santa Rosa. Pisava em minhas terras, os trilhos se assentavam nas terras boas do meu engenho. Ainda teria que andar um pedaço para passar pela casa-grande. Passaria primeiro pelos casebres dos meus moradores. Mulheres, àquela hora pegadas na enxada, limpando mato. As várzeas desocupadas. O grande engenho entregue aos foreiros. Em cada casa um cercado, porcos, gente vivendo do que era seu.

Em breve, não seria nada ali do dr. Carlos. Em breve o trem de cana apitaria por aqueles recantos, espantando tudo. A usina não permitia que vivessem de outra coisa que de seus eitos ou das suas 24 horas de trabalho. Os dias da usina tinham 24 horas. Trabalhavam de dia e de noite, como nos tempos da escravidão.

Já se via a casa-grande do Santa Rosa. O bueiro, o cata-vento, o flamboaiã. Estava deserta a velha casa do meu avô. Em meus tempos de menino, quando ia ou retornava do colégio, olhava para ela cheio de tristeza nas idas para a prisão. E vibrava de intensa alegria nas férias. Tinha vontade, naquelas ocasiões, que o trem parasse ali, para chegar mais depressa entre os meus. Sem dúvida que a usina mandaria qualquer um estranho dormir naqueles quartos por onde viveu o velho Zé Paulino. Um administrador qualquer encheria de camumbembagem as salas do Santa Rosa.

Era um fim como o de seu Lula. Ao menos, o velho do Santa Fé fora até o fim. Só lhe arrancaram do seu engenho no seu caixão de defunto. E, no entanto, um moço de vinte e poucos anos desertava, seria enxotado dos seus domínios herdados, por imperícia, falta de coragem, medo dos outros, de Marreira, da usina.

Quando o trem parou no Pilar, os meus olhos estavam cheios de lágrimas. Era só o que eu sabia fazer. Chorar como um poltrão, um menino fraco.

O moleque deu-me o cavalo e botei-me para casa, intranquilo. Saberiam que eu tinha ido à usina e que voltava naquele trem. Já estava escuro. E se havia lua, ainda não tinha saído.

Comecei a assobiar, com medo. E fui atravessar o rio mais adiante, por onde não pudessem avaliar que eu passasse. O cavalo se embaraçava nas salsas e o espinho da malícia cortava-lhe o lombo. Precisava andar pelo caminho dos outros. Havia tocaia na certa me esperando. Não resistia àquele pavor. Fugia da morte, de Marreira, dos cabras dele. Melhor que me danasse pelo mundo. Queria uma vida tranquila, descansada.

Estava na estrada, fora dos domínios de Marreira. Apertei o cavalo nas esporas. E vi um vulto na minha frente, ao lado direito, parado. Gritei para ele.

— É de paz, seu doutô.

Podia ser um ardil. Gritei outra vez.

— É João de Joana, doutô Carlos.

O meu amigo de infância. Devia ser mais feliz do que eu, com toda a sua servidão em cima das costas.

17

A NOTÍCIA DE QUE a Usina São Félix ia tomar conta do Santa Rosa espalhou-se. Os moradores se assustaram. Os foreiros em rebuliço, alarmados. Mesmo que tivessem tocado um sinal de alarme ou que o búzio anunciasse uma cheia que viesse pelas várzeas. Queriam saber se era verdade. Aquela vida de banguê podia ser miserável, mas temiam a usina, o senhor sem coração que era pior que senhor de escravos. João Rouco me procurou:

— Seu doutô, nasci e me criei por aqui. Estou um caco de velho. Vou para o Gameleira do doutor Lourenço. Esteira de usina não me pega.

Os foreiros da caatinga chegavam um por um para saberem ao certo. Tinham ouvido falar de uma calamidade e queriam verificar de perto. A todos negava. Podiam ficar descansados.

Não era uma traição que preparasse para eles. Eu mesmo, às vezes, acreditava que tudo voltasse às minhas mãos, que um milagre qualquer me salvasse. E depois, um ano pelo menos teria que ainda ficar no Santa Rosa.

Marreira continuava agora a me importunar com insistência. Via-me fraco, atacado por um inimigo perigoso e criava coragem para as picardias. O Santa Fé prosperava a olhos vistos. Quem passava pela estrada não o reconheceria, de tão mudado. Casas novas de moradores, o bueiro maior do que o meu, e plantas de cana pela várzea. Tudo tomado de canavial. Andassem mais um pouco e entrassem no Santa Rosa para ver uma coisa triste. O capim cobrindo as terras. Estava reduzido a umas socas, resto que no máximo me daria uns quinhentos pães.

E pior ainda era a vida do senhor de engenho. Quem batesse na porta da casa-grande me procurando, teria pena sem dúvida. Vergara cortara-me os fornecimentos. E desde aquele dia em que o usineiro me desenganou, que não movia uma palha nos meus serviços. Entregava-me de corpo e alma ao azar. Por vezes me chegava uma esperança, mas provinha de cálculos idiotas, crenças em milagres. Nos meus contos de criança o diabo intervinha nessas ocasiões difíceis. Vinha bem-vestido, de dente de ouro na boca, em cavalo arreado, como um príncipe, para saber o que o sujeito queria. Dava tudo, pagava dívidas, salvava de perigos de vida em troca da alma do pobre.

Não contava com o diabo entrando ali na minha sala de visitas do Santa Rosa, para me propor a compra da minha alma, mas pensava em soluções tão fantásticas quanto aquela.

Nicolau, coitado, andava triste pelos cantos. Viu chegar os meses de plantio, dias de chuva, a terra mole para a cova de cana. E nada do senhor de engenho dar as suas ordens. Vivia inventando trabalho. Um dia encontrei-o na enxada, limpando as socas das cajazeiras. Ele e mais dois cabras.

Era ao que estava reduzido o eito do velho Zé Paulino. Antigamente, dias de ter duzentos homens no cabo da enxada. Reduzia-se àquela tristeza.

Falei a Nicolau para procurar serviço noutro engenho. Negou-se terminantemente. Ficava comigo:

— Não saio não, seu doutô. Só se o senhô me botá pra fora.

Ficava sozinho, no alpendre. Dias e dias a olhar o tempo, despreocupado de tudo. O fato consumado dera-me aquela falsa tranquilidade. Nicolau, junto de mim, puxava conversa com o senhor. E ia se adiantando em intimidade comigo. Abriu-se certa vez:

— Seu doutô, pra que não se casa? Tanta moça bonita pelo mundo!

Viera ensinar um remédio para os males crônicos do patrão. Pensei depois. Um casamento me salvaria. Um sogro rico para dar ordem nas minhas dificuldades. Não conhecia moça nenhuma naquelas condições. O coronel Fagundes, do Bentevi, tinha a casa cheia de meninas em ponto de casamento. E ricas. Nunca botara os pés por lá. Nem mesmo conhecia o senhor de engenho. Sair dos meus aperreios para caçar uma mulher, era difícil. E depois, restava saber se me queriam. Só se entregasse a Baltasar o negócio. Falaria com uma delas. E se o primo trouxesse o sim, tudo se resolvia a contento. Letras pagas e cobres para novas safras.

Aonde andaria Baltasar? Um casamento me salvava. Mas ficar preso a uma mulher, a um sogro, ser administrado, espiado por outro...

E recuava outra vez para a situação anterior.

Mandava Nicolau comprar loterias no Pilar. Tinha maços de bilhetes brancos. Os dias, porém, não esperavam por ninguém e Marreira me fazendo picuinhas. O moleque tentara até tomar-me um pedaço de terra. Reuni os meus cabras e mandei botar a cerca abaixo. A reação inesperada espantou-o de tal forma, que me chegou no outro dia, com desculpas. Não tinha sabido daquela cerca. Fora um erro do empregado novo. Tive vontade de dizer-lhe umas verdades, desabafando-me com o moleque. Não convinha. Era bom andar com ele no mesmo passo.

Quando me chegaram com a notícia da cerca, quase que não me abalei para reagir. O engenho amanhã seria de outro, pouco me importava que Marreira entrasse nos meus limites. Mas era um desaforo. E Floriano, com os outros, fizeram serviço bem-feito.

Andei uns dias com cautelas, encerrado na casa-grande. As tocaias me atemorizavam. Aquele moleque era capaz de tudo. Sabia lá se não tinha um João Russo preparado para mim?

As minhas arrancadas impetuosas não se mantinham até o fim. A história da cerca espalhou-se. Tio Joca veio ao Santa Rosa somente para me dar parabéns.

— Fez muito bem. Comigo, aquele negro já tinha entrado na peia.

Marreira não se dava por achado. Até me mandou uma carga de milho-verde de presente. Negro de manhas diabólicas. Confiasse e visse a traição na certa. Desde o dia em que os meus cabras lhe picaram a cerca que queria se mostrar mais atencioso. Preparava algum bote. Por isto não saía de casa de noite, apesar das minhas vontades de ir conversar com as primas do Maravalha. Havia por lá moças da Paraíba. Recebera convite, mas me continha. Era mais seguro ficar mesmo na minha rede. Sair com cabra, seria feio. Desconfiariam da minha fraqueza. Preferi o meu quarto.

E ficar no meu quarto era mesmo que botar uma porção de gente para falar de mim. Porque os meus pensamentos se aproveitavam para se expandir.

Era para fora do estado que devia ir, bater atrás de uma colocação. Não. O que devia fazer era esperar. Ou então casar-me com a filha do coronel Fagundes. Mas onde estaria Baltasar?

Maria Alice vinha também naqueles retiros. Era estranho. Esta mulher não saía das minhas cogitações. Tão de longe, tão fora de tudo o que era meu e sempre que me punha a sós, ela vinha. Fraqueza. Em tudo me revelava com esta deplorável fraqueza de caráter. Em tudo. No trato com os inferiores, com os iguais, com os mais fortes, com os homens e as mulheres. Aquele meu caso com o filho de Maria Chica! E por que não dizer, com o meu filho? O menino de quatro anos andava roto, de catarro correndo pelo nariz, amarelo como os outros meninos do engenho. E não cuidava dele. Contando-se isto não se acreditava. Fizera um filho numa pobre mulher e não tinha coragem de elevar este filho até a mim.

Vi-o uma vez no meu quarto e pus-me a olhá-lo. Os olhos eram meus, a testa também, o jeito dos lábios. Olhei-me no espelho comparando melhor. Era meu filho. Não fazia a menor dúvida. Cometia uma miséria deixando-o assim. Todo dia dizia comigo mesmo: hoje mando buscar o menino. E nada. Caráter de lama. E, no entanto, reparava no tio Joca.

O outro felizmente morrera. Maria Chica pediu-me dinheiro para o enterro. Não sofreria. Também não compensava crescer, vencer as obras verdes, as papeiras, os vermes, para ter um pai daquele.

Seria eu mesmo um mau-caráter, um sujeito ruim? Penso que não. Não tinha vontade de matar ninguém, de enriquecer com roubos, de fazer intrigas. Tinha pena dos pobres. Quando dera em Pinheiro naquela vez, passara uma noite horrível. O que me faltava era fibra, têmpera de homem. Vacilava como um pêndulo de relógio. Uma mulher quase que me punha doido, a correr pelo engenho inteiro à vontade, de nervos enfraquecidos. Sofrera desesperadamente com as surras da negrinha Josefa. Era capaz de ódio de morte, mas de repente iam-se embora as raivas violentas. Está aí: gostava de Nicolau. A princípio, botava para cima dele a culpa de todos os meus desastres. Acusava-o para me defender. E agora lhe queria bem. Bom negro. Gostava de mim, não tinha filho, não era casado. E não se podia dizer que ele morresse pelo trabalho. Fora mais homem do que o senhor no momento crítico. Pelo menos soube vencer a sua preguiça, fazendo o impossível naqueles últimos meses. O mais triste com a derrota do Santa Rosa era ele. Dera-lhe liberdade de procurar outro engenho e recusou. Ficava comigo. Não sei se aquela sua raiva a Marreira era despeito pelo progresso do outro ou dedicação à minha causa. Se pudesse pegar o capitão, Nicolau não deixaria um pedaço inteiro. O outro, sempre que me falava dele era para acusar, chamando-o de peste, de negro mau. Nunca que Marreira chegasse aos pés de Nicolau.

Nicolau adivinhara os meus pensamentos. Desconfiou das minhas intenções com a filha de Pinheiro e andou atrás de Das Dores, caçando a menina para mim.

Das Dores, porém, não chegou para o senhor de engenho. Fugiu com Francelino purgador. Com ela, era a segunda mulher que ele pegava, desde que estava no Santa Rosa. Fora até bom que sucedesse aquilo, senão estaria com mais um remorso para me perseguir.

Não era um homem ruim, um indiferente à simpatia humana. O que me faltava era o meu ambiente natural. Não nascera para dirigir coisa nenhuma. Podia ser bem feliz por outros cantos. Para que então meu apego ao Santa Rosa? Já que não pudera com a vara de comando do meu avô, que desse o fora, debandasse. A usina andava com fome de terras. Vendesse-lhe o meu engenho. Milhares de toneladas as minhas várzeas forneceriam. Altos como os meus não existiam em parte nenhuma. Apurava bem apurado o Santa Rosa. Metia o dinheiro no bolso e ganharia para onde Marreira não me tirasse o sono e nem dormisse com lagartas na cabeça, letras vencidas e filhos da puta se parecendo comigo. Dormiria com Laura. E se não gostasse, dormiria com outras. Não havia só Maria Alice no mundo. Vendendo o Santa Rosa à usina, estava com a vida larga, com juros de doze por cento me sustentando a ociosidade. Escreveria livros, faria figura nos jornais, retrato em revistas, elogios, glória. Enfim, um homem capaz de impressionar. Viver entre bichos como vivia, temendo tocaias como um ladrão, andar por atalhos como os aguardenteiros do contrabando, era isto vida de gente?

Saí para a sala de visitas e lá estava o retrato do meu avô pendendo da parede. A cara boa do meu avô, os olhos mansos, todo o velho Zé Paulino ficava vivo na moldura. E se fosse vivo e forte, o Santa Rosa não seria entregue a ninguém. Seria dele. Não devia, e lavradores não se atreveriam a fazer-lhe sombra. Eu não podia com o seu cacete. O seu sangue não estava no meu. Eu era de outra raça, era neto de outro.

18

Seria uma monstruosidade abandonar o meu filho naquela vida. Tia Maria o criaria de bom grado.

Mandei chamar Maria Chica para lhe falar da minha resolução. O menino ia para a companhia da tia Maria. Era preciso se criar como gente. Não quis dar. Pensei que recebesse a ideia com um graças a Deus de desafogo. Mas não. O filho era dela. Ninguém mandava nele. Insisti e Maria Chica botou para chorar. O filho era dela. Não tinha nada no mundo. Não se importava com criação de branco. Não dava não.

O menino viera com ela. Chamei-o para junto de mim e se encolheu todo nas saias da mãe, com o dedo na boca e com os olhos mais tristes que se podia ter. Quis puxá-lo à força e desatou em pranto. Estava roto, de camisão de algodãozinho, amarelo como os outros meninos do engenho. Tinha que ir para a tia Maria. Amanhã estariam donos novos no Santa Rosa e ele cresceria igual aos filhos de Maria Pitu, gramando no eito.

Um filho meu no eito! E que tinha ele de melhor que os outros? Tinha o meu sangue. Que sangue, que coisa nenhuma!

Olhava-o com vergonha de mim. Se lhe desse outra vida, melhoraria. Não era tão feio assim. O que lhe faltava era trato. Quem sabe se não daria para alguma coisa? Um irmão natural de Antônio Patrício, do Melancia, era hoje o homem mais rico da família. Os parentes legítimos rendiam homenagem ao filho da puta importante. Se pegasse aquele menino, se o arrastasse da miséria, da existência infecta que ele levava, talvez que concorresse para fazer um homem. Eu fazer um homem! Não podia ser. Teria força para coisa nenhuma!

Maria Chica não me entregou o menino. Ameacei-a como pude. Fosse para casa e no outro dia me viesse com ele. E não voltou. Mandei Nicolau à sua procura e veio com a notícia. Tinha fugido. O meu filho seria de outro engenho. Outro senhor o pegaria de jeito se até lá não tivesse fim.

Fiquei desapontado com a notícia. Não porque sentisse nenhuma espécie de amor ao espúrio, mas porque me humilhava a coragem da cabra. Amor estranho por aquelas bandas! Me acostumara com mães que distribuíam meninos pelos engenhos. O povo por ali não se sentia tão preso uns aos outros. A miséria parece que decompunha estas afeições que são até de animais. Desfaziam-se dos filhos, mal apertava uma necessidade maior. Por isto me espantara Maria Chica não me dando o filho que também era meu, para criar-se no engenho da tia Maria. Cresceria com os filhos dela, comendo na mesa com os brancos. Pagaria colégio e o meu filho faria figura. Depois que crescesse era capaz de não dar para nada. Ser um braço inútil pela ociosidade, um meio-sangue desonerado. Melhor mesmo que se fosse. Maria Chica bem dizia que ele era dela. As dores foram suas. Um cabra bom de eito em qualquer engenho vivia, fosse lá como fosse. Ao princípio passariam necessidade. A mãe acharia logo um cabra para ela. Teria outros filhos. Se confundiriam. Com pouco era homem, um cambiteiro, um cortador de cana, um mestre de açúcar. Nem sabia que tivera pai. E não tivera mesmo não. Que relação poderia existir entre ele e aquele rapaz que lhe pegara a mãe às carreiras? Quantos naquelas condições não existiam pelos eitos dos engenhos!

O que era um filho feito sem amor, sem entusiasmo? Melhor que se fosse com a mãe. Assim era também com os bichos. Só as vacas e as cachorras amavam seus filhos. Nunca vira um touro dos meus cercados passando a língua nos bezerros. Fizera-os, e que as mães lhes dessem os úberes e amassem os filhos até que crescessem. Teoria de cínico, embuste de quem não sabia ser homem nem para os seus rebentos.

E o velho Zé Paulino? O que fazia ele com os seus filhos naturais? Apontavam-se bastardos do velho por toda a parte. Tio Joca enchia a várzea de olhos azuis e testas largas. E iam deixando onde estavam. Mestre Fausto, filho do meu avô, era maquinista. Marcionilo, do tio Joca, vendia pão; José Luís, bêbado pelas estradas, era um olho azul. Muitos outros não se tinham erguido pelo nascimento. Se dessem para o eito seriam do eito, não os salvavam os coitos das mães com o senhor de engenho. Para que este luxo de mandar educar o filho de Maria Chica? Fosse para onde quisesse. E talvez se desse melhor por lá, sem as humilhações que lhe traria a criação com os brancos. Em menino tudo se arranjaria muito bem, mas quanto mais crescesse menor ficaria.

Nicolau me perguntou se queria que mandasse atrás da mulher. Nicolau agora era um cachorro a meus pés. Tinha pena do bom negro, de tanta dedicação perdida. Naqueles meus restos de governo deixava que desse as últimas ordens. Mandava tudo para ele. E caprichava, fazendo o melhor que podia. Se tivesse sido assim desde o começo, teria vencido no Santa Rosa. Era homem para as dificuldades. Em tempo de paz, escorava-se, fora um auxiliar sem iniciativa, deixando as coisas correrem à vontade. Não vibrava com os bons tempos. Via-o agora, espantado. Arrancou-me dos foreiros mais dinheiro que nos outros anos. Não cedia um vintém. Os homens vinham me procurar para pedir abatimento. Era com Nicolau. Ele que resolvesse. E não cedia. Os cabras saíam chamando nome, rogando pragas ao meu instrumento. Fazia nervoso ouvir a conversa deles com Nicolau. Não podiam pagar, não tinham feito nem para comer, não compravam nem uma vara de pano para os filhos. E Nicolau:

— O doutô não pode. Você vendeu algodão no Pilar. Tenha paciência, para o ano abaixo o foro.

Voltavam para mim. E quando decidia a favor, o negro me censurava:

— Seu doutô, não vicie essa gente. Eles não pagam porque não querem. Estão com manha.

Às vezes, conversava com ele. Voltava sempre com a história de casamento:

— Seu doutô, por que não dá um passeio no Bentevi?

Nicolau conhecia as minhas dificuldades. O povo todo já andava falando na usina. Contaram-me até de um que fora procurar o usineiro para pedir casa de morada no Santa Rosa.

O Santa Fé, para isto, era um foco de notícias tendenciosas. Só de lá era que podiam sair os boatos que circulavam contra mim. Espalhara-se a versão de que a filha de Pinheiro fora ofendida por mim. Francelino recebera um presente de mão beijada: a moça pronta de tudo. O padre de Pilar chegou num sermão a meter-me o pau. Soube disto no Maravalha. Tio Joca se sentira ofendido com a palavra da Igreja:

— Só se rasgando a batina daquele cachorro. Meta-se lá com as rezas dele. Tem lá que ver com o que se passa no engenho dos outros?

Todo mundo acreditou na história da filha de Pinheiro. Tia Neném me censurou. Pensava ela que os moços da família não fossem atrás dos maus exemplos. Para que tinham estudado?

— Para fazer o que Joca fazia e Zé Paulino?

Perguntou-me então se não tinha tomado o filho de Maria Chica.

— Nem isto vocês fazem. Têm coragem de deixar os filhos soltos pelo mundo. Que os antigos façam isto, vá lá. Mas os moços que alisaram os bancos da academia?

Negava-lhe com insistência que tivesse qualquer ligação com moradoras.

— Todos vocês negam. Vá a gente acreditar nos homens. Olhe Joca. Faz o diabo aí por fora. Aqui dentro de casa é um santo. A princípio me aperreava, criava raiva às sem-vergonhas. Depois me acostumei. Estava na natureza dele.

Casara-se tia Neném aos treze anos. Fazia gosto ouvi-la com o seu timbre de voz de moça, ainda aos setenta e muitos. Enchera a casa de filhos e os seus doces continuavam com fama. Era só ossos. Os braços finos, as veias da mão bem expostas, criara nome na família, pela maneira rude com que dizia as verdades. Passava carão em todo o mundo e só não conseguira ter força para o marido. Tio Joca se ria com as brigas da mulher. Viu-a falando comigo e mangou:

— A vida que Neném quer é esta: falar da vida alheia. O que tem ela que ver com isto?

Falou-se de Marreira. Tia Neném achava o maior desaforo deste mundo se aguentar um cabra daquele como vizinho:

— Joca não tinha bofes para isso não.

Tio Joca culpava os parentes. Todos deviam se unir para dar um ensino no moleque. Criticava o tio Juca porque se rebaixava a viver em visita no Santa Fé.

— A gente não devia viver muito – me dizia ele – para não ver estas coisas.

E levantava-se. E os olhos azuis arregalavam-se para firmar a sua opinião:

— Por mim, este negro já tinha levado um ensino.

O meu avô falava sempre do gênio de Joca. O Maravalha era um engenho de pobre, pequenino, de várzeas curtas, mas havia um leão no seu proprietário.

Não podia haver natureza humana mais vigorosa do que a sua. Tinha filhos naturais com a idade dos seus bisnetos. Ali, perto dele, me reduzia a um nada. Ouvia os parentes falando do atrevimento de Marreira, como se o Santa Rosa estivesse em mãos de uma mulher. Precisando da proteção da família, para me defender de um vizinho que fora trabalhador de eito do meu avô!

À tarde voltei para casa. Queria chegar com o claro. Nada de me expor aos perigos de uma passagem, às escuras, pelas cajazeiras da ponte. Vim pensando, ao passo vagaroso do cavalo. Os meus dias de senhor de engenho estavam contados.

19

Quem estava com os dias contados era Nicolau. Quisera não precisar me referir à sua desgraça, tanto ela me abalou e me doeu. Pobre negro que se sacrificou por um senhor, indigno de seu sangue derramado! Tudo ele resolvia no Santa Rosa; dei-lhe responsabilidades excessivas. Nicolau encheu-se com a minha confiança. E foi até longe na sua dedicação. Tudo porque eu próprio me abandonava e não tinha levado a sério as funções que só podiam ser minhas. O pobre negro, para me servir bem, ficou na odiosidade dos outros. As raivas que os pobres reservavam para o senhor de engenho não chegavam até a minha rede, porque Nicolau ficava com elas.

A questão dos foros irritou a canalha da caatinga. Os cabras mais chegados à bagaceira, pelo contato mais constante com o servilismo, respeitavam com resignação as exigências do meu representante. O povo da caatinga vivia com mais liberdade. Eram sempre foreiros, criados longe dos gritos e do eito. Vinham ao engenho vender algodão e pagar o foro. Gente mais senhora de si, mais atrevida.

Nicolau ficara malvisto por causa da cobrança rigorosa do foro. O negro, querendo me servir a contento, se estragara. Os homens saíam do engenho irritados com a cabeça-dura do meu feitor. Choravam nos pés dele para ver se lhe arrancavam uma diminuição de imposto, mas não arranjavam nada. O senhor de engenho, na rede, fora das competições, deixava que o seu negro resistisse às solicitações e aos pedidos.

O povo só podia se irritar, com aquela ferocidade fiscal de Nicolau. Quem não podia pagar, dizia ele, que se fosse. Havia gente pedindo casa. Alguns passavam o dia na calçada, vendo se movia do lugar aquele coração de pedra. Nicolau me via sem dinheiro e caía nas costas dos outros sem pena. Aquele cabra Januário, que já uma vez merecera um voto de clemência de minha parte, estourara com o feitor. Não pagaria o foro. Mandou dizer por um vizinho. E quem quisesse que fosse cobrar. Ouvi o sujeito dando o recado a Nicolau e tive medo de um encontro. Falei-lhe franco. Era melhor deixar aquele peste de lado. Não se arriscasse por causa de cinquenta mil-réis. Mas Nicolau me respondeu:

— Seu doutô, ninguém pode afrouxar com esta gente não. Tomam a rédea da mão da gente. Januário está é mandado. Estou crente nisto. Garanto ao doutô que Marreira anda mexendo. Mas eu dou um ensino em Januário. Ele vai ver para que presta cipó de boi.

Não fizesse nada. Era capaz de andar gente grande metida na coisa. Aquele cabra não se atreveria a tanto se não contasse com certa gente.

Lembrei-me da usina. Aquilo era plano deles. Queriam levantar o meu povo, sublevar os cabras, no proveito da minha saída mais rápida do engenho. Uma execução demorava e a última letra só para mais dias estaria vencida.

Abri os olhos de Nicolau. Todo o cuidado era pouco, pois contra nós agiam os inimigos de dinheiro no bolso.

As coisas, porém, seguiram com mais rapidez do que eu pensava. Agora, não era mais Januário que não queria pagar o foro. O povo das Figueiras recebeu um meu portador com insultos. As mulheres de lá quase que matavam o meu agente com pedradas. Senhor de engenho não mandava mais ali. Fosse para o inferno, porque só davam conta à usina. Recebi a notícia mordendo os lábios. Nicolau chegou para me falar:

— Não disse, seu doutô? Tomaram o freio nos dentes. Se tivesse pegado o Januário não sucedia uma coisa desta. Não tem nada não. Eu ajeito aquela gente.

Chegavam-me outras novas das Figueiras. Acreditava-se por lá que com a minha saída do Santa Rosa a usina ia dividir a caatinga com o povo. Só queria mesmo as várzeas e os altos bons de cana. O povo ficaria morando na caatinga, de graça.

De dentro da rede examinava os fatos como se tudo já estivesse consumado. Que podia fazer com os meus foreiros sublevados? Era caso virgem por aquelas redondezas uma deposição, pela força armada, de um senhor de engenho.

Até que ponto chegara minha fraqueza! Desmoralizara uma autoridade que nem seu Lula com a sua miséria estragara de uma vez. Os sessenta mil sacos da usina me esmagavam impiedosamente. Hoje eram as Figueiras que se levantavam e recebiam à pedra um meu cobrador de dízimo. Amanhã o Crumataú faria a mesma coisa. Aqueles pobres-diabos que choravam aos pés de meu avô já erguiam as mãos calejadas para sacudir pedras em gente que fazia as minhas vezes. Tudo porque não soubera fazer como os outros.

Tio Joca, quando soube da história, bateu no Santa Rosa. Vinha se oferecer. No dia que eu precisasse podia dizer. Dispunha de quatro rifles e da gente toda do Maravalha. Pela opinião dele devera já ter atacado os cachorros.

Eu resolveria as coisas com mais precaução. E o velho voltou zangado comigo. Mas que ia fazer? Faltava-me aquele ânimo, a sua coragem de agir.

Mandei chamar um sujeito das Figueiras, velho foreiro do coronel Zé Paulino. Era nos tempos do meu avô uma espécie de inspetor de quarteirão. O homem chegou e me pôs a par de tudo. Todo mundo estava certo de que eu não podia fazer nada. A usina era meio dona dos meus possuídos. Se eu botasse para fora eles não arredariam o pé, com a confiança em promessas que lhes haviam dado.

— Seu doutô – me disse o homem –, eu pago. Não sou velhaco. Lá estão dizendo que a caatinga vai passar para o povo. Cada um está cercando o seu pedaço. Januário veio da usina com esta história. O povo está saltando de contente.

Falei ao velho do absurdo de tudo aquilo. Em que parte ele vira a usina dar terra a ninguém? A usina queria a caatinga para fazer solta de gado. Eles veriam. Mostrei-lhe o exemplo do Bugari. O gado da São Félix comera o roçado de todos os moradores do coronel Manuel Francisco.

O homem ouviu tudo calado e voltou para as Figueiras. Tinha, porém, a certeza de que não acreditara no que eu dissera. Estava certo também da distribuição das terras. Não havia dúvida que teria de apressar a venda do Santa Rosa.

Agora, eles não me dariam o preço que o engenho merecia. A minha situação de aperto, com a corda no pescoço, me faria aceitar todas as imposições. Setenta contos, fora os juros. Me dariam na certa uma miséria por aquele mundo. Duas léguas de terras, matas, água de primeira quase em cima do engenho, várzeas, altos, cercados enormes, maquinaria de ótima qualidade, tudo isto por um nada.

Nicolau andava triste, pelos cantos. Coisa aborrecida, a gente ver uma pessoa a sofrer por nossa conta. Preocupava-me com o negro, puxando conversa para ver se o arredava daquela tristeza.

— Seu doutô – me disse ele –, a coisa mais medonha do mundo é um homem trancar uma raiva.

Procurava convencê-lo de que nada era contra ele.

— É mesmo que ser, seu doutô. Estão estumando o povo pra cima do senhô. Só queria um dia pra botá essa gente nos trilho.

Não era preciso. Procuraria o major Ernesto e com a autoridade da polícia poria ordem nos meus domínios.

Seria o primeiro caso ali pela ribeira: um dono de terra precisando do facão do governo para se assegurar no que era seu. Fui ao major: negou-se a tomar qualquer providência. Questão de terra não era com ele. Aquilo competia ao juiz. Expliquei ao homem, dando-lhe todos os dados da situação, mas não houve jeito.

— Doutor Carlos, o senhor está em demanda com a usina e eu não posso me meter nisto.

Vi que o homem estava a serviço dos meus adversários. Perdi a paciência e disse-lhe o diabo:

— Pois bem, tomo as providências pelas minhas próprias mãos. Já é demais. Querem me roubar e os senhores que deviam se portar com decência se corrompem, se bandeiam.

O major estremeceu na cadeira. E protestou. Encrespou a voz e emproou-se todo, mas ouviu o que eu não tivera coragem de dizer a Marreira. Todos ali estavam servindo a vontade da usina. Mas ficassem descansados que eu ia aos jornais. Não ficava assim não. O major gritou também para mim. Juntou gente na porta. Disse-lhe que não tinha medo de gritos. E ele falou alto para que todos ouvissem:

— Pensam que isso aqui é bagaceira de engenho? Querem mandar na polícia!

— Mandar coisa nenhuma – lhe disse eu. — O senhor pode lá arrotar independência! O que o senhor é, é um chaleira de marca.

O velho esperneava de raiva. E fui saindo, dizendo para que todo mundo ouvisse:

— Tomo as providências, bando de chaleiras.

A notícia daquele escândalo se espalhou por toda a parte. Recebi logo visitas da gente da oposição. Todos se queixavam da completa vassalagem da polícia aos interesses da usina. O major João José me mandou uma carta, pedindo para dar-lhe duas palavras. E um jornal da Capital, do partido de baixo, publicava uma notícia, onde dizia que a minha propriedade fora invadida pela polícia e me chamava de amigo e correligionário.

Nicolau continuava no mesmo, pelos cantos, como com um mal lhe roendo a vida. Tio Joca exultou com os meus desaforos ao delegado. Somente eu me arrependera de tudo. Fizera muito mal. Afinal de contas o velho era autoridade, contando com praças à disposição dos seus interesses. Desafiara mais um inimigo que, embora declaradamente do outro lado, ainda se mantinha fingindo neutralidade. Fizera mal.

E na primeira feira do Pilar que houve, tomaram as facas de todos os meus moradores e deram com o pobre do José Passarinho na cadeia.

O pavor da polícia se generalizou pelo engenho. Só porque um meu carro passara cantando por dentro da vila, intimaram o carreiro a se entender com o major. Deu-lhe gritos. Todas as minhas fronteiras viviam ameaçadas. José Marreira pelo Santa Fé, o major Ernesto na vila, a usina pelo outro lado.

Tio Joca, agora, vinha todo dia conversar comigo. Animava-me. Velha energia que não tinha sustança de mover a inércia do sobrinho.

As noites me cercavam de pavor. A cada instante me via com os soldados do major, os cabras de Marreira, os vigias da usina. Nicolau a se encostar. Cheguei até a desconfiar do aliado. Seria medo ou o negro andava doente da cabeça? Não fazia mais nada. Quando gritava por ele, não me chegava mais com os dentes de fora, alegre, para receber as ordens. Floriano me disse uma vez que desconfiava do feitor.

— O homem nem come mais. Tem uma ideia na cabeça que não sai. Passa o tempo imaginando. Só coisa-feita.

Um dia, quando procurei por ele, não estava. Na véspera pedira o meu revólver não sei para quê. Ninguém o achou em parte nenhuma. Onde andaria Nicolau? Floriano viu quando ele saiu de manhã, a cavalo. Fiquei preocupado.

À tarde vi um povão na estrada. Traziam um homem numa rede, melado de sangue. Pensei logo nele. E era mesmo. Nicolau fora às Figueiras soltar sua raiva. Uma verdadeira desgraça. Com ele morreram quatro: Januário, dois irmãos e a mulher. Chorei quando o vi na minha calçada, estendido. O rosto dilacerado de foice, todo picado. Mandei que o deixassem na cama, na sala de visitas. Ali mesmo onde vira o meu avô morto.

As negras botaram o crucifixo e foi a noite mais dolorosa da minha vida. Ora me chegavam pensamentos de vingança, ora o medo de morrer me aterrorizava. Saí para o alpendre. O céu cheio de estrelas que pinicavam na escuridão, o povo pela calçada, a sala de visitas com gente rezando em voz alta.

Dei o meu terno de casimira preta e meus sapatos melhores para que preparassem o defunto.

Mais tarde chegaram o escrivão e o farmacêutico para o corpo de delito. Botei-os pra fora. Que fossem para o inferno. O negro estava morto. Viessem me matar, me roubar.

Imediatamente me arrependi. Voltariam com soldados. Que voltassem. Nicolau, Nicolau! Por quem eu gritaria agora? Estava morto, morto por mim, sangue derramado por minha culpa. Chegava-me uma vontade de gritar, de gritar. Por que não reunia o meu povo e não atacava o Santa Fé? Sim. Podia morrer também.

As negras rezavam com a voz de arrepiar. Podia morrer também. Para que viver? Aquilo só podia ser delírio. Não tinha tanto medo da morte? Nicolau! Que desejo era aquele de gritar pelo meu negro sacrificado? E o pranto vinha acalmar um pouco este desespero. Chorava muito na rede. Nem o meu avô me dera esta sensação da morte. O meu avô morrera de velho. Nicolau morrera por mim. Por que não morrer? Voltava o desejo absurdo. O Santa Fé era ali perto. Matasse o moleque, a família, tocasse fogo em tudo.

Vieram me chamar. O delegado estava na sala de visitas, com o major João José. Respeitaram-me. Viram-me meio aluado. Não ouvi nada deles. E a reza das negras, no silêncio da noite, era o ofício de morte mais triste que se podia imaginar. Nicolau estava morto. Fui vê-lo e não tive medo. A foice cortara-lhe o rosto em dois pedaços. O negro bom, acabado de vez. Por que não fazia uma desgraça? Nicolau! Voltei para o meu quarto gritando. Sabia que estava gritando por ele. Nicolau, Nicolau! Botaram-me na rede. O meu corpo era um molambo na mão dos outros.

20

Depois da morte de Nicolau, andei como naqueles dias da fuga de Maria Alice. Desorientado, sem força de domínio sobre os meus nervos. Dava para chorar no meu quarto. Trancava-me e quando a negra vinha para me chamar para o almoço me surpreendia com as pancadas na porta. A morte do negro me pegou violentamente. Os meus sonos se cortavam com sustos. Sozinho no quarto, tremia como vara verde quando acordava com o escuro. Medo de Nicolau. Ouvia gemidos, e a cara dele, com os dentes brancos aparecendo, com o seu sorriso bom, ficava ali perto, em cima de mim.

Pela manhã o meu corpo parecia quebrado por um dia inteiro de trabalho. Foram-se os cabras do Marreira, os soldados do major Ernesto. O negro bom, inexplicavelmente, era quem me atormentava. Fora culpado de sua morte, morrera porque o senhor de engenho não soubera manter o seu prestígio. E ele quis dar jeito a um poder desmoralizado.

Eu não acreditava no outro mundo. Os homens apodreciam debaixo da terra. E só. Por que não pregava os olhos, com o pensamento em Nicolau, que já devia estar roído pelos vermes? Por que aquela inquietude da noite que só me deixava quando via a madrugada aparecendo pela telha-vã?

Fechava os olhos com medo do escuro. Que tortura aquela, de horas e horas, gelado, dentro de uma rede, com os nervos sensíveis aos menores rumores da casa! Uma corrida de rato pelo telhado era o bastante para o sono se ir.

Enquanto isto, o Santa Rosa caminhava para o seu fim. Com o negro, se fora o resto de amor que os homens lhe tinham. As minhas duas letras já estavam em cobrança executiva. E o povo lucrava com esta falta de chefe. As matas sofriam, com o machado botando madeiras de lei abaixo. Os cabras se aproveitavam daqueles últimos dias de desordem, para tirar o seu. Via passando pela minha porta cargas e cargas de tábuas, cascas de angico para os curtumes. Pelas barbas do senhor de engenho arrastavam seus furtos. Pouco se incomodavam eles com aquele resto de autoridade que tremia dentro da rede, com medo das sombras. Floriano me chegou para falar do povo:

— Estão roubando tudo, seu doutô. O senhor precisa dar cobro a isto.

Que roubassem. Por minha causa Nicolau morreu e matou três. Aquilo não era meu. Que levassem tudo o que quisessem.

Perdera o medo das tocaias. Era um inútil em quem ninguém pensava com vontade de ofender. O que eu tinha de grande, eles já estavam quase de posse. Às vezes me enchia de coragem para fugir. Que me valiam mais uns contos de réis que pudessem me dar na arrematação? O melhor seria que eu me danasse pelo mundo. Mário Santos morava em Minas Gerais, numa cidade do interior. Escreveu-me, chamando-me para ir trabalhar com ele. Tinha sabido, tão de longe, das minhas dificuldades. Passava o dia com esta viagem na cabeça, sonhando com a hora da minha salvação, da minha escapula daquele suplício. Mas a ideia murchara.

Floriano dormia numa esteira, perto da minha rede. Só assim pegava no sono até de manhã. Que miséria! Precisava de gente para poder fechar os olhos com tranquilidade. Um senhor de engenho com medo de almas do outro mundo, com um cabra aos pés velando-lhe o sono! Só faltava correr das baratas, como mulher.

Se o tio Joca soubesse daquilo? Se as primas do Maravalha soubessem que Carlos do Santa Rosa só dormia com uma pessoa junto dele? Que ridículo danado!

Então, deixava que Floriano ficasse no seu quarto. Dormiria sozinho. E a noite começava a ter em cada minuto um terror para mim. Ouvia o relógio da sala de jantar marcando o tempo. De uma hora para outra ia uma distância enorme. E Nicolau, a cara alegre do negro bom, num canto da parede, me olhando.

Não aguentava mais. Gritava por Floriano, que trazia a esteira outra vez. E tudo se ia embora, só com ele ali perto.

O que me faltava era a quentura de um ente humano me querendo bem, uma pessoa em quem tocasse com as minhas mãos, sentindo-lhe a carne, o pulsar do sangue. Faltava a vida de um outro para me animar, calor de gente para me aquecer. Não sabia estar só. Tinha uma necessidade imperiosa de procurar um semelhante que me desse o que me faltava. Nunca estivera tão isolado da vida. Sentia muros larguíssimos me separando de tudo.

Por que não fugia? Contava com uns cobres, uns três contos. Vendera o mel de furo dos meus tanques a um sujeito de Itabaiana. Dava para custear a minha escapula. Mas por que fugir? Esperasse até o fim. Com poucos meses, tudo estaria resolvido. O Santa Rosa valia muito mais do que eu estava devendo. Não era possível que a usina só me quisesse dar por ele os 85 contos de todos os meus débitos. Seria o cúmulo. Mas era possível.

As negras da cozinha contavam os dias. Generosa, cega, me pedia passagem para o Recife. Morava por lá uma filha. A negra velha me falou com voz de choro. Pedira a Deus para morrer no Santa Rosa. Não lhe fora servida esta vontade.

João Miguel me procurou para saber se precisava dele. Recebera chamado para outro engenho. Tudo se ia de vez. A casa-grande, cada vez mais, perdia as vozes de antigamente, silenciosa a todas as horas do dia.

Quase que não possuía mais gado. Vendera aos poucos, para a matança. Velhos bois de carro que ninguém comprava ficaram pelo cercado mostrando os ossos e as gafeiras. Nem aquele manso rumor de chocalhos se escutava mais. O cata-vento arrebentado, parara. Só silêncio, só quietude naqueles restos de colmeia abandonada.

Fui ao engenho. E não devia ter ido. O melão-de-são-caetano entrava de boca de fornalha adentro. Lembrei-me do Comissário, dos outros engenhos reduzidos a terra somente.

O que era um mau governo! José Marreira arrastava o Santa Fé da demência, rejuvenescera uma carcaça. E o meu Santa Rosa, que há quatro anos erguia-se com toda a robustez de suas bocas de fogo, de seus partidos enormes, de seu gado numeroso, era aquilo que se via.

Lembrei-me ali de um sujeito, que as negras, em meus tempos de menino, diziam aparecer todas as noites pelo paredão dos picadeiros, fazendo visagens. E sozinho, ainda com a luz do sol de fora, tive medo. Aquele medo das minhas noites com Nicolau me olhando. Fugi para casa. Era um homem perdido em todos os sentidos. Tinha medo de nada! Medo de quê? Não sabia explicar. Fazia as minhas afirmações sobre a pobre matéria que todos nós éramos. Só matéria e mais nada. Não havia nada além do que víamos e pegávamos. Tudo era matéria e a sensação de qualquer coisa atrás de mim era a mesma.

Aquilo seria começo de loucura. Quem disse que era loucura? Fazia exercícios de memória para verificar-me, e punha-me em prova de raciocínio, examinando com exatidão o meu estado. Não tinha nada de doido. E aquelas noites, e aquelas preocupações mais fortes do que a minha vontade?

O santuário continuava a me amedrontar. As negras pediam para acender velas, nas noites de suas devoções. Eu negava. Perdera a chave. A notícia da minha prevenção com os santos se espalhou com rapidez. Ouvi uma vez uma conversa na cozinha, de Avelina não sei com quem:

— É por isto que o diabo anda solto nesta casa.

Prendia os santos no quarto porque, se visse aquela porta aberta e a cara das imagens, São Severino em caixão de defunto, seria o bastante para uma noite de desespero. Em menino pegava na rolinha rombuda do Menino Deus, olhava os santos, com a história de cada um contada pelas negras. E veio-me aquele horror inexplicável. É por isto que me julgava doido.

A tia Maria soubera das minhas maluquices e me escreveu para mandar o santuário. Veio um carro de boi, coberto de esteira, para a viagem dos santos do velho Zé Paulino. Foi um rebuliço na casa. As negras entristeceram com a notícia. Avelina me veio pedir o São Cosme para ela. E prepararam as imagens no carro, com os cuidados de quem estivesse conduzindo doentes. O velho santuário de jacarandá saía do Santa Rosa coberto de pano. E o carro se foi devagarinho. Ia gente atrás, contrita, acompanhando. Deus deixava o Santa Rosa num meio-dia de sol forte.

O quarto estava vazio. Pelas paredes viam-se as marcas que os quadros tinham deixado e a mesa do santuário limpa. Há muitos anos que sustentava com as suas pernas de pau a Deus e aos santos.

Pensava que tivesse ficado livre do medo. Qual nada! Agora eram as quatro paredes do quarto que não podia ver. Tranquei-o. Floriano dormia comigo da mesma maneira e Nicolau continuava me perseguindo.

A notícia da morte da velha Sinhazinha me fez passar uma noite desesperada. Morrera de repente. Eu não dormi pensando nela. De que eu tinha medo? De almas? Não, porque não acreditava em almas. E o que justificava o meu medo? Loucura, terrores de doido. Estava ficando doido. Com aquela ideia na cabeça, procurava um lugar para ir. Via o flamboaiã florido, os mulungus e nada demorava na minha vista. As paisagens fugiam. O mundo se limitava. Era só para a mania, que me sequestrava.

Estava ficando doido. Os cabras me olhavam de relance, as negras da cozinha me falavam de longe. Só Floriano conversava comigo. Mas eram conversas que não me interessavam. Que me adiantava saber que estavam devastando as minhas capoeiras e as minhas matas? Minhas não. Dos outros. Quando estava na rede sem poder dormir, de olhos ardendo de insônia, é que puxava Floriano para o bate-boca mais sem nexo. Fazia-lhe perguntas a que ele respondia por obrigação. Era um homem morto para a minha insônia. Que vida! Que vida de cachorro era aquela minha!

Fugiria. No outro dia, sem ninguém saber, tomava um trem, como daquela vez do colégio do seu Maciel. Fugiria daquele terror. Mas não era livre? Fugir de quem? Quem me prendia ali? Então de quem fugir? Marcava a viagem.

Uma tarde chegou-me um oficial de Justiça com a intimação do juiz. Se me fosse do Santa Rosa, aquela cara de Nicolau não me deixaria. E sem ninguém, num quarto de hotel, sem Floriano, como seriam as minhas noites? E se morresse? Não. Não queria pensar nisto. Não desejava morrer. Aquela agonia só desapareceria com a morte. Morte, morto, caixão de defunto, braços cruzados, lenço segurando o queixo. Não. Morrer não queria. Que pensamento miserável aquele! Aquela agonia só desapareceria com a morte.

Chorava no meu quarto, como um menino perdido na multidão. Sem pai, sem mãe que lhe segurasse a mão débil.

21

E DIAS LEVEI ASSIM. Dias iguais uns aos outros e noites de horas lentas. Devia ter uma cara agoniada, uma barba de semana, o cabelo grande, o olhar distraído. Quem não diria que eu fosse um demente manso como aquele irmão de João Miguel? E os meus planos? E o Santa Rosa feito solar de um príncipe, cercado da vassalagem dos parentes e aderentes? Tudo o que era meu estava no chão, em pó, tudo reduzido a nada. Despojaram-me até da minha condição de homem válido. Não pensava mais em mulheres. Os meus sonhos com Maria Alice desapareciam. Os meus sonhos de agora eram de um castrado. Sonhava apanhando dos outros. Vinha um sujeito para me dar e os meus braços eram bambos.

O primo Jorge veio me buscar para o Gameleira. Convenci-me mais de que a minha doidice era um fato. Não fui. Bem que podia ter ido. Que diabo me prendia ao Santa Rosa? Não quisera fugir? Por que rejeitava aquele convite para ir ter com gente que gostava de mim?

No outro dia iria com Floriano, para lá. E não tive coragem.

O engenho inteiro era uma desordem. A canalha do Pilar não comprava mais lenha. Invadiam as minhas terras, botavam roçado sem meu consentimento. E nada disto me importava. Despedaçassem tudo, que era o mesmo. E por que não ia embora? Não sabia explicar esse apego. Saía para passear pela estrada e era olhado pelos moradores. A minha fama de herege andava no meio deles. Disseram no Maravalha que eu tinha quebrado santos a cacete. Tinha parte com o diabo.

E, no entanto, começava no meio de toda aquela minha leseira a sentir interesse pelos cabras. Seria a miséria que me aproximava da sorte deles? Sim, tomava interesse pelos cabras do eito. Explorei-os também, tirei-lhes todos os direitos e com mil e duzentos pagava as suas doze horas de enxada. Eles eram os meus instrumentos para tudo. Faziam tudo. Matavam até uns aos outros para me contentar. Nicolau era meu, Januário da usina.

Que nada! Só estava com esta pena porque me arrasara. Estivesse em cima, rico, com casa de purgar cheia de açúcar e os cabras seriam ruins, não valeriam nada. Conversa de quem perdera o que tinha. Deixasse os homens. Um dia, eles saberiam por eles mesmos subir os batentes das casas-grandes. Fosse para meu quarto, cuidar primeiro das minhas fraquezas. Podia lá fazer nada por ninguém? Deram-me uma casa próspera e eu deixei que caísse. Fossem os cabras de eito esperar por mim!

Até naquela situação de penúria era um alcoviteiro vil das minhas vaidades. E os dias correndo. Floriano comia comigo na mesa. Enquanto ele subia, eu descia de condição. A princípio, não passava de um cachorro, acordado a noite toda para vigiar-me. Depois veio dormir no meu quarto e agora já se sentava a meu lado na velha mesa de jantar do meu avô.

Era um moleque safado, mentiroso, tinha coragem e mortes nas costas. Saíra da cadeia de Santa Rita quando se ofereceu para trabalhar para mim.

Andava com medo dele. Mas me amparava. A sua fama de homem brabo era que me aguentava por ali. Seria tudo aquilo por pouco tempo. Em breve a usina entraria na posse de tudo. Se me tivessem auxiliado, teria pago as letras. E com Nicolau, romperia as dificuldades. Queriam o engenho, a água boa, as várzeas, as matas do Santa Rosa.

22

Um dia, porém, entrou-me a salvação dentro de casa. Não foi o diabo chegando de cavalo, com arreios de prata, e dente de ouro, belo como um príncipe a me oferecer tudo o que eu desejasse. Mas foi a cupidez humana, que é a mesma coisa. Tio Juca parou o seu automóvel na porta do Santa Rosa para conversar comigo. Viera comprar o meu engenho. A família se unira para a fundação de uma usina. Tinham zona vasta, mas o Santa Rosa era essencial porque dispunha de águas correntes nas proximidades. Ele pagaria as letras vencidas e me daria cem contos livres.

O tio Juca procurava saber como ia passando. Soubera da morte de Nicolau. Elogiou-me o negro. Saiu comigo pelo engenho e viu tudo no abandono. Devia ter-lhe procurado. Não era rico, mas um parente não passaria necessidade.

— Dou-lhe cem contos pelo engenho, pagando-lhe as dívidas. É negoção. Você pode ainda advogar e fazer carreira. Nem todo o mundo tem jeito para a agricultura.

Depois lhe daria a resposta. E se foi embora.

A notícia da compra do Santa Rosa espalhou-se. Um jornal da Paraíba noticiou até a criação de uma grande fábrica de açúcar na Várzea.

Dias depois, a cupidez bateu-me outra vez na porta. Era o usineiro. Abraçou-me, afável, com aquela mesma alegria com que arrasou todas as minhas esperanças. Tratou da execução que se fizera por votação da diretoria. Fora contra, mas eu devia saber o que era uma sociedade anônima. Tudo, porém, não estava perdido. Ele tinha vindo ao Santa Rosa somente para me dar uma satisfação. Comprava-me o engenho. Soubera de uma oferta e oferecia mais, dando-me duzentos contos livres de tudo.

Devia ter notado o meu ar alheado, as minhas cores de doente, porque me aconselhou uma viagem:

— O doutor precisa de passeio. Distrair-se um pouco. Gozar a mocidade.

Também a ele daria a resposta depois.

De uma hora para outra era um homem rico. Entre a família e a São Félix se travava uma luta para a disputa do Santa Rosa. Passei noites em claro fazendo os meus planos de rico. Um homem rico, com duzentos contos, teria a vida sem preocupações. E os cabras do eito? Sim. Havia os cabras do eito. Mil e duzentos por dia, uma miséria. Mesmo assim eram mais felizes do que eu. Que felizes, que coisa nenhuma! Aquilo era a saída de todos os ricos que não dormiam as noites, com as preocupações de negócios. Os pobres, dizem eles, são mais felizes porque não pensam no que eles pensavam.

E a luta pelo Santa Rosa se travou. Agora o tio Juca não me deixava. Já estava em 250 contos, e eu indeciso. Era um leilão. Fim de casa, ruína e batuque de martelo de leiloeiro.

Era um homem rico. O bolso cheio de contos de réis. Dei o engenho ao tio Juca por trezentos contos. Ao menos o Santa Rosa se salvara de me ser arrancado das mãos, por uma sentença de juiz. No dia em que assinei a escritura, vi o retrato do meu avô, com aquele olhar brando e a cara serena de quem tinha um coração de primeira.

Saí para olhar o engenho, mas a lembrança de Nicolau estava viva. Morrera por mim, matara por mim três pessoas. De noite estaria nos meus sonhos. Já não era mais nada por ali. Mesmo, nunca fora nada por ali.

As negras, na cozinha, discutiam o destino delas. França iria para o Itapuá, Avelina para o Maravalha.

O Santa Rosa se findara. É verdade que com um enterro de luxo, com um caixão de defunto de trezentos contos de réis. Amanhã, uma chaminé de usina dominaria as cajazeiras. Os paus-d'arco não dariam mais flores porque precisavam da terra para cana. E os cabras de eito acordariam com o apito grosso da usina. E a terra iria saber o que era trabalhar para usina. E os moleques o que era a fome. Eu sairia de bolso cheio, mas eles ficavam.

Estava fingindo pena pelo destino dos meus cabras.

23

Acordei numa manhã com os pássaros da gameleira cantando como naquele dia em que pela primeira vez me levavam para o colégio. Agora ia sair para sempre do Santa Rosa. Ali sofrera muito nos últimos tempos. Me degradara mesmo, fizera filhos em mulheres infelizes, dera em Pinheiro por causa de uma miséria, dormira com medo de cabras, de nada, de sombras. De dentro da rede, naquela manhã de minha partida, sentia que não podia fazer mais nada. Fracassara completamente. Deixava o Santa Rosa para os outros. João Rouco, João de Joana, Manuel Severino, todos ficavam para o eito da usina. A esteira da usina, os trens, os arados, as fornalhas precisavam de gente. Gente que não dormisse, que não fizesse roçado, que não plantasse algodão.

Da janela do vagão via o Santa Fé novo em folha, com a casa-grande espelhando ao sol. Depois o Santa Rosa ficando de longe. O trem já apitava na curva do Caboclo. O bueiro, as cajazeiras, os mulungus da estrada ficavam. Tudo ficava para trás.

Lembrei-me do retrato do velho Zé Paulino, de olhos bons e com a cara mais feliz deste mundo. O neto comprara uma passagem de trezentos contos para o mundo.

O cemitério de São Miguel de Itaipu se mostrava do alto com as suas cruzes velhas. Mandaria levantar um túmulo bonito para Nicolau. O trem corria. Tudo ficava para trás. Um túmulo bonito para Nicolau.

Cronologia

1901

A 3 de junho nasce no Engenho Corredor, propriedade de seu avô materno, em Pilar, Paraíba. Filho de João do Rego Cavalcanti e Amélia Lins Cavalcanti.

Falecimento de sua mãe, nove meses após seu nascimento. Com o afastamento do pai, passa a viver sob os cuidados de sua tia Maria Lins.

1904

Visita o Recife pela primeira vez, ficando na companhia de seus primos e de seu tio João Lins.

1909

É matriculado no Internato Nossa Senhora do Carmo, em Itabaiana, Paraíba.

1912

Muda-se para a capital paraibana, ingressando no Colégio Diocesano Pio X, administrado pelos irmãos maristas.

1915

Muda-se para o Recife, passando pelo Instituto Carneiro Leão e pelo Colégio Osvaldo Cruz. Conclui o secundário no Ginásio Pernambucano, prestigioso estabelecimento escolar recifense, que teve em seu corpo de alunos outros escritores de primeira cepa como Ariano Suassuna, Clarice Lispector e Joaquim Cardozo.

1916

Lê o romance *O ateneu*, de Raul Pompeia, livro que o marcaria imensamente.

1918

Aos 17 anos, lê *Dom Casmurro*, de Machado de Assis, escritor por quem devotaria grande admiração.

1919

Inicia colaboração para o *Diário do Estado da Paraíba*. Matricula-se na Faculdade de Direito do Recife. Neste período de estudante na capital pernambucana, conhece e torna-se amigo de escritores de destaque como José Américo de Almeida, Osório Borba, Luís Delgado e Aníbal Fernandes.

1922

Funda, no Recife, o semanário *Dom Casmurro*.

1923

Conhece o sociólogo Gilberto Freyre, que havia regressado ao Brasil e com quem travaria uma fraterna amizade ao longo de sua vida.
Publica crônicas no *Jornal do Recife*.
Conclui o curso de Direito.

1924

Casa-se com Filomena Massa, com quem tem três filhas: Maria Elizabeth, Maria da Glória e Maria Christina.

1925

É nomeado promotor público em Manhuaçu, pequeno município situado na Zona da Mata Mineira. Não permanece muito tempo no cargo e na cidade.

1926

Estabelece-se em Maceió, Alagoas, onde passa a trabalhar como fiscal de bancos. Neste período, trava contato com escritores importantes como Aurélio Buarque de Holanda, Graciliano Ramos, Jorge de Lima, Rachel de Queiroz e Valdemar Cavalcanti.

1928

Como correspondente de Alagoas, inicia colaboração para o jornal *A Província* numa nova fase do jornal pernambucano, dirigido então por Gilberto Freyre.

1932

Publica *Menino de engenho* pela Andersen Editores. O livro recebe avaliações elogiosas de críticos, dentre eles João Ribeiro. Em 1965, o romance ganharia uma adaptação para o cinema, produzida por Glauber Rocha e dirigida por Walter Lima Júnior.

1933

Publica *Doidinho*.

A Fundação Graça Aranha concede prêmio ao autor pela publicação de *Menino de engenho*.

1934

Publica *Banguê* pela Livraria José Olympio Editora que, a partir de então, passa a ser a casa a editar a maioria de seus livros.

Toma parte no Congresso Afro-brasileiro realizado em novembro no Recife, organizado por Gilberto Freyre.

1935

Publica *O moleque Ricardo*.

Muda-se para o Rio de Janeiro, após ser nomeado para o cargo de fiscal do imposto de consumo.

1936

Publica *Usina*.

Sai o livro infantil *Histórias da velha Totônia*, com ilustrações do pintor paraibano Tomás Santa Rosa, artista que seria responsável pela capa de vários de seus livros publicados pela José Olympio. O livro é dedicado às três filhas do escritor.

1937

Publica *Pureza*.

1938

Publica *Pedra Bonita*.

1939

Publica *Riacho doce*.

Torna-se sócio do Clube de Regatas Flamengo, agremiação cujo time de futebol acompanharia com ardorosa paixão.

1940

Inicia colaboração no Suplemento Letras e Artes do jornal *A Manhã*, caderno dirigido à época por Cassiano Ricardo. A Livraria José Olympio Editora publica o livro *A vida de Eleonora Duse*, de E. A. Rheinhardt, traduzido pelo escritor.

1941

Publica *Água-mãe*, seu primeiro romance a não ter o Nordeste como pano de fundo, tendo como cenário Cabo Frio, cidade litorânea do Rio de Janeiro. O livro é premiado no mesmo ano pela Sociedade Felipe de Oliveira.

1942

Publica *Gordos e magros*, antologia de ensaios e artigos pela Casa do Estudante do Brasil.

1943

Em fevereiro, é publicado *Fogo morto*, livro que seria apontado por muitos como seu melhor romance, com prefácio de Otto Maria Carpeaux.

Inicia colaboração diária para o jornal *O Globo* e para *O Jornal*, de Assis Chateaubriand. Para este periódico, concentra-se na escrita da série de crônicas "Homens, seres e coisas", muitas das quais seriam publicadas em livro de mesmo título, em 1952.
Elege-se secretário-geral da Confederação Brasileira de Desportos (CBD).

1944

Parte em viagem ao exterior, integrando missão cultural no Ministério das Relações Exteriores do Brasil, visitando o Uruguai e a Argentina.

1945

Inicia colaboração para o *Jornal dos Sports*.
Publica o livro *Poesia e vida*, reunindo crônicas e ensaios.

1946

A Casa do Estudante do Brasil publica *Conferências no Prata: tendências do romance brasileiro, Raul Pompeia e Machado de Assis*.

1947

Publica *Eurídice*, pelo qual recebe o prêmio Fábio Prado, concedido pela União Brasileira dos Escritores.

1950

A convite do governo francês, viaja a Paris.

Assume interinamente a presidência da Confederação Brasileira de Desportos (CBD).

1951

Nova viagem à Europa, integrando a delegação de futebol do Flamengo, cujo time disputa partidas na Suécia, Dinamarca, França e Portugal.

1952

Pela editora do jornal *A Noite* publica *Bota de sete léguas*, livro de viagens.

1953

Na revista *O Cruzeiro*, publica semanalmente capítulos de um folhetim intitulado *Cangaceiros*, os quais acabam integrando um livro de mesmo nome, publicado no ano seguinte, com ilustrações de Candido Portinari.
Na França, sai a tradução de *Menino de engenho* (*"L'Enfant de la plantation"*), com prefácio de Blaise Cendrars.

1954

Publica o livro de ensaios *A casa e o homem*.

1955

Publica *Roteiro de Israel*, livro de crônicas feitas por ocasião de sua viagem ao Oriente Médio para o jornal *O Globo*.

O escritor candidata-se a uma vaga na Academia Brasileira de Letras e vence a eleição destinada à sucessão de Ataulfo de Paiva, ocorrida em 15 de setembro.

1956

Publica *Meus verdes anos*, livro de memórias.
Em 15 de dezembro, toma posse na Academia Brasileira de Letras, passando a ocupar a cadeira nº 25. É recebido pelo acadêmico Austregésilo de Athayde.

1957

Publica *Gregos e troianos*, livro que reúne suas impressões sobre viagens que fez à Grécia e outras nações europeias. Falece em 12 de setembro no Rio de Janeiro, vítima de hepatopatia. É sepultado no mausoléu da Academia Brasileira de Letras, no cemitério São João Batista, situado na capital carioca.

Conheça outras obras de
José Lins do Rego

Menino de engenho

Doidinho

Fogo morto

Conheça outras obras de
José Lins do Rego

*Água-mãe**
*Cangaceiros**
*Correspondência de José Lins do Rego I e II**
*Crônicas inéditas I e II**
*Eurídice**
*Histórias da velha Totônia**
*José Lins do Rego – Crônicas para jovens**
*O macaco mágico**
*Melhores crônicas de José Lins do Rego**
*Meus verdes anos**
*O moleque Ricardo**
*Pedra bonita**
*O príncipe pequeno**
*Pureza**
*Riacho doce**
*O sargento verde**
*Usina**

*Prelo